Posesas de La Habana

Novela de
Teresa Dovalpage

Pureplay Press
Los Angeles

Por favor, dirija su correspondencia a / Please direct all correspondence to: info@pureplaypress.com / Pureplay Press, 11353 Missouri Ave., Los Angeles, CA 90025.

Cataloguing-in-Publication Data
Dovalpage, Teresa.
    Posesas de La Habana : novela / de Teresa Dovalpage. — 1. Ed.
       p. cm.
ISBN 0-9714366-7-3
1. Cuba — History — Fiction. 2. Cuba — History — Revolution, 1959- — Fiction. I. Title
863.64—dc22

Library of Congress Control Number: 2003113576

Author photo by Dancing Mountain Photography, Albuquerque, N.M.

The front cover illustration is a costume design by Leandro Soto for the National Ballet of Cuba's 1981 production of *La vida es sueño*.

Cover and book design by Wakeford Gong

Printed in the United States

Poesías de La Habana

7:30 p.m.

Puedo entrar, profesor, y me tiemblan las piernas al abrir despacito la puerta de su oficina. Ahí está él y se me ponen frías las manos y ya me empiezan a sudar. Penca que soy de nacimiento.

En el umbral me inmovilizo, detallándolo. Es alto y carmelita, con los hombros cuadrados. Un Apolo mulato vestido de mezclilla azul. Él me mira también, pero no creo que me encuentre parecido con una de las Musas. Seguro que le he puesto una cara de pescado en tarima como para morirse de la risa. No es culpa mía. El problema es que yo tengo menos salsa que un frijol seco. Y Apolo que sonríe claro que sí, Elsa, adelante. Pasa y cierra.

Paso, cierro y choco con los ojos eléctricos de un Che que me observa con mala cara. Desvío la vista del póster y le miro el bigote al profesor. Recortado y espeso, se le derrama por las comisuras de los labios. Si le pudiera dar un beso ahí mismo. Demorado y con lengua.

Tiene razón mi socia Yarlene, se le nota un poquito el tic nervioso. Un poquito no, se le nota bastante. Al verlo bien de cerca me doy cuenta de que el párpado izquierdo le brinca igual que el péndulo de un reloj de pared. Bueno, y qué.

Y qué querías tú, Elsa, pregunta el profesor. Le suelto mi mentira temblando como papel de China en el balcón. Es que no entendí

bien lo de la plusvalía que usted explicaba esta tarde, si me lo puede
aclarar otra vez, le digo limpiándome con disimulo las manos
encharcadas. Me acerco a su buró. Y de pronto me atrevo. Le enseño
la lengüita como aprendí de Yarlene, me la paso así por los labios.
Me imagino que le estoy dando un beso en el bigote o comiéndome
un helado de chocolate en la barra del Coppelia.

   Está bien, me contesta, siéntate aquí conmigo. Por la calle pasa
un carro con el radio puesto a todo lo que da y la música se me mete
por los oídos y me envuelve como la mirada caramelo quemado del
profesor. Unos que nacen, otros morirán. Me gusta Julio Iglesias
aunque no tanto como el profe. Y le sonrío con unos que ríen, otros
llorarán, y me siento a su lado. En la oficina huele a papel viejo y a
cigarro acabado de encender.

   Hey, el profe se está tocando la pinga por arriba del pantalón. Es
idea mía o aquí se trata de Febo en erección. Mira Elsa la plusvalía es
lo que queda después de. Haciéndome la boba me subo más la saya
para que me vea bien la punta de los muslos. Las piernas son lo
máximo en tu cuerpecito, niña, me ha dicho Yarlene, que sí tiene los
muslos gordos y las tetas enormes y bellísimas. Las mías son chiquitas
y lacias. Que el dueño le pague al trabajador, termina el profesor,
comprendes.

   Comprendo que se le está parando la vara de Dionisos. Por el
mismísimo Baco que yo no pensé que esto fuera tan fácil. Es tan fácil
que me da miedo, como un examen a libro abierto donde tú sabes
que te van a coger de atrás para alante, pero no te imaginas cómo ni
con qué. Y él me explica algo más sobre los medios de producción
pero ya no lo oigo porque me está apretando la mano. Fuerte. Ay.

   De pronto tengo ganas de estar en casa oyendo en la grabadora
que siempre hay por qué vivir, por qué luchar. Tengo ganas de estar
quitándole el polvo a las muñecas del sofá aunque mi hermana Catalina
se burla oye, hasta cuándo vas a estar con esas comemierderías. Mima,
Elsita se va a quedar solterona de a viaje si no se empieza a espabilar.

   Yo no quiero ser solterona ni consagrarme a Vesta. No quiero
cuidar el fuego sagrado, sino que lo enciendan en mí. Por eso dejo
que el profe me agarre la mano y sigo sonriendo como si me gustara
el toqueteo. Y en el fondo me gusta, aunque se me ha despertado un

nerviosismo de Dios me libre con Dios me ampare. Si estuviera aquí Yarlene para darme ánimos. Pero no está.

Engels dijo que en el socialismo los obreros son dueños de los medios de producción y por eso no se produce plusvalía. Eso sí lo entiendes, mamita, eh, me pregunta mientras pone como al descuido mi mano húmeda todavía sobre su portañuela perentoria. Quiere que le agarre el pito y yo eso sí que no. Espérese, espérese, le pido bajito, que me da pena. El profesor perora como si con él no fuera la cosa. Que si la hubiera, la plusvalía socialista se revertiría en provecho de los obreros.

Como una rama seca Príapo brota súbito de la bragueta de mezclilla. Qué caliente lo tiene, y qué aceitoso. Pero no está muy duro. Será normal así con los hombres mayores. Yarlene nunca me ha contado y ella debe saber porque lo ha hecho con media humanidad. Ella es la Experta en Rabos. Deja que le diga. Deja que le cuente que se lo sacó al descaro y que yo pensaba que debía ser más grande. Pero a lo mejor eso no es lo importante. Lo importante es que el capital no existe en el socialismo ni tampoco la explotación del hombre por el hombre, me susurra el profe al oído.

Qué miedo. Qué asco. Qué miedo me da el asco. Qué asco el miedo. Me levanto porque tengo ganas de irme corriendo, de abrir la puerta y lanzarme por esas escaleras para abajo y no regresar más. Dafne huyendo de Apolo. Yo qué carajo pinto aquí, a qué vine, qué hace este viejo descarao masacoteándome los muslos. Siéntate, mami, anda, separa las piernitas, si esto es riquísimo. Siéntate otra vez.

Me está bajando el blúmer, haciéndose el que no hace nada. Le doy un galletazo, por mi madre que sí. Si me toca el bollo le parto la cara. Yo nada más que vine a hablar con él, a mirarlo, cuando más a darle un beso pero no a.

Templar, eso es lo único que buscan los machos en una. Y despúes que te les abres de patas, si te he visto no me acuerdo. Elsa, ten cuidado, que tú eres medio comebolas y cualquiera te hace un cuento de camino, gruñe Abuelonga acariciándose una cicatriz pálida que atraviesa la redecilla de arrugas que le cubre la cara. No te regales, eh.

Su doctrina de prevención me escoltó como chaperona victoriana la primera vez que salí con un muchacho. Con un compañero del Pre que me dejó igual que a Penélope. No la de Ulises sino la de Serrat. Sentada en la estación. Tampoco la de trenes, sino de ómnibus de La Habana, cuando le dije que besitos sí, pero que a las casitas de Ayestarán no iba con él, qué va. Pues ahí te quedas, Santa Elsa. Y me volvió la espalda y ya no lo vi más.

Los hombres son malísimos y se aprovechan de las niñas sanguanguas como tú. Aprende a no dejarte toquetear. Que no te cojan para sus indecencias. Abre bien los ojos y cierra bien las piernas, me grita mi madre desde el rincón del parque donde me sorprendió jugando con un varón a los seis años. Ciérralas bien. Los hombres. Pero el profesor quiere que se las abra y me vuelvo a separar de él. Son malísimos. Que vaya a manosear a la puta que lo parió. Que no te cojan para. Me acerco a la puerta y choco de nuevo con los ojos eléctricos del afiche del Che. Sus indecencias.

Que te quedes quieta, mamita, me agarra por un brazo Marcel, si no es por nada malo. Y me muerde una oreja, despacito. Así.

Así fue que hicimos a mi hija Beiya. A lo mejor no aquella tarde, sino otra. Otra de las tantas veces que tampoco usamos condones ni cremas ni nada. Entonces yo era muy joven, muy confiada y muy tonta. Ahora ya no soy joven, el mes pasado entré en los treinta y tres. La confianza y la tontería se me han caído con el paso de los años, lo mismo que las tetas y las ilusiones. Y a pesar de eso la vida sigue igual, como cantaba Julio Iglesias hace quizás un siglo.

La vida sigue igual, sólo que ya no estoy en la oficina de Marcel. Estoy en la sala del apartamento que comparto (¡qué remedio!) con mi madre, mi hermano, mi abuela y el fruto ya crecido de una clase informal de economía política. Sentada en un sillón desvencijado que cruje cada vez que intento mecerme, con un gemido que tiene cincuenta años de angustia. Desde el balcón me llega una brisa de buen humor y desde la cocina, el humo de los cigarros que Abuelonga fuma en cadena. La bombilla del techo, más expuesta que la maja desnuda —la pantalla se le desprendió hace seis meses— difumina mi sombra en la pared descascarada que enmarca las pasadas glorias del sofá.

—Mami, voy a bajar a jugar con Lazarito y Yamilé —Beiya se me para delante con las manos en la cintura como si ella fuera la madre, la fuerte, la mandona, y yo la niña de once años.

—De bajar nada que está oscureciendo —me apresuro a cambiar los papeles. No puedo dejar que se me olvide: aquí la madre soy yo—. Y menos a juntarte con ese par de crápulas. ¿Por qué tú no te buscas otros amigos?

Lazarito no es precisamente crápula. Chusma sí. Hocicón. En su casa, que alguna vez fue de mi abuelo, viven más de quince personas. Les dicen los Muchos porque son una manada de orientales, todos iguales de gritones, rapiñeros y jodedores de la vida. Adoradores de Baco y fámulos de Hermes. Uno de ellos, Pancho Pereira, trabaja de custodio en la plaza de Carlos Tercero y a cada rato vende bombones y latas de refrescos que roba de las tiendas. Bueno, yo no lo critico. Al fin es que hay que defenderse. Ojalá tuviera dinero para comprarle siquiera una barra de chocolate.

A quien no soporto es a Yamilé, que es una avispa en miniatura, una culebra impúber con boca de inodoro tupido. Y a su madre no la puedo ver ni en pintura. La tipa es una jinetera mala que llegó con su hermano del campo hace tres años. Venían con una mano alante y otra atrás. Y con tal de quedarse en La Habana, ella se quitó la mano de alante y el hermano la de atrás y de eso sobreviven. Nada, que estamos en un vecindario selecto. Sí señor.

—No me da la gana de buscarme otros amigos —me contesta Beiya, todavía en su postura solariega—. Y déjame bajar.

Me encojo de hombros sin mirarla. Estoy demasiado cansada para discutir con ella. Si sigue insistiendo, terminaré por dejarla bajar. Total, a mí qué más me da. Que haga lo que le dé la gana.

—Mañana —le digo por decir algo.

—¿Qué mañana ni qué cohete? —se separa las manos de la cintura y me las agita delante de la cara—. Me voy ahora. Si te gusta bien y si no échale azúcar. ¿Tú no ves que yo soy ya una mujer para que me estés mangoneando?

Esta chiquilla es mal hablada y respondona como ella sola. No se parece en nada a mí cuando tenía su edad. Yo sí que siempre fui muy respetuosa, y eso que mima era de ampanga con nosotros. Pero Beiya parece que se hubiera criado en un solar de la Habana Vieja. Hay días que no la aguanto, que daría cualquier cosa porque se desapareciera de mi vida.

Tal vez no es culpa suya. Porque lo cierto es que yo la vomité, no la parí como las demás mujeres paren a sus hijos. A lo mejor por eso salió tan descarrilada. O por los malos genes del padre. Sabe Dios.

No sé si otras madres se acordarán del momento en que hicieron a sus hijos. Yo sí. Y no es un recuerdo agradable, si lo vamos a ver.

Aquella tarde, la primera vez que me acosté con Marcel –la primera vez que me acosté con alguien, vamos al caso– salí de su oficina con un ardor entre las piernas que veía colorado. Me iba chorreando por abajo como si tuviera la regla. Oh, la sangre del sacrificio, las gotas rojas consumiéndose en las llamas. El dolor del dardo quizás envenenado. Pero por dentro me estaba derritiendo de gusto. Y no porque hubiera sentido gran cosa, que lo único que sentí fue un dolor de película, sino porque había ligado a Marcel el de marxismo, el profesor más sexy de toda la universidad.

Nada, que una se atraca de porquería cuando está jovencita. A paletadas. Ni esa vez ni las que vinieron después me pasó por la mente tomar pastillas, ponerme una T o pedirle a Marcel que usara condón. Todavía no sé si lo mío era ingenuidad, inocencia o pura comemierdería.

Me encontré en el portal de la facultad, bajo el sol de septiembre, con la piel erizada y el pipi en llamas. Y en lugar de venir rápido a lavarme, como hubiera hecho una persona normal, corrí a meterme en el apartamento de Yarlene. Mi amiga, le solté orgullosísima, no te imaginas lo que me ha pasado. Algo tremendo. Adivínalo. Y ella suéltalo y deja la intriga, esta niña, que no estamos en Delfos. Y yo que lo hice por primera vez. No jodas, Elsa. No jodo, que es en serio. Con quién. Pues con el profe de marxismo. Tú estás loca. Loca pero Marcel me la toca, jajajá.

Me eché a reír y de repente en medio de la risa cambié de palo pa rumba y me dio por llorar a mares. Por moquear con unos jipíos de recién nacida que hasta pena me da acordarme de eso. Y los ojos de Yarlene, duros y grises como la pizarra del aula, se clavaron en mí asombrados. Contentos, pensé entonces. Porque Yarlene y yo, por seis años y pico, las mejores amigas. Desde el Pre siempre juntas. Pitias y Damón en femenino. Las sociales del alma. Cómo no se iba a alegrar con mi alegría, verdad. Guanaja y crédula que siempre he sido yo. Se me acercó ella ay Elsa coño, dame un abrazo, de verdad que sí, ya eres una mujer.

—¿Una mujer? ¿Y quién te ha dicho que tú eres ya una mujer? ¡Tú lo que eres es una chiquilla culicagá! —berrea Abuelonga como una energúmena, dándole un manotazo a Beiya. Y ahí me levanto yo, porque abusos sí que no los permito.

—Vieja, hazme el salao favor, deja a la niña quieta que la vas a traumatizar —me meto por el medio—. Contrólate.

—¿Qué traumatizar ni qué ocho cuartos? En lugar de salir siempre a la defensiva, atiende mejor a lo que está haciendo la ordinaria de tu hija. Si sigue como va, hasta jinetera no para, te lo advierto.

—¿Que pasó, Beiya? —me enfrento con la ordinaria.

—Nada, que dije que me iba al parque. ¡Y me voy por mis cojones, vaya!

—¡Adonde usted va a ir es al parque de las sábanas! —me engrifo, porque es la única manera de hacer entrar a la muy zafia por el aro, y de que se calle la entrometida de Abuelonga—. ¡Los cojones te los guardas entre los dientes! ¡Arriba, pa la cama! ¡Y sanseacabó!

La agarro por un brazo y así mismo la arrastro para el cuarto. No es muy difícil. Esta hija anémica del período especial no llega a las setenta libras. Pero se me resiste la cabrona. Con más roña de la que debería, le doy un empujón y la tiro en su cama como se tira un saco de papas al suelo.

Crac. No sé qué fue ese ruido. Los dientes de Beiya que se partieron en pedazos. Un hueso que se le astilló. Que se chive.

Entonces noto que tiene un morado enorme en la mejilla izquierda. Al principio pienso que es un manchón de tinta pero me fijo bien y es la marca de un golpe. Eso no se lo hice yo, tampoco soy tan tosca. Le pregunto qué le pasó y primero me dice que nada y luego que se cayó en la escuela, jugando a la hora del receso.

Tal vez debería ponerle un trapo con hielo para que se le baje la hinchazón. Pero no. No hace falta. Si no se ha quejado hasta ahora es que no le duele. Probablemente ni se acordaba ya de la caída. Y que se aguante la boca, que está muy salida del plato.

Los muchachos son de goma. Esta tarde uno de mis alumnos chocó con el marco de la puerta del aula y en quince minutos tenía la nariz como una naranja podrida. Pero fue el que más jodió durante la clase, el más tacos de papel me tiró y el que menos atento estuvo a mis explicaciones sobre el subjuntivo. Aunque ninguno de esos bárbaros me presta jamás la menor atención, así que a mí sus pesadeces me resbalan. Supervisar con la regla en la mano a futuros delincuentes en uniforme y cobrar a fin de mes la porquería que me pagan, en eso se resume mi flamante labor de educadora.

Vuelvo para la sala donde Abuelonga se desahoga, sujetando con la punta de los dedos el cabito de Populares:

—Con todos los problemas que hay y la vejiga esa acabándome con la poca paciencia que me queda —sacude la ceniza en el suelo, con un gesto casi elegante, evocador de las glorias marchitas de Sarita Montiel—. Dime tú, si se nos mete alguien aquí esta noche y nos roba hasta el último blúmer. Yo no voy a poder dormir tranquila.

Abuelonga tose. El humo que se escapa de su nariz le envuelve compasivo el rostro ajado en un velo gris. La barbilla le tiembla como si fuera gelatina y los pelitos del bigote se le mueven asustados. Toda su cara se estremece, incluso la cicatriz antigua que se le enrosca alrededor del ojo izquierdo. Es un costurón del tamaño de mi dedo anular que se destaca entre las arrugas como la carretera central en un mapa de Cuba.

Si abuela llega a tener esa herida un milímetro más cerca del párpado le diríamos La Tuerta. No sé quién se la hizo, pero desde que tengo uso de razón la recuerdo como su marca de fábrica. Ella nunca la ha mencionado. Mis hermanos y yo le preguntamos varias veces cuando éramos chiquitos y jamás nos quiso dar explicaciones. Era una esfinge, pero una esfinge muda. Lo que le dio fue un galletazo soberbio a Catalina el día que se le ocurrió llamarla Cara Cortada, haciéndose la graciosa. Bien hecho.

Nunca he oído hablar demasiado a Abuelonga. De niña me daba rabia que fuera tan metida para adentro, pero ahora comprendo que estaba en su derecho. Sus razones tendrá para callarse, digo yo. Hay muchas cosas de las que yo tampoco pienso soltar prenda en mi vida.

—Ni dormir tranquila se puede —repite—, ni comer, ni descansar siquiera. Se acabó la tranquilidad en este mundo.

Me repantigo ahora en el sillón de mima. Ella le puso un cojín relleno con guata de almohada y a partir de ese día se lo apropió. Sólo cuando la doña no está en la casa alguien puede sentarse en él. Me hundo con fruición en su blandura y con igual delicia planto firmemente los pies sobre la descascarada superficie de la mesa de centro.

Desde mi cómoda posición intento apaciguar a la Abuelonga, aunque estoy tan necesitada de calma como ella. Y con el cuento del Deslenguador que anda por el barrio, quién duerme o quién descansa. No, no es el Destripador. Éste tiene un estilo diferente. Roba y les corta la lengua a los robados cuando concluye la faena, para que no lo puedan denunciar. Otros dicen que les saca los ojos a los niños. Algunos, en narraciones de corte pornográfico, mantienen que viola a todas las mujeres de la casa, desde bebés recién nacidas hasta octogenarias como Abuelonga, y que termina clavándoles un cuchillo en la tota.

Me imagino la majagua de un negro. Grande. Palpitante. Troncúa como un bate de pelota. Se me despierta alguien que nunca está durmiendo y restriego con disimulo un muslo contra el otro. Ay Eros, cuándo me vas a lanzar, aunque sea por casualidad, una flecha de tu carcaj.

La versión más difundida por Radio Bemba acerca del mentado ladrón es la de las lenguas cortadas. Claro que nada garantiza la veracidad de la historia. Aquí en Centro Habana los chismes nacen en una casa, los sacan a pasear a las dos horas y se convierten en dogmas de fe con sólo dar la vuelta a la esquina prendidos de la boca del agente diseminador.

Lo único que sabemos con certeza hasta ahora es que a Marilú, que vive en esta misma cuadra, se le metió un tipo en la casa anoche, le robó todo el dinero que tenía y antes de irse le tiró un navajazo que le rajó los labios. Si se la templó o no, todavía no se ha puesto en claro.

Abuelonga da una última, voraz chupada a su cigarro y repite que tiene miedo. Es natural, la gente siempre tiene miedo. Más nosotras, aunque si me pongo a analizar, no hay por qué. Somos un batallón. Abuela, mima, Erny y yo. Ah, y Beiya, que todavía no ha cumplido doce años pero que es una fiera en miniatura. Qué tanto coger lucha. No somos machos, pero somos muchas.

Por supuesto, si no se le hubiera perdido el llavero a mima yo no estaría tan asustada, ni Abuelonga tampoco. Pero hay que ver las tres cosas que vinieron a coincidir: que hoy nos llegaran los doscientos dólares de Catalina, que se perdieran las condenadas llaves y que haya un criminal haciendo de las suyas por esta zona. Porque, póngase usted a pensar en lo peor, que es casi siempre lo que pasa. Si el llavero no se le perdió a mima, sino que el ladrón se las arregló para quitárselo en un descuido, porque se enteró de que había dólares aquí, entonces…

Entonces no te puedes quejar, Elsa, te sacaste la lotería, me repetía Yarlene sin salir de su asombro. Y yo engreída. Porque por primera vez la vida me daba más puntos que a ella. A mí, a la más fea, a la Flaca Matá. Afrodita sobrepujada por una Aracné escuálida en confusión de mitos. Porque ni siquiera mi socia, con su culo de ánfora griega y su fama de buena hembra, se había acostado antes con un profesor de la universidad. Y menos con uno como Marcel que tenía a todas las chiquitas locas por él, babeándole detrás. Porque valió la pena haber esperado tantos años, ser señorita hasta los veintiuno, que ni la Virgen María, para venir a estrenarme con un tipazo así.

Pero imagínate, Yarlene, y ahí me puse tristona, Marcel es casado. ¿Tú crees que deje a su mujer por mí? Y Yarlene no cojas lucha, mi amor, en qué mundo tú vives. El profe ya tiene la titimanía, como en esa canción de Los Van Van. Tú verás que termina botando a la viejuca. Y yo intrigada: ¿es muy viejuca de verdad, Yarlene, tú la conoces? Y ella: la conozco más que a mis manos, y tú también. Su mujer es una medio tiempo que enseña segundo semestre de historia del arte, tienes que haberla visto en los pasillos de la facultad.

Era el año noventa y aquí algunos pensaban todavía que la perestroika era la mujer de un ruso importante, a lo mejor una amiguita de Raisa Gorbachova. Todavía no se había desmerengado la Europa socialista. Todavía Marcel nos zumbaba en sus clases unos teques de Comunismo Científico que no había quién los entendiera pero tampoco quién los discutiera.

Como el gobierno. Esto no hay quién lo tumbe pero tampoco quién lo arregle. De todas formas, yo nunca pensé en tumbar al gobierno. Aunque no fui de la ujotacé ni comecandela como Catalina y Yarlene, eso no. Mi hermana Catalina tenía un cuadro del Che igualito que el de la oficina de Marcel colgado en la pared del cuarto de nosotras. Ni que fuera un retrato del novio. Un afiche grandísimo que era, y terminó tirado en la basura. Gracias a mí.

Yarlene era secretaria de la ujotacé en el Pre y la que recogía la cotización de los militantes. Me acuerdo de que en los actos políticos siempre recitaba aquel verso del Che: nació en Argentina con una estrella en la frente, alumbrando el continente de la América Latina. Pero el comunismo de ellas era de dientes para afuera, como el del propio Marcel. Ofrendas sin espíritu a los dioses del Kremlin. Cuánta hipocresía hay en este puto mundo y lo tarde que se viene a descubrir.

Yo desde siempre quise salir de Cuba. No por gusanería, si a mí la política me importa menos que el sexo de las moscas, sino por ver la nieve. Ver una nevada fue por un montón de años mi obsesión. Muchas veces, cuando chiquita, soñé que nevaba en La Habana. Que yo me asomaba al balcón de la sala y veía toda la avenida Carlos Tercero hecha una cinta blanca, como si la hubieran pintado de leche por la noche. La nieve temblando en las hojas de los árboles. Los cables de la luz cubiertos de cristal. Las flores del framboyán que está ahí en Emergencias súbitamente pálidas. Y los copos cayendo despacio sobre los techos de las guaguas y tintineando al chocar con el muro de mi balcón, sonando como cuando se abría una cajita de música nacarada que tenía la Abuelonga en su coqueta. Ésa fue una ilusión que tuve muchos años, hasta que se me derritieron las ilusiones.

La política era otra cosa. Difícil de entender. Si ser comunista consistía en gritarles que se vaya la escoria a los que se iban por el Mariel o desgañitarme berreando viva Fidel en las manifestaciones, entonces yo era comunista. Pero no porque lo sintiera, sino porque era lo que había que hacer. Con lo que me enseñaban en la escuela no se podía discutir, lo mismo que no se discutía con mima ni con Zeus el tronante.

Cuando me empaté con Marcel traté de enterarme exactamente de qué era el comunismo. Para saber de fijo si me gustaba o no. A fin de cuentas, él era el experto. Yo sólo quería averiguar si el comunismo significaba seguir para siempre como estábamos en Cuba, bastante jodíos por cierto. O si la jodienda era porque no habíamos salido todavía de la primera etapa, la socialista, y luego todo iba a cambiar y una podría comprar comida y ropa sin libreta, montar guaguas vacías, tener un apartamento propio, siquiera de microbrigada, y a lo mejor llegar a ver una nevada, aunque hubiera que zumbarse hasta la mismísima Siberia.

Yarlene se burlaba. Ven acá, Elsa, me decía hecha una carcajada andante, ¿cuando ustedes se acuestan juntos discuten sobre el papel de la clase obrera en la revolución mundial y los logros del socialismo? Y yo qué pesada eres, Yarlene, hablamos de otras cosas también, pero a veces le pido que me explique algunos puntos que no me quedan claros en sus conferencias. Y ella: ¿y él te los explica? Y a mí me daba pena: bueno, para serte sincera, no del todo. Nada más me cita el Manual de Konstantinov pero me quedo en las mismas. A lo mejor es que yo soy bruta para las ciencias sociales, ¿tú no crees?

Me dolía la risa burlona de Yarlene y qué más, Elsa, a ver. Después de Konstantinov qué volá. Y yo pues luego lo hacemos hasta tres veces, yo no sabía que a los comunistas les gustara tanto templar. Pero mi amiguita, el miedo que me da es que alguien me quite a Marcel. Que se meta otra chiquita por el medio o que se entere la mujer. Y Yarlene socarrona: no chives, ni que estuviera tan bueno el tipo, con ese tic nervioso que parece un cronómetro frenético. Y yo ay, no digas eso, que es precioso. Es un mulato de concurso. De concurso será el Lada que tiene, me relajaba ella, pero no cojas lucha, Elsa, que el profe está puesto pa ti. Y dialécticamente, eh.

Todo aquel otoño me lo pasé flotando en la nube rosada de mi primer amor. Lástima que la nube se desbaratara y se cayera a tierra diluida en gotas de la más barrosa y humana porquería. Me acuerdo que era otoño, aunque aquí no se les pongan las hojas doradas a los árboles ni se les cubran las ramas de globos de cristal. Hacía sólo un mes que había empezado el curso en la universidad, por eso sé que estábamos a finales de septiembre. Se había ido el calor, no se sudaba ni se sentían las pestes habituales del trópico. A veces yo me ponía un abrigo azul tejido, ajustadito, que me quedaba de lo mejor.

Ese año estaban haciendo reparaciones en el edificio de Artes y Letras, el que queda en Zapata, y nos habían mandado a tomar las clases en la facultad de derecho, en La Colina. Yarlene protestaba porque le ronca el merequetén zumbarse loma arriba a diario, es que no podían dejar esos puñeteros arreglos para las vacaciones. Pero a mí me gustaba subir por las mañanas la escalinata de la universidad y pasar junto al Alma Máter, que me saludaba con una sonrisa cómplice en su cara de niña buena (como la mía) sobre un cuerpo envidiable de mulata jacarandosa. Saludar en secreto a aquella amiga muda me hacía sentirme importante, grande, poderosa, mujer. Si me hubiera atrevido, le habría dejado ofrendas a sus pies.

Por las tardes, cuando nos encontrábamos como por casualidad en el Parque de los Laureles, Marcel me recitaba *Las hojas muertas* y yo lloraba a moco tendido porque la vida separa a los que se aman muy suavemente, sin hacer ruido y el mar borra sobre la arena las huellas de los amantes desunidos.

Más tarde en la cafetería, Yarlene y yo comiéndonos unos bocaditos de queso y ella dándoselas de preocupada por mi llantén. Elsa, coño, por qué tú lloras, el profesor te ha dicho que te va a dejar, discutieron o qué. Y yo que no, que estamos bien, pero me da sentimiento nada más que de oír esa poesía. Es que estoy enamorada, tú entiendes.

—¿Tú entiendes a tu madre? Siempre dándoselas de más inteligente que nadie y está más loca que una chiva.

Abuelonga, que había ido a la cocina para buscar otro cigarro, se sienta en el sofá. Se deja caer como un saco de huesos, una bolsa llena de vértebras crujientes como papas fritas, y mueve la cabeza igual que si estuviera atacada del mal de Parkinson. Parece una Parca tísica, o la estampa de la herejía.

La estampa de la herejía. Así me describía ella a mí, cuando yo era chiquita, por lo flaca y lo desconflautada que estaba. Debe ser un mal de familia.

—¿Qué, se fajaron otra vez? —le pregunto acopiando toda mi pachorra, dispuesta a hacer de tripas corazón, o de tripas oídos, y a dispararme con santa calma el cuento de la última pelea que tuvo con la autora de mis días. Porque estas dos son perro y gato. Más de una vez me han preguntado unos vecinos nuevos si mi madre y mi abuela son nuera y suegra, por las barbaridades que se gritan a todo pecho. Y cuando les digo que son madre e hija (sangre de su sangre, que a veces hasta la han hecho correr, a la sangre, sí) me miran con unos ojazos...

A estas alturas yo no he conseguido entender por qué duermen juntas. O mejor dicho, cómo es que duermen juntas y una no ha ahorcado a la otra todavía en medio de la oscuridad. Conociendo como conozco a mi progenitora, este arreglo nocturno me parece una descarada provocación al matricidio.

—No, chica, no —carraspea Abuelonga llevándose el nuevo cigarro a la boca con fruición, cual si fuera un hermoso pene—. Ahora ella está más tranquila que estate quieto. Después de la última burrada que hizo se ha tenido que guardar la lengua donde no le dé el sol.

Y donde no se la vaya a encontrar el Deslenguador, pienso y un escalofrío me recorre la espalda como un relámpago de hielo. Ya es casi de noche y hoy hay apagón programado. Se levanta la veda en la propiedad ajena. Comienza el tiempo de caza favorito para los ladrones, rateros, asesinos, carteristas y malhechores varios de este criminoso barrio de Cayo Hueso.

—¿Y cuál es el problema, abuela? —le pregunto, más que nada para mantener la conversación. Abuelonga no es precisamente charlatana y hay que darle un poco de cuerda para que se anime a soltar lo que lleva por dentro.

—Te hablo de que perdió el llavero. ¿Tú sabes lo que es eso? Y ahí tenía no sólo la llave de la casa, sino la de la puerta del edificio también. Es como si nos hubiese dejado encueros en medio de la calle, a todos.

Encueros en medio de la calle. Abuelonga tiene, cuando se lo propone, un vocabulario fulgurante, pleno de tintes púrpura y de resplandores goyescos. Me la imagino con sus ochenta años y sus carnitas deshilachadas, ya sin tetas –casi el mismo cuerpo de Beiya– desnuda en plena avenida Carlos Tercero. Me imagino a mi madre, pellejos palpitantes y nalgas tristes, tratando de cubrirse la tota marchita con las manos. Veo ahora a Erny, pelos por todas partes, Dios mío, y que le cuesta un Congo depilarse con cera, y lo que duele eso. Ernesto en cueros vivos, negación perfecta del Apolo de Belvedere, con un par de bolas diminutas como pelotas de ping-pong colgándole por error entre las piernas. Me veo, en fin, a mí misma, flacucha pero barrigona, porque desde que nació Beiya me quedé con una pancita de burócrata que da asco. Y para rematar medio pelona por abajo pues todo el pelo de la familia se lo llevó mi hermano, para su desesperación.

Y me río a carcajadas. No lo puedo evitar. Me desternillo. También podría decir me destornillo. O plagiando a Carilda Oliver, me desordeno, aunque nadie me toca (ya lo quisiera yo) la punta de mi seno.

—¿A ti qué te pasa, Elsa, guanaja? —Abuelonga me fulmina con la mirada—. ¿Te parece gracioso que esta misma noche, cuando estemos durmiendo, se nos meta un negro en el apartamento y nos destripatee a todas? ¿Eh?

No sé lo que significa destripatear, pero apuesto a que no es nada bueno. Por otra parte, Abuelonga es el racismo personificado. A ver, ¿por qué tiene que ser un negro el que venga? Estoy a punto de preguntárselo, en una súbita, inesperada resurrección de las oxidadas convicciones ideológico-político-raciales que Marcel me inculcara, pero la llegada de Erny me corta la palabra.

—Vengo que suelto el bofe —anuncia entre jadeos, tirando al suelo un saco embarrado de tierra—. Había un tipo vendiendo papas en el portal y compré quince libras. Me las dio por seis dólares.

Se acerca a Abuelonga y le planta un beso en la cara. Por poco se quema un ojo con el cigarro. Pero así es él con la vieja, desde niño. Empalagoso como un pilón de azúcar prieta. Yo le tengo cariño a abuela pero jamás se me ocurriría estarla hocicando cuando entro o salgo de la casa. ¿A santo de qué esa pegajosidad?

—¡Yo quiero papas fritas! —chilla mi hija, asomando la nariz desde la puerta del cuarto—. ¿Me las vas a freír, Abuelonga?

Abuela se vuelve hacia ella, mutada de repente en Medusa valetudinaria:

—¿Y a ti no te habían mandado a dormir, por descarada?

Descarada, sí, eso es lo que tú eres, revolcándote por ahí con un hombre casado, gritaba mima en do mayor de furor sostenido. La rabia chispeaba detrás de los cristales de sus espejuelos como la llama del quinqué que encendemos cuando se va la luz. Ya alguien le había ido con el chisme, probablemente Candita la del Comité. Candita Zayas la de la Atalaya. La que desde su cuarto en la azotea vigilaba a todo el barrio con un par de binoculares de los que usaba la milicia.

Y yo no mima, qué hombre casado ni qué invento, eso es mentira. Y ella mentira tarros, que los han visto juntos. Te han visto a ti bajándote del carro de ese tipo, de un Lada gris. Por la noche. De la mano con él. Ése es el ejemplo que se te ha dado en esta casa, cochina. Ése es.

Ahí saqué yo las uñas y a defenderme dije. A defenderme como gato bocarriba. Tú estás equivocada, mima, el compañero del Lada es un profesor mío y si me da botella hasta acá es porque las guaguas están imposibles. Mima que sigue hecha un áspid y tú te crees que yo soy sanaca, Elsa, o que me chupo el dedo. Desde cuándo los hombres llevan a las mujeres de gratis en sus carros, eh.

Y yo pensando que Candita debía de habernos visto una noche que regresamos juntos del cine Astral. Marcel me había llevado a ver *Tiempos Modernos*, que de modernos no tenían más que el nombre, porque quería usar la película en un seminario para hablar de la deshumanización del hombre en el capitalismo. Y cuando yo le pregunté que si el capitalismo no habría cambiado mucho desde la época de Chaplin, que era la de mi abuela, me contestó que algo, pero que para peor, porque la única sociedad que cambiaba para bien y aumentaba la prosperidad del hombre era la nuestra.

Cuando llegamos a la esquina Marcel parqueó el carro y me acompañó hasta la puerta del edificio, cosa que no hacía casi nunca. Íbamos los dos juntos y tomados del brazo como Charlot y la Gamina. Pero sin hambre, porque en aquella época todavía se podía comprar un pan con algo en cualquier cafetería y tomarse una taza de café aunque fuera bautizado.

—¡Abú, por favor, que me están sonando las tripas! —clama Beiya, poniendo cara de paciente de SIDA en fase terminal—. Si no me das de comer ahora mismo me voy a desmayar completa, te lo advierto. Me va a dar un zambeque de a correr con los Villalobos. Y después carguen conmigo para el hospital y dejen que me muera allí.

¿De dónde habrá sacado ella eso de zambeque? Por mi madre que yo no sé a quién salió tan pícara esta niña. Manipuladora hasta la pared de enfrente y con algo de Pan en su mirada carmelita.

Abuelonga se levanta.

—Bueno, pero voy a freír una sola papa, que casi no hay aceite. Una gotica es lo que queda.

—¿Cómo que una sola? —se encrespa Erny—. ¿Y qué, los demás tenemos la boca cuadrada o sellada con pegolín? No, abuela, no. Déjate de malcriar a la chiquita esa. ¡O se fríen papas para todos o no se fríen para nadie!

—Oye, nada de chiquita esa que es mi hija —intervengo de nuevo, qué remedio, en defensa de mi cachorra.

Abuelonga se mete, persuasiva:

—Pero si lo que queda de aceite es media cucharada, no alcanza para más. Gracias a que dé para una papita rebejía.

Y Erny:

—¡Pues no se fríe ni una papa, vaya! ¡Y ya está! Como mismo las traje, agarro el saco y me las vuelvo a llevar, para que quede claro.

Para que quede claro, me voy a ir de la casa si mi madre sigue jodiendo con que no te vea más, le anuncié aquella tarde a Marcel antes de quitarnos la ropa en la posada. Él espantado, no mi amor, espérate, adónde vas a ir. Tienes otros parientes, a lo mejor te puedes acotejar con tu papá. Y yo a explicarle que de papá nada, mi viejo se murió hace años y no tengo más familia. Vaya, tengo un montón, pero todos vivimos juntos. Así qué gracia tienen los parientes. Dije que me voy porque me voy contigo. A donde sea. Agarro el bulto y se la dejo en la uña a mima.

Y Marcel horrorizado, con el párpado loco moviéndosele a trescientas revoluciones por minuto. Espérate, mamita, no ves que yo no tengo adónde llevarte. Mi casa es la de mi mujer, era antes de los abuelos de ella y ahora es de sus padres, que los dos viven con nosotros y con los muchachos. Dónde quieres que te meta, en el garaje o qué. Si descubren en lo que andamos me dan una patada por el fondillo y me quedo tan en la calle como tú. En la calle y sin llavín.

—Hasta sin llavín se ha quedado la idiota de su madre—resopla Abuelonga—, y encima ustedes dos discutiendo por cada bobería, en vez de ponerse a buscar a ver si aparece.

Esto es todo un misterio de Agatha Christie. El extraño caso de las llaves desaparecidas. Mima jura que ella no sacó su llavero de aquí. Que esta tarde, cuando fue a la Plaza de Carlos Tercero a buscar el dinero en la Western Union, lo dejó olvidado arriba de la mesa. Como salió con Erny y él llevaba su propia llave, ninguno de los dos se dio cuenta de que faltaban las de ella hasta mucho después que regresaron. Mima siempre hace que alguien la acompañe cuando va a recoger los dólares que manda Catalina, no sea que la desvalijen por el camino.

Según ella, cuando volvieron ya su llavero había desaparecido de la mesa. Vaya usted a saber dónde estará. Y lo jodido es que no es una sola llave la que se perdió, sino dos. Así que tendremos que mandar a hacer una nueva para la puerta del apartamento y otra para la del edificio. Cincuenta pesos por lo menos. Pero eso no nos va a dar ni un gramo más de tranquilidad. Lo más seguro sería cambiar la cerradura de aquí, por si las moscas. Nada, que volver a dormir en paz nos va a costar los ojos de la cara y hasta el del culo.

Aunque ¿quién pudo haberse alzado con el llavero? Abuelonga perjura que nadie vino en todo el rato que mima y Erny estuvieron afuera. Solamente ella y Beiya estaban aquí, y Beiya, por rareza, de lo más tranquila leyendo una revista. Yo todavía andaba por el trabajo, así que estoy libre de sospechas. Inocente como la paloma del diluvio.

Y como la paloma del diluvio me aparecí una tarde en el hogar honrado de Marcel. No en plan de buscar bulla, si yo nunca he sido bretera, sino con mi máscara mejor de niña candorosa. Una máscara que era realmente mi propia cara, si lo vamos a ver. Caminé hasta Aramburu, donde estaba su casa, comiéndome las uñas del susto y sintiendo que por cada dedo me salía un litro de agua salobre, pero así y todo fui. ¿Y cómo no iba a ir?

Hacía más de una semana que no veía a Marcel. Faltó a una conferencia y a un seminario de Economía Política. No se sentaba durante las horas de oficina en su cubículo, ni merendaba cafichurre en la cafetería de la universidad, ni se paseaba más por la Plaza de los Laureles. Y yo sufriendo, despellejándome el alma y preguntándome qué estaría pasando con él. Porque nada bueno sería, me lo anunciaba el corazón. O mejor dicho, el sentido común, aunque ya se sabe que ése es el menos común de todos los sentidos.

Cuando al fin el perdido tuvo a bien aparecerse en el aula, se evaporó en cuanto sonó el timbre del receso. Ni tiempo me dio a preguntarle dónde se había metido. Yarlene juraba que él me miraba mientras daba la clase, que no me quitaba la vista de encima, pero en el fondo de mi seducido cerebrito se había encendido la luz roja de alarma. ¿No estaría el muy cabrón cansándose de mí y tratando de cortar el nudo, quizás gordiano para él, que nos unía glandularmente?

Por eso me le colé en la casa como me le había colado antes en su oficina. Yo tenía que saber. Que hablara claro. Fui haciéndome la boba, que ésa siempre ha sido mi piel de león de Nemea, o mejor debería decir de oveja de dos caras consagrada a Jano. Mi modus operandi. A veces me ha dado resultado y otras no, pero es el único que tengo.

Alicia, la mujer de Marcel, era la típica profesora de cejas sacadas en hilo, moñitos requemados por la permanente y vestido hasta la rodilla con sayuela debajo. Tenía una cara de cansancio infinito, como si llevara tres semanas seguidas calificando exámenes de gramática sin parar un minuto.

Ahora, conmigo se pasó de amable. Cuando le dije que era alumna de Marcel se puso contentísima. Me enseñó de lejos a sus dos hijos, unos jimaguas de diez años que andaban mataperreando por la calle; me hizo entrar a la sala, que la tenían bastante bien puesta por cierto, con una radiograbadora Sanyo en la mesa de centro, y hasta me brindó una taza de café. Apenas lo probé, no fuera a estar envenenado. Paranoica que siempre he sido. Al poco rato empezó a preguntarme que cómo me iba en las clases, que si Marcel era buen maestro, que si se llevaba con los estudiantes, que si las muchachitas le sateaban mucho. En fin, un interrogatorio en toda regla.

La muy zorra quería sonsacarme con disimulo. Pero a buena puerta había ido a tocar. Y yo asombrada de que no descubriera en mí a la Otra, a la Querida. Pero no había nada de extraño en eso. Es que yo nunca he tenido cara de Otra ni de Querida. Soy bajita, flaquita (los diminutivos siempre suenan bien, por lo menos mejor que flaca y retaca) y con cara de ratón huérfano, como me decían cariñosamente mis hermanos desde que aprendieron a hablar. Para colmo, tengo estrabismo y las tetas flojas desde los veinte años. Nada, que no hay por dónde cogerme. Pero entonces yo estaba ciega.

Y Alicia lo estaba también. A partir de aquella visita, de la que ella no sacó nada en limpio ni yo tampoco porque Marcel andaba "por el campo", fue que empezó nuestra amistad. Bueno, si a eso puede llamársele amistad. Nos encontrábamos en los pasillos de la facultad y nos saludábamos con un qué hay, mija, cómo estás. Ésa era ella, por supuesto, yo siempre la traté de usted. Qué tal, profesora, cómo le va.

—¿Cómo te va con los chamacos esos que toreas en la Secundaria? —me pregunta Erny de pronto. No sé si lo hace por joder o por legítimo interés en la aperreada vida de su hermana mayor, pero no tengo ganas de contarle.

—Ahí.

Abuelonga ha vuelto a sentarse en el sofá. No le importa que mi hija se esté muriendo de hambre (a mí tampoco, si vamos al caso). Pero que deje de prepararle un bocado para complacer a este

manganzón, me jode en las entrañas. Erny se acomoda a su lado y le
pasa ladinamente un brazo por la cintura. Después vuelve a la carga
conmigo:

—Niña, se necesita ser monga y tres cuartos para trabajar ocho
horas al día, hasta los sábados, aguantando a chiquillos malcriados
por doscientos cincuenta pesos al mes. ¿Cuánto es eso, Elsa, diez
dólares? A ti no hay quién te entienda. La verdad es que tienes espíritu
de mártir.

Y ya está claro. Preguntó por joder. ¿Qué quiere que le diga?
¿Que no todo el mundo tiene querindangos que le pongan los fulas
en la mano (o sabe Dios en dónde) por un par de meneos en la
cama? De espíritu de mártir nada. Lo que tengo es mi boca, más la
de mi hija, que llenar.

—¿Tú tienes algo mejor que ofrecerme, chico? Avísame, que para
luego es tarde.

Inmediatamente me muerdo la lengua. Que no se le ocurra
ofrecerme ni un vaso de agua fría, porque soy capaz de tirárselo por
la cara. Después de la cochinada que me soltó cuando lo del argentino
más nunca vuelvo yo a aceptar el más mínimo favor de él. Ni aunque
venga envuelto en la cara de Lincoln con fondo verdemar.

—Es que tú eres una achantá, por eso no progresas.

Hoy éste vino con ganas de buscar pleito y de revolver el panal.
Tiene la mariconería en punto de caramelo. Y pensar que papá le
puso Ernesto por el Che Guevara, para que fuera un macho duro, un
guerrillero como él. Parece que papá era comecandela. O que se hacía,
igual que Catalina. Aquí nunca se sabe. Pero le salió el tiro por la
culata. Les salió a todos: al Che, a papá, a mima y a Ernesto, que
terminó convertido en Erny, héroe de marchas por la retaguardia y
capitán fogueado en escaramuzas a posteriori.

Lo que dice el muy impertinente de que soy achantá es una
exageración suya. No es culpa mía si no he salido adelante, porque
esfuerzos los hago. Es que a mí todo se me tuerce en esta vida, hasta
los tobillos cuando bajo las escaleras.

Una vez, hace cinco años, el mismo Erny me presentó a un turista
argentino que andaba buscando compañía. Compañía femenina, claro,
no como los demás amigos de él. Todavía me acuerdo de cómo me
vestí el día que fui a conocerlo. Delicado balance el que traté de

establecer, procurando no lucir ni muy muy ni tan tan. Conservaputa.

Blusa blanca apretada para que se me marcaran las tetas, pero con escote discreto. Saya roja bastante corta, pero no mini no fuera a confundirme con una jinetera. Zapatos blancos de tacón, los mismos que usé en mi fiesta de quince, para que me lucieran más las piernas. Me quedaban chiquitos, pero era el par más decentico que tenía. Mucho maquillaje, eso sí. La máscara moldeando a la persona. Patéticos esfuerzos de la materfamilias por lucir accesible, aunque no vendible. Salsa sin putería, feminidad honesta en desinteresada exhibición.

En cuanto vi al argentino pensé si me pide el pescao se lo doy. Joven no era, pero no lucía mal. Tendría unos cincuenta años bien vividos y una cara redondita y rosada, con hoyitos, como de muchacho bobalicón. Y ya yo estaba falta de mantenimiento profundo, así que ascos no le iba a hacer.

Nos encontramos en la cafetería El Rápido. El lugar me dio buena espina: si no pasábamos a mayores, por lo menos me invitaría a merendar. Miré el menú y empecé a salivar. Perros calientes. Helados Coppelia. Tropi Colas. Pollo frito con papas. A lo mejor hasta le podía llevar algo a Beiya que se había quedado con Abuelonga, rabiando de lo lindo.

Pero no estaba para mí. El che se limitó a darme cháchara un rato sobre la posibilidad de instalar calentadores solares en los barrios de Centro Habana. Insípido tema de conversación que me costó trabajo mantener porque se me iban sin quererlo los ojos para los pollos doraditos que sacaban cada cinco minutos de la cocina en platos de cartón. Pasó una media hora y de merienda nada. Con trabajo me invitó el muy agarrao a una mísera Tropi Cola, cuando le dije por lo claro que me moría de sed. Luego se despidió muy fino. Fue un placer conocerte, nos vemos cualquier tarde, chau.

Chau. Yo me hubiera quedado muy pancha navegando en el bote plástico de mi honradez. Qué decente y qué honesta soy, que ni aunque mi hija y yo estamos en el hueso pelado me metí a jinetera. Traté de olvidarme de que necesitaba más mantenimiento interior que un Ford del cincuenta y no recordé más que mi decencia, aunque el fulano no se había tomado la molestia de ponérmela a prueba. Pero el desgraciado de Erny me reventó el orgullo, me lo pinchó como si fuera una goma podrida de bicicleta china, me hundió el bote de una patada. A los pocos días me restregó en la cara, durante una discusión que tuvimos, que el argentino le había dicho che, otra vez no me busques a tipas como ésa, que ni pagándome ella a mí.

Me quedé desmoralizada. De modo que ni para puta servía, qué jodía estaba ¿no? Entonces se me ocurrió consultarme con Sabina, una mulata amiga de Abuelonga. Tremenda vidente, tenía cuarenta con cuarenta en cada ojo. La santera, nada más que de echarme la vista encima, descubrió que yo era hija de Yemayá. Me explicó que todas las cosas malas que me habían pasado, me las había buscado yo por no atender a mi orisha como había que atenderla. Pero que si la contentaba, nadie más se iba a burlar de mí. Ni Erny ni los machos ni Mazantini el torero.

Tú eres hija de Yemayá, que te protege y empuja el mar amargo dentro de las gargantas de tus enemigos. Cuando oí esas palabras, enseguida supe que lo que me estaba diciendo Sabina tenía que ser verdad. Por lo que había pasado con Marcel seis años antes, y que aquella mujer no tenía modo de saber. A fin de cuentas Yemayá es Anfitrite, la reina de los mares, la que no tolera infidelidades. La que transformó a Escila en monstruo y a mi rival en almuerzo de un tiburón.

Sabina me mandó a ponerle una asistencia a la santa: un platico pintado de azul, lleno de agua y con un caracol en el medio. La obedecí. En el fondo me gustaba hacer ofrendas a la criolla. Me recomendó que me pasara un huevo por el cuerpo, para limpiarme de malas influencias, y que lo tirara bien lejos después. Y cuando lo tiré explotó, por mi madre que explotó como una granada, y soltó un agua oscura y apestosa a perro muerto. ¡Sólo Dios sabe lo que me habían echado! Bilongo con azufre, sal y pólvora negra, por lo menos.

Después me hice una limpieza en grande, con un gallo gordo y tabaco. Y resultó. Aunque sea un poco, se me han aclarado los caminos. Por lo menos conservo mi trabajo, y con lo malas que están las cosas, eso hay que agradecerlo. A Yemayá o a Anfitrite, que a ella no le importa el nombre que se le dé.

Y la atracá de Catalina, que entonces era dirigente del Partido, diciéndome que el gobierno debería prohibir la santería, el espiritismo y cualquier tipo de creencias que se opusiera al materialismo dialéctico.

Elsa, tú no te acuerdas que Marx dijo que la religión es el opio del pueblo. Y cuando yo le pregunté que para qué habrían dejado abiertas las iglesias me salió con que la iglesia es para que vayan los viejitos que se criaron creyendo en esas tonterías. Pero en estos tiempos en que vivimos, tiempos modernos, de socialismo militante, que alguien como tú se ponga con semejante oscurantismo es un crimen, mi hermana.

Así me dijo. Un crimen. Por eso desbaraté aquella foto que mandó, donde aparecía con cara de santa y pura en plena Ermita de la Caridad, allá en Miami. No me importó que mima se molestara porque es la primera foto que tu hermana nos manda y mira lo que le haces, envidiosa. Piqué la foto en pedacitos como me hubiera gustado picar en pedacitos a Catalina, por zorrona y aprovechada.

Me cago en la madre que la parió. Pero no. Que es la mía.

Tengo que calmarme. No sirve de nada seguir dándole vueltas al asunto. Lo que pasó pasó.

Ya, Elsa. Desmaya el tema. Desmáyalo, por Dios. Que te va a volver la migraña mala y te vas a morir de un infarto, o te vas a quedar toda jodida como abuelo. Ya.

Una semana después de consultarme con la santera entré a trabajar en la Secundaria, enseñando español. Lo que pagan es una miseria para los precios que corren hoy día, en eso tiene razón Erny. Y los muchachos joden como trastornados y se burlan de mí y me ponen nombretes y se pasan unos a otros papeles con mi triste caricatura. Ahora, dado que nadie ha venido a ofrecerme un puesto mejor ni a sacarme las castañas del fuego, me conformo con lo que tengo. Al menos saco para los mandados. Algo es algo.

Sabina me dijo que mi orisha siempre había estado velándome la espalda, protegiéndome. Lo que esa santa hizo por mí, cuando Marcel me dio la gran patada, no hay cómo agradecerlo. Me vengó a mil por cien, aunque en aquel entonces yo todavía no sabía que era hija espiritual de ella ni me ocupaba de los santos. Anfitrite sí es leal con quienes la contentan, no como las amigas de la tierra que son venenos disfrazados de perfume francés.

Qué me haría yo sin ti, Yarlene, mi hermanita. El ánimo que tú me das, le decía yo apretándole la mano (ojalá se la hubiera roto) en el pasillo de la facultad. Acababa de salir del baño y ni rastros de sangre en el blúmer, que estaba seco como una mesa de pinotea. Y yo muerta de miedo porque nunca me había fallado la regla un solo mes, ni jamás en la vida había tenido atrasos. Aquello significaba lo que, justamente en esos momentos, menos me convenía tener. Un hijo.

Yarlene me daba palmaditas de consuelo. No te preocupes, Elsi, esto se resuelve en tres patás. En peores líos me he visto yo y mírame aquí. Y la miré: alta, culona, sandunguera y caderúa. La criolla típica. La escultural. Cuando salíamos juntas yo me transformaba en la mujer invisible. Y ella si estás embarazada te lo sacas y ya. Yo me he hecho tres abortos y nada, palante el carro. No duele más que un retorcijón de estómago. Es una inoportunidad, pero no pasa de ahí.

Una inoportunidad. En el Pre le llamábamos la inoportuna a la menstruación. Una caía con ella en los momentos más inadecuados: el único día que conseguía reservar una cabañita en la playa o justo cuando se estrenaba un par de pantalones blancos. Pero aquella tarde me di cuenta de que lo verdaderamente inoportuno de la menstruación era cuando *no* llegaba. Llevaba cinco semanas esperándola y ella brillando por su ausencia. Como Marcel.

Sí, porque para ponerle la tapa al pomo, Marcel seguía huido. Se aparecía en la facultad dos minutos después de que sonaba el timbre de entrada a la clase, nos disparaba el teque del día a velocidad meteórica y con la misma arrancaba como si tuviera un cohete en el culo. No había manera de cazarlo, ni con un fusil AKM. Yarlene se ofreció a ir a su oficina un par de veces, pero siempre me venía con el cuento de que no lo había encontrado allí.

Por su parte, la profesora Alicia había empezado a hacerme confidencias. Cada vez que se encontraba conmigo me descargaba por más de media hora. Parece que me veía cara de muro de las lamentaciones. Que su adorado maridito se había tirado por la calle del medio. Hay días que no le veo el pelo, ni a dormir viene. Que ni de los hijos se ocupaba, que la estaba tarreando. Y como está el SIDA, me lo pega sin darme cuenta, Elsa. Figúrate, y la que se jode soy yo.

Alicia me inoculaba sus celos, me infectaba con ellos. La diferencia estaba en que ella tenía el derecho a sentirlos, y yo ni eso. Que por favor le dijera si lo sorprendía en saterías con alguna alumna de mi clase, porque ella arrastraba a la sonsacadora por el pelo y le rompía la cara contra la estatua del Alma Máter. La tiro por la escalinata para abajo, Elsa, te lo juro por mi madre. La desnuco, le piso el alma y luego vamos a ver a cómo tocamos.

Candela con escopeta.

Aquellos duros noventa. Ya habían empezado los apagones y las guaguas iniciaban su rápido proceso de extinción. El Período Especial se afilaba las pezuñas antes de entrar de lleno en Cuba para arañarnos la existencia. Y en casa no había ni un quilo prieto partido por la mitad. Estábamos en la fuácata y encima yo con mi barriga y mi preocupación. Las desgracias nunca vienen solas.

—Y el día que no jode Juana, jode su hermana, y si no se rompe la palangana. La verdad es que tu madre la cagó bien cagada —cacarea Erny. Dice tu madre hablando conmigo, como si mi madre no fuera también la suya—. Esta noche hay que poner una mesa detrás de la puerta. Con varias botellas vacías arriba, para que hagan bastante ruido si alguien trata de abrir.

—Déjate de tantos aspavientos —le replico, fingiendo una despreocupación que, por desgracia, estoy muy lejos de sentir—. Por lo menos tenemos un hombre aquí para que nos defienda. ¿O no?

Touché. Es un aguijonazo envenenado, en pago por todos los que me ha tirado él desde que entró por esa puerta con su saco de papas. Le llegó bien adentro. Se le contrae la cara como si estuviera de parto, porque si hay algo que mi supergay hermanito no soporta es que alguien aluda a su virilidad (o falta de ésta) en su mariconísima presencia.

—Vete a la mierda, Elsa —escupe hacia mí. Se levanta con el odio colgándole de las quijadas y sale dando un portazo titánico. Vale.

—Voy a freírle la papa a Beiya —aprovecha Abuelonga y corre a la cocina.

Ahora tengo la sala para mí nada más. Aleluya. Disfruto de esta rara, volátil soledad golosamente como si saboreara un sándwich de jamón. El otro día leí en una revista *Hola* que Erny le robó a uno de sus queridos (déjame no ser malpensada, a lo mejor el querido se la regaló) que el cuarenta por ciento de los españoles se quejaba por la falta de compañía. De ahí los viajes charters Madrid-La Habana que proveen a mi hermano de perfumes baratos, revisticas en colores, camisas Polo usadas y algún que otro billete verde. Oh, los nuevos conquistadores que rastrean otra vez el oro de las Indias. Oro transmutado en carne accesible, en culos grandes, calientes, abiertos y baratos. De ahí los anuncios personales en aquel diario de Sevilla. Hombres buscando mujeres. Mujeres buscando hombres. Mujeres buscando mujeres. Hombres buscando hombres.

Los cubanos todavía no hemos llegado a ese grado de civilización. Aquí la soledad es un privilegio. El anhelo de compañía queda para los europeos, igual que las manzanas, los BMW, las comidas dietéticas y el papel de baño perfumado, lujos burgueses a los que no podemos aspirar aquí. Aquí nos acostamos con el fondillo sucio, sobrevivimos montando en los camellos y comiendo lo que encontremos, amontonados hombres con mujeres, mujeres con mujeres, hombres con hombres, padres con hijos, abuelos con nietos y con bisnietos. En mi misma familia somos cinco en un apartamento de cuarto y medio y barbacoa en los altos. Y estamos cómodos, porque en un tiempo fuimos ocho. En fin, paciencia.

Paciencia, mi amiga, tú verás que ahorita te llaman. Yarlene solidaria meneaba sus caderas galopantes buscando un banco libre en el lobby del hospital. Estábamos en Maternidad de Línea, esperando el resultado de mi ultrasonido, aunque yo ya sabía exactamente lo que me iban a decir. Me acuerdo que olía muy fuerte a cucaracha mezclada con desinfectante, un olor como para quitarle el aliento a cualquiera. Al cabo gritaron mi nombre, Elsa María Velázquez, puerta seis.

Tienes ocho semanas. Si te lo vas a sacar, apúrate que con estas cosas no se puede estar perdiendo el tiempo, me advirtió una enfermera pelicorta, con aire y modales de pitonisa sáfica. Ustedes las jovencitas se descuidan, se ponen a pensar en musarañas y cuando vienen a ver, quieren que les quitemos un muchacho completo de siete libras. Entonces vaya una y sáquelo a pedacitos. Así se ha jodido más de una mujer. Decídete rápido. Ah, y si vas a abortar, búscate un donante de sangre, porque si no, no te podemos hacer la interrupción.

La interrupción del embarazo. Trae tus propias sábanas y una toalla también.

La interrupción del servicio eléctrico. Apagón programado de ocho a doce.

La interrupción del transporte. La ruta treinta ya no pasa más.

La interrupción del abastecimiento. Se acabó el pollo y los huevos no vienen hasta nuevo aviso.

La interrupción de las clases. Váyanse para sus casas y estudien solos por ahí.

La interrupción de los teléfonos. Ese número no funciona ya.

La interrupción de los programas. Ya no saldrá más la película de las seis.

La interrupción.

Saliendo del hospital me caí redonda al suelo. Se me puso una venda negra delante de los ojos y las piernas se me volvieron mantequilla. Plaf. Por un momento, nada. Estoy muerta, recuerdo que pensé y casi me alegré con la noticia. El Hades es silencio absoluto, tibia vagina, oscuridad.

De pronto comprendí que flotaba, que me elevaba sobre el suelo. Una música con resonancias andinas me acarició los tímpanos. ¿Una quena, quizás? ¿O era el fotuto de un camión que pasaba? La venda negra se me desprendió de la cara. Me encontré a dos metros del suelo. Vi la calle alfombrada de blanco. Los árboles con velos flotantes e irisados. Copos de nieve caían sobre la gente que no se daba cuenta del portento, sobre las guaguas impasibles que huían de la gente, y sobre mí. Hasta probé un pedacito de hielo que me cayó en los mismos labios y que sabía a mamey.

Cuando volví en mí, estaba recostada en un banco de la parada de la treinta y siete, en Línea. Ya no nevaba, o si nevaba yo había perdido la capacidad de disfrutar el espectáculo. Divisé a Yarlene en medio de la calle tratando de que alguien nos diera botella por favor, que se muere mi amiga. No sé si el desmayo fue por el miedo o por el hambre, porque al ultrasonido había que ir en ayunas, a las ocho de la mañana, y ya eran las cuatro de la tarde cuando salimos de Maternidad.

Al fin un negrito buena gente nos recogió en un yipi del ejército y me dejó en la esquina de Infanta y Carlos Tercero. Yo sentía el cuerpo frío y se me había pegado la mandíbula de arriba con la de abajo. Aquello era peor que estar muerta: las difuntas no paren.

Y Yarlene que lo que estaba pasando conmigo era una cochinada. Ella, ella misma iba a buscar a Marcel y a cantarle las cuarenta. A ella sí no le importaba que él fuera profesor. Para el caso, como si tenía que ir a hablar con el propio rector de la universidad. Yo era su amiga del alma y a mí no me podía dejar embarazada, embarcada y en Baracoa, un tipo como él. Por lo menos que done la sangre para que te hagan la interrupción. Mañana temprano empiezo a moverme, Elsa. Tú no lo busques y espérame, okei. Déjame actuar a mí, que yo les conozco a los hombres hasta dónde tienen las ladillas.

Así empezó la cuerda floja y el tira y encoge con Marcel. Después que se enteró de mi embarazo seguía huyéndome en la facultad, pero al menos me llamaba por teléfono alguna que otra vez. Y yo vivía pendiente del falso hilo de Ariadna que me llegaba por su voz. Mi amor, qué tal, tanto tiempo sin verte, paso a recogerte dentro de diez minutos. Yo lo esperaba tres horas, cuatro, seis y siempre terminaba devorándome el Minotauro de su ausencia.

Una vez, en cuanto me llamó, me bañé, me arreglé, me puse un vestido rosado y ancho, que me quedaba de lo más bonito. Hasta me pinté las uñas de rojo. Todo eso en tiempo récord. Y me paré en el balcón a esperarlo, como el perro de Ulises.

A las tres paso por tu casa, me había dicho. A las cinco yo estaba todavía recostada a aquella baranda, queriendo ver un cierto Lada gris en cada carro ruso que pasaba por la avenida. A las siete se me acerca la jodedora de Catalina y me dice: Mi hermana, ¿qué le dijo un árbol a otro? Y yo ¿qué le dijo? Y ella nos dejaron plantados. La muy cabrona. Siempre haciendo chistes a costillas mías, siempre cogiéndome de mingo. Me dan ganas de entrarme a galletas cuando pienso que gracias a mí escapó.

A pesar de los pesares yo no me había decidido a abortar. Ahora me parece que, en ese tiempo, todavía quería tener el bebé. Después de todo, lo que llevaba adentro era algo de Marcel y yo estaba enamorada como una tonta. Ilusionada. Quién iba a imaginarse la porquería que me iba a hacer. Si yo hubiera sabido. Si me lo hubiera olido, tan siquiera. Pero, como dice Abuelonga, pa adivino Dios y pa sabio Salomón. El mismo Tiresias, con toda su sabiduría y su don de profetizar, era ciego.

La última vez que vi a Marcel fue una noche que llegó sin avisar, a eso de las nueve, cuando se había ido la luz y el barrio estaba más prieto que la suerte del cubano. Oí que me gritaba Elsaaa y bajé por esas escaleras que no se me veían los pies, toda despeluzada, en shorts, hasta con peste a grajo porque el agua se había ido junto con la luz y ni me había podido bañar. Me acuerdo que tropecé con la mesa del comedor, por la prisa y el nerviosismo. Hice añicos una ponchera finísima, de cristal de Bohemia, que Abuelonga tenía desde hacía un toronjal de años. Luego se puso ella que trinaba conmigo, y con razón.

Llegué al portal y allí estaba Marcel, con su guayabera blanca, bien planchada –por Alicia, supongo– oliendo a colonia Safari. Hecho todo un caballero andante en su Lada gris Rocinante.

Me da un beso en la boca y empieza a hacerse el cariñoso, a zalamerearme como en los buenos tiempos de la Plaza de los Laureles. ¡Hasta flores me había traído! Unas margaritas medio mustias, pero eran las primeras flores que me regalaban en mi vida. De pronto recordé unos versos que hablaban sobre un manantial de leche y miel, y lo sentí burbujear, cantándome en el pecho. Y Marcel quiero llevarte a un lugar donde podamos estar solos y luego a comer algo, a tomarnos un trago, a romancear un poco. Desde cuándo no nos sentamos a conversar con calma, mi cielito.

Entonces no se podía andar con dólares. Marcel se desgañitaba en los seminarios de economía política a fin de hacernos entender por qué la introducción de la moneda americana en Cuba era un truco de los yanquis para penetrarnos económicamente. Un caballo de Troya de cuyo vientre verde saldrían los enemigos para hacer pedazos esta plaza fuerte del socialismo real. Los que portan dólares, vulgo fulas, son contrarrevolucionarios, gusanos despreciables, quinta columna de la CIA y a la cárcel con ellos porque nada podrá detener la marcha de la historia. Y nosotros movíamos la cabeza para decir que sí, que nada podía detenerla, porque si el Comandante lo había dicho tenía que ser verdad.

Llegamos a la posada y el empleado no, no hay habitaciones. Y Marcel compadre, aquí tengo dos fulas oyendo la conversación. Y el empleado bueno, si es así espérate un momento, deja ver si resuelvo algo. Y Marcel sonriendo el fula habla, mamita. Y yo asombrada pero y lo que tú nos decías en el aula. Que no podemos dejarnos penetrar por el imperialismo yanqui. Que el caballo de Troya. Y él pero entonces estábamos en el aula y ahora estamos aquí. Qué caballo de Troya ni qué cará. Además, tenemos que encontrar un sitio para hablar con tranquilidad, o es que no quieres. Y yo se puede saber de dónde tú sacaste ese dinero. Y Marcel enseriándose no preguntes más, chica, a ti te metieron a policía o qué te pasa.

El tiempo se nos derritió como la nieve bajo el sol. Él haciéndose el infeliz, por favor no me desbarates la existencia, Elsita. No me compliques más la vida. Si te me apareces con un niño ahora y se entera tu parienta (ésa no era mi madre, sino su mujer) me embarcas. Alicia me bota de la casa y hasta Banes no paro. Allá lo que tengo es un bohío miserable donde viven mis abuelos con tres hermanos míos a los que no veo desde al año del caldo. Y yo esperanzada, pues nos vamos los dos para Banes. A mí me gusta el campo, oír los pajaritos, respirar aire puro, todo eso. Y es bueno para el niño, así nace más saludable, un guajirón.

Y Marcel riéndose sin ganas. Tú estás loca, cómo me voy a ir. Cómo se te ocurre que voy a dejar a mis hijos y el puesto en la universidad. Dónde voy a trabajar, si en Banes no hay más que una primaria churrupiera y a lo mejor ya la cerraron. Aparte de eso, dudo que mis hermanos me admitan a mí, menos me voy a aparecer con una mujer. Y yo con *tu* mujer, no. Mira que me da el Changó si dices otra cosa. El Changó.

—¡Ay, Santa Bárbara bendita, Changó de los iluminados! —chilla Abuelonga desde la cocina. La oscuridad nos ha caído arriba de pronto convirtiendo la sala en un remanso del Ponto Euxino. Es una inundación de tinta negra que se derrama hasta los últimos rincones del apartamento.

—Ya, vieja, no te pongas nerviosa —le contesto—. Hoy nos toca el apagón de cuatro horas, así que no te agites por adelantado. ¿Tú sabes dónde mima metió el quinqué?

—Ni que yo fuera adivina para saber dónde esconde tu madre las cosas. Tiene un alma de urraca que ahorita le salen hasta plumas.

Tanteo los muebles dirigiéndome hacia el aparador. Supongo que el quinqué estará allí. Por el camino tropiezo con el balance del otro sillón, que se me incrusta en el dedo gordo del pie izquierdo. Justo en ese dedo me dieron un pisotón ayer en el camello y todavía no me he recuperado. Me cago en la madre del que dejó el sillón atravesado, que probablemente ha sido mi hija, y sigo caminando con más cuidado. Al fin encuentro el quinqué, lo enciendo y lo pongo en la mesa de centro.

—Abuela, ¿me freíste la papa? —rechina la vocecita de Beiya.

—Sí, ven para acá. Apúrate antes de que empiecen a salir las cucarachas, que el apagón es la madre de los bichos.

¿Y la madre mía, dónde se habrá metido? Le encanta mariposear por el barrio. Cuidado y no esté cotorreando con Candita la del Comité, haciéndole el cuento de la llave y los dólares. Qué peste da esa luz brillante. Porque mima se pasa de chismosa y es capaz es de quedarse en La Atalaya hasta que se acabe el apagón.

El quinqué dibuja un círculo de luz que mancha la uniformidad caoba de la mesa. Ya se acerca la primera guasasa. Ahorita la siguen otras y tenemos el mosqueo armado en esta sala.

Por supuesto, el Deslenguador no va a treparse a la Atalaya. Candita vive con su hijo, un mulato troncúo que siempre anda en camiseta y huele a hierro. Soberbio hijo de Príapo, me imagino. Impone respeto sólo con el mirar atravesado que tiene. Ahora que me acuerdo, anoche mismo soñé con él. Desnudo. Con un tareco de medio metro de largo.

A la Atalaya le pusimos así por un libro ruso. Los libros rusos para niños se podían leer. Los de adultos eran unos novelones de guerra, unos ladrillos de rusos extra buenos contra alemanes extra malos, que no había forma de metérselos, y mira que a mí me gustaba leer. Éste trataba de dos muchachos que encuentran una alfombra voladora y se la llevan para un cuarto alto al que llamaban su atalaya.

La primera vez que vi esa palabra tuve que buscarla en el diccionario. Cuando me enteré del significado, se me ocurrió que el apartamento de Candita, que queda en la azotea, era una atalaya también. Se lo dije a mis hermanos y así se le quedó, porque además rimaba: Candita Zayas la de la Atalaya.

Si hubiese estado ya en la universidad la habría llamado Candita la del panóptico. Por aquel libro de Foucault que me leí a escondidas porque era burgués y contrarrevolucionario, según decía Marcel. Y lo bien que se aplicaba a nosotros. Vigilados desde la torre por una Argos Panoptes vestida de miliciana. Castigados por las turbas que se entretenían en silbar la Internacional.

Catalina, que era la pata del diablo, le sacó un verso a la vecina. Allá está Candita Zayas, metidita en su atalaya, rascándose la papaya con una chancleta´e playa. Qué boca más asquerosa tenía ésa, desde chiquita. Una fosa maura sin agua era lo que se mandaba entre los dientes. Yo de mayor me he vuelto malhablada, pero cuando niña, jamás decía ni coño.

Beiya de mí no sacó nada, a no ser que parece que le gusta leer. Vamos a ver cuánto le dura la manía por los libros. Pero a veces hace y dice cosas que me recuerdan a mi hermana. Tiene la misma malicia en la sangre, las mismas ganas de molestar por gusto, hasta los mismos gestos vulgarotes. De milagro no me han llamado de la escuela para darme quejas de su comportamiento, porque allá debe ser insoportable. Si aquí cuesta trabajo controlarla, y está sola, no quiero ni imaginarme cómo será en un aula llena de otros chiquillos tan malcriados como mis estudiantes, azuzándose unos a otros.

La otra noche estaban poniendo por radio un programa de psicología y hablaban de que las mujeres necesitan tener sexo tanto como los hombres. Entonces mi hija me salió con la ordinariez de que si yo no me pensaba echar marido más nunca, porque se me iba a cerrar el bollo a cal y canto. La mandé a dormir sin comer para que aprendiera a controlarse el bembo otra vez.

Yo no quiero maridos ni pintados en un papel, por más que grite el animal pidiendo carne fresca. A mí no me vuelve a enganchar ningún cabrón, aunque se me oxide la florimbamba. Con lo salá que soy, el primer tipo con que me acueste me pega el SIDA o una sífilis cuando menos y me revienta toda. Qué va. El poco mantenimiento que me hace falta me lo doy yo solita. Y que se conforme la bestia con sucedáneos, como me conformo yo con el picadillo de soya.

Tal vez mi estrategia es la de la zorra. Están verdes las uvas, gracias. Las uvas. Jamás he visto una. ¿De qué color serán cuando maduran?

Pero vamos al caso, a la frescura de esta niña y las porquerías en que está pensando ya. Cualquier día empieza a fumar como hizo Catalina, que desde los doce años andaba con un cigarro en la boca y una cajetilla de Populares en el bolsillo de la blusa. La fumadera la sacó mi hermana de Abuelonga, porque ni mima ni papi tocaron jamás un cigarro, que yo sepa. Y la sinvergüencería y el disimulo vaya usted a averiguar de dónde le vinieron. Algún cromosoma jodedor habrá dando vueltas en la familia y les tocó a Catalina y a mi hija. A mí me saltó sin tocarme, como se salta un charco. Por eso estoy tan jodida. Porque aquí, al que no jode lo joden y si no vamos nos llevan. Ésa es la ley de la selva cubana.

Beiya tiene también otras rarezas que no se parecen a las de nadie. Como cuando le dio por hablar sola creyendo que conversaba con su papá. Papá ni un carajo, si ese degenerado ni siquiera la iba a reconocer. Buen susto que me dio, pensé que se me estaba volviendo loca. Lo que me faltaba, por Dios, una hija anormal. La llevé a una psicóloga y a meprobamato limpio se le quitó esa mala maña.

Ahora que me acuerdo, la madre de Abuelonga murió encerrada en Mazorra, dicen. Dicen también que se había arrebatado desde joven y que le daba por salir a putear. Buena mezcla es mi hija. La bellaquería de Catalina y el padre con la demencia de su bisabuela. Tremendas taras.

La genética debería representarse como una laboratorista loca manipulando sus probetas con los ojos cerrados.

Con los ojos cerrados oía yo aquella noche a Marcel. Lo oía como quien oye llover y está sin capa y debajo del aguacero. Él no iba a casarse conmigo. No iba a divorciarse de su mujer, ni le había pasado jamás tal idea por la cabeza. Sus hijos eran los de Alicia, no el mío. Yo le importaba un pito. No había sido la Otra, la Querida, sino Una Chiquita Ahí. Un cero a la izquierda, una pata de puerco flaco, vaya.

Las margaritas se secaron. El manantial del pecho se me cortó igual que leche agria. La ilusión me estalló como la ponchera de cristal de Abuelonga. Pero no te creas que esto se va a quedar así, Marcel coñoetumadre, le grité. Voy a tener al chiquito, te guste o no te guste. Y le vas a pasar dinero cuando nazca, porque tienes que hacerlo por la ley. Y te voy a acusar delante de toda la facultad, de la decana, del rector y hasta de la zonza de tu mujer. Para que te enteres. Está bueno ya de hacerte el comemierda. La rabia y el resentimiento me salían al mismo tiempo por la boca como la mierda y los orines salen de un inodoro desbordado. Está bueno ya.

—Está bueno ya de frescuras. Tu madre, que se caliente la comida ella sola cuando venga o que se quede sin comer —gruñe Abuelonga, que regresa a la sala y busca refugio en el sillón de mima. Su cigarro, que no suelta ni para defecar, brilla como una brasa diminuta en la oscuridad de la sala—. Yo estoy aburrida de ser la criada de todo el mundo en esta casa donde cada cual come a la hora que le da la gana. Ni que estuvieran en un hotel. Y una se cansa.

—No cojas más lucha con eso, vieja —hago un gesto de fastidio que ella no puede ver—. Tú te preocupas más por la comida de los demás que ellos mismos. Deja que cada cual se las arregle como pueda. Total, a lo mejor mima se comió un pan con croqueta por la calle y ya resolvió su problema.

La boca se me hace agua. Me babeo lenta, casi sensualmente, nada más de pensar en la croqueta.

—Pero ¿y Ernestico? Esta mañana no desayunó.

—Ay, abuela, porque iba a la piscina del Capri a almorzar con el gallego ese que lo llamó ayer por la tarde. Deja de agitarte por Erny, hazme el favor. Él es el que mejor se nutre de todos nosotros y tú lo sabes bien. No te hagas la mosca muerta, que no convences ni al bobo de Abela.

Abuelonga se queda callada. Como dragón molesto suelta una bocanada de humo que se me mete por la nariz haciéndome toser. Pretende no haber oído ni una palabra, aunque no ha perdido una sílaba de lo que acabo de decirle. Para ella los queridos de Erny, nacionales y extranjeros, no existen. De eso no se habla. Caquita, niña. Silencio. Sió. Cuando él le da unos dólares (porque sólo ella es su banco y su caja fuerte, ni a mima ni a mí nos da un quilo partido por la mitad) Abuelonga me manda a la Plaza de Carlos Tercero a que compre algo de comer, pero sin mentar de dónde salió la plata. Y Dios libre al que mencione la palabra maricón delante de ella. Gay lo tolera, pero yo creo que es porque no sabe exactamente qué quiere decir.

Qué quieres decir con eso, Elsa, me vas a chivatear. Marcel empequeñeciéndose como una vela en noche de apagón, como una lonja de jamón en Período Especial, como el espacio en un camello. Y yo enfurecida sí, chico, te voy a chivatear y bien. Tú te piensas que vas a burlarte de mí, a dejarme plantada y con un hijo adentro mientras sigues muy tranquilo con tu mujer. Pues no.

Y el empleado de la posada tocando duro en la puerta. Compadre, que se acabó el tiempo, desocupen ahí. Y Marcel sí, ya nos vamos. Y a mí, aún haciéndose el amelcochado, el tierno mi amor, esto tenemos que aclararlo, no te alteres así. Vamos a tomarnos una cerveza, una copa de vino, algo. Ven conmigo, tú no me has entendido. Es que te has puesto muy nerviosa. Si yo lo que estoy es preocupado por ti, por tu futuro, porque no sufra tu carrera. Anda, vamos a hablar un poco más.

Crujieron, rechinantes, los alambres del bastidor. Nos levantamos en silencio, arrugando las sábanas sucias que cubrían un colchón raquítico, típico colchón de posadas de mala muerte. Nos alejamos de la cama que aquella noche sólo habíamos usado como tribuna horizontal donde controvertir.

Crujen en la cocina las papas fritas, que rechinan entre los dientes de mi hija. Salivo más, y en cantidades navegables. El hambre me da un mordisco feroz en el estómago y voy al refrigerador a ver qué hay.

—Niña, no empieces a abrir y cerrar la puerta del Frigidaire —me advierte Abuelonga—, que se va el frío más rápido y se echa a perder la poca mierda que nos queda.

—Si se va a echar a perder de todas formas, mejor me la como yo y algo vamos ganando —le contesto.

No hay mucho que pueda echarse a perder. Ayudándome con el olfato descubro un resto de pasta de oca que no necesita el apagón de hoy para apestar a difunto de cuatro días. Fo. Si Catalina estuviera aquí no le haría tantos ascos. Ella era de las que se zampaba hasta un buitre descompuesto. Antes de que se bote, que me haga daño, decía. Yo no tengo estómago para eso. Ojalá.

La vida da más vueltas que el laberinto de Creta. Catalina está ahora en La Yuma, gracias a mis gestiones. Atracándose de queso y de manzanas y fumando Camels y Salems. Yo sigo aquí sin un quilo, dependiendo de los cuatro dólares que le dé la gana a ella de mandarnos como limosna. Y teniendo que tragarme cualquier pudrición para no morirme de hambre.

Luego dicen que si hay Dios. No jodan. Dios no existe, o si existe debe ser un cabrón de primera categoría, como el mismo Marcel. Zeus, sin ir más lejos, era olímpicamente puto y le caía detrás a todas las mujeres y diosas que encontraba en su camino. Hasta a Ganimedes se lo templó.

Cómo va a existir Dios. Cómo va a existir, a ser bueno, y a dejar que pasen todas estas ignominias que me pasan a mí.

¡No jodan!

A lo mejor sí existe, pero está durmiendo. O como en el poema de Vallejo. Enfermo. Grave.

En coma irreversible.

Al lado de la pasta se descompone velozmente un plato de puré de chícharos duros, oliscos, mezclados con arroz. En la gaveta del congelador se momifican cuatro croquetas (no estoy segura de si son de oca también, o de tilapia). Croquetas de las que venden ya preparadas en la carnicería. Ahh. Vuelvo a salivar. A veces se pueden comer. Pero como no debe quedar aceite, ni soñar con ellas. No voy a metérmelas crudas y congeladas. Y ya está. Se acabó el inventario.

—¡Elsa, hazme el puñetero favor de cerrar ese frío de una vez! —berrea Abuelonga y yo tiro la puerta con fuerza suficiente como para que se sienta el ruido en la sala. Bángana—. ¡Eso, rómpelo ahora! —me chilla—. ¡Desbarata el refrigerador para que nos acabemos de desgraciar!

—¿Más de lo que lo estamos? —pregunto a media voz. No me oye. O se hace la que no.

Beiya sale de la cocina y planta su pezuña (calza el número seis la muy patona) justo encima de mi pobre dedito lastimado. Ya esto es el colmo. Me juego la cabeza a que lo ha hecho a propósito. Le doy un buen tirón de pelo a la chiquilla, y sale en ganga que no le devuelvo por duplicado el pisotón.

—¿Tú no miras por donde andas, comemierda? —le pregunto en el colmo de la exasperación.

—¡Si no hay luz y tú estás parada en el medio, igual que un miércoles! —me contesta con voz de gata resabiosa—. ¿Cómo iba a verte?

—¡Pero sí ves a quien joder!

El rencor me anega por dentro como una ola de fango y me hace rechinar las muelas. Me sublevo sólo de pensar que esta cabrona tiene la barriga llena de papas fritas crujientes, aceitosas, saladas, doraditas mientras a mí me suenan las tripas en concierto de fa menor. La certeza de que seguirán sonándome hasta mañana me pone aún más frenética. Mi sentimientos maternales, si alguna vez los tuve, se han apagado como la luz del barrio. Están en cero, out.

Beiya abre una puerta, la del balcón, supongo, y la cierra enseguida de un tirón. Tengo ganas de reventarla, de aplastarla de una patada, de metérmela en la vagina y dejarla ahí de penitencia hasta que se despierte Dios o me muera yo.

Marcel cerró la puerta de la habitación y salimos juntos al pasillo penumbroso de la posada. Sin hablar caminamos hasta el parqueo y nos montamos en su Lada. En silencio total. Pero cuando cogimos por la calle Veintitrés para abajo, como quien va hacia el Coppelia, se le soltó la lengua otra vez. Primero fue un chiste bobo, que si aquel fin de año había que decirle Happy Good Year en lugar de Happy New Year porque había conseguido gomas Good Year para su carro. Yo callada.

Y él que vuelve a la carga al machete. Por favor, mamita, sácate eso. Yo te doy la sangre. Hasta te acompaño. Si quieres voy contigo al hospital, te espero, te regreso a tu casa. Qué más quieres. Y yo renuente. Que no, Marcel. Es mi hijo, y tuyo también. Y él nena, comprende mi situación. Llevo doce años casado y tengo una familia. No es fácil. Tú no te das cuenta porque estás joven y yo a tu edad. Y yo a mi edad mierda, Marcel, no me vas a convencer. Esto que viene es también tu familia, sabes. Si me hiciste un muchacho tienes que cargar con él y punto y aparte.

Y él con el tic nervioso alborotado, a cien guiñadas por minuto. En qué mundo tú vives, Elsa, las cosas no son así. Y yo pues en el mundo en que yo vivo sí, oíste. Si me hundo yo, se hunde el mundo conmigo. Y Marcel ya encabronado no te hagas más la bárbara, que lo que tú eres es un bollo loco y te me estás pasando de la raya. A mí no me vas a pescar con ese truco del hijo, para que te enteres. Estoy muy viejo para que me vengan a embutir con cuentos de camino.

Y yo para el carro. Y él estáte quieta. Y yo que lo pares porque me tiro, coño. Que lo pares. Eres es un cínico, un hipócrita y un descarao. Y él frena justo en la esquina del Yara con un chirrido bestial de las gomas Good Year. Está bien, vete pal carajo, chica. Ah, y mira a ver lo que haces con el vejigo ese porque tú dices que es mío pero quién sabe. Lo será o no, que buena putica estás hecha tú.

Me bajé. Di media vuelta y me fui con mi dignidad y mi hijo

adentro, y mis shorts y mi peste. El Lada se sumergió en el chisporroteante tráfico nocturno de Veintitrés. Mal padre. Mañana va a arder Troya. Se lo voy a decir a todo el mundo en el departamento, hasta a la decana y a tu mujer les voy a meter la historia en el fondillo, por mi madre que sí. Mal marido. Y si me botan de la facultad, que me boten. Mal maestro. Pero tú también vas a salir de allí como un volador de a peso. Mal hombre. Hasta del partido te botan del tiro. Traidor.

Tengo que hablar con Yarlene. Consultarlo con ella. Me tiemblan las piernas, con tal de que no me desmaye otra vez. Ese policía está mirándome con intenciones de pedirme el carnet de identidad, y yo que lo dejé en la casa. Lo que faltaría es que me confundiera con una jinetera y me llevara presa. Mejor me pierdo de por todo esto. Ahora a zumbarme caminando hasta Centro Habana porque ni Cristo resucitado coge una guagua a esta hora y en pleno Vedado.

Dos turistas pasaron por mi lado envueltas en perfumes y vestidos flotantes, con un muchachito detrás susurrándoles chenchi chenchi. Y me sentí más mal vestida y más hedionda que nunca. Me acordé de la teoría de la otredad y desde el fondo de mis entrañas quise ser la otra, la que venía con dólares desde el país de la nieve, la no-cubana, la no-preñada, la que nunca fue amante de Marcel.

Camina que te camina vine a encontrarme delante de la Iglesia del Carmen. Yo nunca había entrado a una iglesia católica, pero se me ocurrió pasar. En el medio del patio había un árbol de Navidad. Enorme. Rutilante y vistoso como una puta de la Quinta Avenida. Estrellas y guirnaldas colgándole de las ramas salpicadas de nieve artificial. Rebosante de luces azules, rojas y amarillas, y adornos de cristal. Tan brillante y erguido como gris y aplastada yo.

Una música triste me entraba por los oídos como aquel árbol centelleante por los ojos. Pero no distinguía las palabras porque todavía me sonaban en la mente las sucias de Marcel y mira a ver lo que haces con el vejigo ese porque tú dices que es mío pero quién sabe. Yo quería escuchar la canción. Qué decían ahí de un niño y su tambor. Marcel tronaba qué buena putica estás hecha tú y ahogaba al tamborero. Al fin su voz se convirtió en murmullo rencoroso, perdiéndose otra vez por Veintitrés y Doce, por el camino que lleva a Belén baja hasta el valle que la nieve cubrió. Me acerqué más al árbol que la nieve cubrió y yo me cubrí los ojos con las manos y me fui en lágrimas. No por mí, ni por la cochinada de Marcel ni por mi hijo sin padre, sino por la nieve que, en ese momento adiviné, nunca llegaría a conocer.

Podía haber rezado. No sé, quizás incluso lo intenté. Pero salió un desastre. Nadie me había enseñado a rezar ni a cantar villancicos ni a tocar el tambor. Mima fue cuando niña a un colegio de monjas pero cuando menciona a Dios lo hace casi siempre para cagarse en él.

Por otra parte, éste no era el culto a Zeus y a Hera que estudiábamos en Mitología. Los habitantes del Olimpo ya no me intimidaban pero qué clase de Dios era aquél que nacía en un pesebre. No tenía confianza con él para pedirle nada. Más bien me daba miedo el Jesús niño, como miedo me daba el otro niño, el que ya creía sentir pataleando angustiado dentro de mí.

Le hablé bajito al árbol, como a un olivo consagrado. Por lo que más tú quieras, sácame de esta situación. Pero el árbol siguió allí tranquilo, impasible, brillando. El tambor siguió tocando. Y yo me fui llorando, como en la lambada. Llorando se fue.

—Adónde se fue tu madre, eso quisiera yo saber. Con esta situación, y ella y tu hermano se nos pierden —masculla Abuelonga. Ella no es cotorrona delante de mima, pero cuando estamos solas se suelta un poco—. ¿A qué ser humano con dos dedos de frente se le ocurre largarse para la calle sabiendo que ésta es noche de apagón? Mira que dejarla a una sola y sin defensa. Qué desconsideración.

—Sola no te han dejado, porque yo no estoy pintada en la pared —le contesto—. Además, a lo mejor Erny se ha parado en el portal para vigilar. Así se asegura de que no entre nadie extraño al edificio.

Ahí sí que apreté porque mi hermano no es, ni mucho menos, un arquetipo de Protección Masculina. El shts que suelta Abuelonga me indica que ella piensa exactamente lo mismo, aunque por el tabú de marras no lo admita ni muerta.

—¿Dónde está el dinero? —le pregunto, más por decir algo que por curiosidad real. A fin de cuentas, es a mima a quien se lo mandaron. Es ella la que irá a comprar mañana y la que decidirá qué se trae de la shopping y qué no.

—En el escaparate de tu madre, en la segunda tabla —cuchichea Abuelonga, abatiendo la voz hasta convertirla en un murmullo sofocado—. Es decir, en *mi* escaparate, porque ese juego de cuarto que tenemos ahí es mío, que Rafaelito lo compró para él y para mí cuando nos casamos —suspiro con fuerza porque cuando a mi abuela le da por hablar de títulos de propiedad, se remonta hasta a la suegra de Adán—. Debajo de los blúmeres. Ella se metió muy calladita en el cuarto, en cuanto vino de la Western Union con los billetes, pero yo me asomé a la puerta y vi donde los escondía.

—¿Y mima Barbarita se pone blúmeres, Abuelonga? —curiosea Beiya que, me vengo a enterar ahora, está sentada en el suelo del balcón, acurrucada detrás de la puerta como una alimaña.

—¡Claro que sí, niña! —le contesta Abuelonga—. ¿Qué tú pensabas, que iba a andar con la florimbamba al aire?

Con la florimbamba al aire me encontré yo una semana después que Marcel me soltara como papa caliente en Veintitrés. A pesar de mis amenazas, no le conté a nadie lo que había pasado entre él y yo. Nada más que a Yarlene, y ella me convenció de que me callara la boca. En un conflicto entre profesores y alumnos, nosotros siempre salimos perdiendo, Elsa. Cómo vas a probar que él es el padre. Dirá que no se ha acostado contigo nunca, que sólo te ha visto en el aula, que son inventos tuyos, que estás loca. Y yo todavía esperanzada pero y si le exijo que se haga la prueba de la paternidad, la prueba esa de la sangre. Y Yarlene no chives, después que nazca el chamaco ya tienes que jeringarte con él tú sola. Qué paternidad ni qué caracoles. Sácate el chiquito de una vez y no lo pienses más. Mira que como se está poniendo la jugada aquí a nadie le conviene añadir otra boca a la familia. Si se sigue jodiendo la cosa por Europa, ya ni compotas rusas van a llegar a la bodega.

Volví a Maternidad de Línea. Me tocó un ginecólogo, un santiaguero con pinta de jodedor de la vida y olor a carnaval de Oriente. Estás un poco pasada de tiempo pero voy a tratar de hacerte una aspiración que es lo más rápido. Y yo sí, claro, como usted diga, doctor. Separa bien las piernas, mija. Y yo ay, que me duele. Y él figúrate, mi amor, el espéculo no es una cabia, qué más quisieras tú o yo.

Yo acordándome de la Abuelonga ten cuidado con los hombres, abre bien los ojos y cierra bien las piernas. El médico sudando, metiéndome sin compasión aquel aparato que me tocaba el fondo de la vida. Chica, cálmate, hazte la idea de que estás en la cama con tu marido. Y yo trataba pero entonces era peor. Siéntate, mami, anda, separa las piernitas. No te contraigas. No te hagas la bárbara que lo que tú eres es un bollo loco y te me estás pasando de la raya. Relájate. Que te sientes, mamita, si no es por nada malo. Respira profundo. Está bien, vete pal carajo, chica. Otra vez. Ah, y mira a ver lo que haces con el vejigo ese porque tú dices que es mío pero quién sabe. Lo será o no, que buena putica estás hecha tú. Ábrete más. Ay ya.

Y el Asclepio oriental que jadea voy a usar el histerómetro, no te muevas. Y yo que me retuerzo y pienso que si histerómetro tendría algo que ver con la histeria porque yo estoy ya al borde de un ataque de eso mismo. Y las piernas, paf, a cerrárseme como la puerta de una guagua llena. Y él oye, relájate, así no voy a poder. Y yo a abrir las piernas de nuevo y a ver, mantente así un momento, mamita. Aquel mamita fuera de tiempo me recordó a Marcel y paf de nuevo y el dolor. Un dolor que me hizo ver, no las estrellas, sino la cara de Marcel con su bigote recortado repetida doscientas veces en los espejuelos de la enfermera que se inclinaba sobre mí.

Y el santiaguero me cago en la mierda, creo que te perforé el útero. Coño, qué nerviosa me has salido, mi hermana. Si esto mismo se lo hacen todos los días muchachitas de trece años y se quedan tan tranquilas como si estuvieran en la peluquería. Te voy a curar y llégate a la sala N, que te dejen allí hasta mañana a ver lo que se hace. Y yo suplicante pero es que no me lo va a sacar, doctor. No me diga eso, por Dios.

El hijo de Oriente alza las manos como si estuviera bailando la conga en el carnaval de La Maya y le veo el guante blanco salpicado de sangre. Comadre, cómo quieres que te lo saque si no me dejas ni meter el espéculo. Qué va, ya te desgarré el útero y yo sí que no quiero complicaciones. Mejor que te hagan un legrado, así hay menos peligro para ti misma, okey.

—¡El peligro de estar dos mujeres y una niña chiquita solas! —resopla Abuelonga—. Y para colmo, tu madre, en vez de pedir que le dieran el dinero en billetes de a veinte, lo trajo en dos de a cien. Ahora para que los cambien en la tienda es una jodientina. Tiene que presentar el carnet de identidad, la libreta de la bodega y ahorita le piden hasta el certificado de defunción para terminar de una vez. La verdad que vivir aquí es morirse a trozos.

A trozos me morí yo cien veces en aquella cama del hospital, con el bajo vientre estrujado por calambres eléctricos y la mente empapada en pensamientos de color betún. Y si no me podían hacer el legrado. La enfermera me pidió un número de teléfono para avisar a mi familia. Y si paría un monstruo con dos cabezas. A la media hora se aparecieron mi madre y Catalina. Cuando las vi entrar a la sala por poco me desmayo. Y si me botaban de la casa. Ay.

Mi hermana, con su santa pachorra, estaba de lo más campante. Mima iba toda sofocada, sin resuello, pensando que me había atropellado un carro por la calle. Ay mi hijita, qué te pasó, te sientes bien, no te falta ningún pedazo. Pero cuando se enteró de que faltarme, no me faltaba nada (más bien me iba a sobrar) estuvo a punto de entrarme a galletas limpias.

Yo lo sabía, yo sabía que ibas a terminar así. Por descarada, por puta, por comemierda te tenía que pasar. Soltaba espumarajos, se cagaba en mi madre, es decir, en ella misma, en su suerte, en la mía, y en Dios, y en la Abuelonga, la pobre, que sin comerla ni beberla allí salió también a relucir. Qué mala hija eres, Elsa, cómo se te ocurre hacerme esta basura, es que tú no has pensado en mí.

Catalina tratando de apaciguarla vamos, vieja, no es para tanto. Mañana o pasado le hacen el aborto a Elsa y ya está. Yo misma doy la sangre y sanseacabó. Qué alboroto has formado por una bobería. Las demás pacientes van a pensar que estás siquiátrica, mira como te miran. No nos hagas pasar más penas. Y mima volviendo hacia ella el chorro ácido de su rabia. Y tú cómo lo sabes, Catalina. Cómo sé qué, mima. Y mima que el aborto es una bobería y eso de que hace falta donar sangre. Tú también te has hecho alguno, eh. Catalina se encoge de hombros ay, déjate de ridiculeces, por favor, esas cosas las saben hasta las niñas de primaria. O es que tú piensas que nosotras alguna vez nos creímos el cuentico de la cigüeña.

Catalina soltó el trapo y yo la odié con ganas. La odié (la odio) porque es mi hermana la más joven. La más bonita de las dos, o la menos desconchinflá. La odié (la odio) porque quiere ayudarme. La odié (la odio) porque ella puede reírse libremente, enseñando todos los dientes, y yo Dios sabe cuándo volveré a hacerlo, ni si volveré a hacerlo alguna vez, pensaba entonces. Y mima que chilla de nuevo pero qué par de pirujas, cochinas, desfachatadas, sinvergüenzas me han salido estas dos hijas mías. Me cago en Dios cabrón, carajo. Por qué no cae un rayo y me mata aquí mismo, por qué.

—¿Por qué no te llegas a la azotea a ver si tu madre está allá? —sugiere Abuelonga con un cacareo temblón en su voz ochentona.

—¡No me digas! —me río, ahora ya puedo hacerlo, aunque de dientes para afuera. Me río en su propia cara, aunque tengo ganas de mandarla a cazar mosquitos con escopeta—. ¿Para que me parta una pata subiendo por esas escaleras oscuras y sin pasamanos? ¿Tú estás esclerótica o te fumaste un pito de mariguana?

—Bueno, entonces dale un grito desde el balcón. Y de paso grítale también a tu hermano, por si está en el portal.

Salgo al balcón. Me desgañito durante diez minutos berreando mima y Erny. La callada por respuesta. Cuando regreso a la sala tropiezo con mi adorada descendiente, que salta como un basilisco:

—¿Tú no miras por donde andas, comemierda?

No le contesto. Mejor así, porque si me incomodo otra vez con ella le voy a dar un sopapo de tal magnitud que va a ver la Vía Láctea completa y hasta el rabo de las dos Osas.

Tan tan ta tá. Tocan a la puerta. Abuelonga suelta un gritico y se le cae el cigarro por el susto. Yo, haciéndome la impasible, pero orinándome en los pantalones, me levanto despacio y voy a ver quién es.

Tan tan ta tá resonó la bandeja de las jeringuillas al chocar contra la mesa de noche. Abrí los ojos. Dos agujas se cayeron al piso y la enfermera las recogió y las volvió a poner en la bandeja, que tenía unas manchas de óxido en el borde.

Tú eres Elsa María Velázquez, me pregunta, a ti te hicieron un análisis de sangre antes de ayer. Sí, le contesto, y empiezo a tenerle miedo a esta mujer alta, fría y con un aire tan metálico como la bandeja que lleva entre las manos. Para el legrado. Y yo pensando para qué me preguntará si ya lo sabe. Sí, enfermera, para eso mismo. Y ella cortante como el histerómetro pues no se te puede hacer, tienes la hemoglobina por el piso. Y yo qué usted dice. Y ella inmutable lo que oyes, si pierdes una gota más de sangre te vas al otro lado y sin pasaje

de regreso. Y yo aterrada entonces tengo que tenerlo. Y ella, mija de
eso yo no sé nada, allá tú y tu marido, lo que te digo es que no se te
puede hacer la interrupción, así que ve desocupándome la cama, que
hace falta para otra paciente. Y yo pero es que yo. Y ella pero es que
nada, así es la vida. A un gustazo un trancazo. Para qué dejaste que te
lo hicieran, eh.

Tocan de nuevo. Quién es, musito temblorosa. Y es mi madre
que gruñe yo, chica, quién va a ser.

—Carajo, creí que se habían muerto todos en esta casa —entra
con su acidez de siempre, machucándome con otro buen pisotón mi
desdichado dedo gordo. El grito que doy debe de haberse oído en la
Atalaya. Candita pensará que nos están descuartizando ya.

—¿Se puede saber dónde te habías metido? —la regaña
Abuelonga con la voz más cascada que de costumbre. Pero se levanta
y le cede el sillón a mima sin la menor protesta. Está bien entrenada,
como los perros de Pavlov. Muy tranquilita se va a sentar en el sofá—
. La verdad es que no tienes la menor consideración por nadie, niña
—continúa al cabo de un momento—. Uno aquí, pensando si te
habrá pasado algo, si te habrán asaltado por la calle y tú tan fresca.

—Bárbara Bridas, no me descargues más —mima siempre llama
a su madre por el nombre y hasta le incluye el primer apellido, cariñosa
que es ella—. Ni que a ti te fuera a importar si me desuellan viva. Me
cogió el apagón en el apartamento de Candita y no iba a
desmondingarme bajando las escaleras para que tú no te asustaras.
No por mí, sino porque cuando no tienes un montón de gente
alrededor enseguida te crees que estás con una pata en la sepultura y
te echas a temblar.

—Y tú eres muy valiente, ¿no? —se molesta Abuelonga—. Pero
para acaparar nada más.

—Mira que si vamos a hablar de acaparadoras —replica mima
enfureciéndose a medida que habla—, si vamos a hablar de
acaparadoras y de ladronas tú tienes el primer lugar en la lista de las
cabronas.

Veo bronca en lontananza y me apresuro a disiparla:

—¿Tú no oíste que yo te llamaba, mima?

—¿Qué iba a oír? El hijo de Candita tenía la grabadora puesta a
todo dar.

—¿Y eso? ¿Es que consiguió pilas en la shopping?

—Ni falta que le hacen. Se roba la electricidad de Emergencias. Instaló un cable larguísimo que va desde la azotea de nosotros a la del hospital.

Ah, la inventiva criolla. La especialidad favorita de industriosos técnicos en manigüiti, licenciados en ratería y doctorados en defraudación.

Beiya sale del balcón.

—¿Adónde vas? —le pregunto.

—Para mi cuarto.

Lo que ésta llama su cuarto (porque está obsesionada, como Abuelonga, con los adjetivos posesivos: todo se le vuelve mi, mi, mi) es la huronera de tres metros por dos que compartimos cada noche. Un indecente cuchitril. Gracias a Dios que al menos tiene un balcón a la calle porque si no, nos ahogaríamos dentro de él. Lo único que no me gusta del balcón es que el muro está demasiado bajo y la marimacho de mi hija a cada rato trata de subirse en él. A ver si se cae y se revienta. Bueno.

A mí jamás se me ocurrió montarme a caballo en el muro, como le he visto hacer a Beiya un par de veces. Por supuesto, regias nalgadas que se ha llevado de castigo. Ni siquiera Catalina se ponía con semejantes acrobacias. En ese cuarto dormimos mi hermana y yo hasta el noventa y uno. Entonces se apareció esta chiquita y la poca privacidad que teníamos fue a dar a la basura con los restos de la placenta.

—No se te ocurra ponerte a trastear nada —le advierto—. Como me rompas algo, prepárate, porque te rompo yo el alma a ti.

Al pasar junto a mima, mi hija le lanza, sospecho que con toda mala intención, una patada. No puedo verlo, pero lo intuyo por el cabrona chiquita con que la increpa su abuela exasperada.

Beiya se escurre, riéndose por lo bajo. No soporta a mi madre por más que ella trate de ganársela haciéndole cuentos del tiempo de Ñañá Seré. Me da gracia después de todo, porque a mis hermanos y a mí mima jamás nos contó ni la historia de la Caperucita. En cambio, con la nieta habla más que una cotorra. Será porque está retirada y aburrida, porque a los nietos se les quiere más que a los hijos, o porque los viejos tienen más tela por donde cortar. Es decir, algunos viejos, pues Abuelonga es más cerrada que bodega en domingo.

Sin embargo, Beiya no hace buenas parejas con su abuela. Le sigue la corriente un rato y termina siempre dándole una patada. Literal o figurativamente, según tenga la vena.

Y lo que son las cosas, con Abuelonga, que es más secota, Beiya se lleva bastante bien. Claro, Abuelonga le dice una pesadez, pero luego va y la malcría, le hace un dulce o le fríe unas papitas. Mientras que mima mucho blablablá pero no tiene ni una atención con ella y hasta la ha zurrado fuerte varias veces. Luego se queja de que la chiquilla es desamorada. Verdad que lo es, pero quién no en su caso.

Mi madre es la madrina de Beiya. Cuando mi hija nació, se habían puesto las cosas tan malas que hasta mima, que no cree ni en su sombra, decidió hacer con ella lo que no hizo con ninguno de nosotros y la bautizamos en la Iglesia de Reina. Ojalá y eso cambie la suerte de la familia, me decía, que está gris con pespuntes negros. (Y cambió, a no dudarlo: se volvió negra con pespuntes grises.) La propia mima le escogió el nombre, por una telenovela brasileña que a ella le gustó mucho, Doña Beiya. Nombre de puta, pero por mí, como si la llamaban Luciferina. Para nombres estaba yo.

—...del Padre, del Hijo y del Espíritu Santo —se persigna Abuelonga al remoto runrún de un trueno de verano.

No ha sonado muy cerca. Zeus está encabronado, pero con otro municipio. Debe de estar lloviendo por la Habana Vieja porque hay aire de agua, aunque no creo que llegue la lluvia hasta aquí. Al menos esta noche.

Mima se estremece como un perro mojado, lo noto a la luz vacilante del quinqué. No puedo verle bien la cara, pero sé que se ha puesto pálida, que se ha quedado rígida cual si acabase de descubrir la cabeza de Medusa sonriendo a cuatro pasos de ella. Siempre le pasa cuando truena. Ella odia los rayos. Con más razón que nadie, porque uno le carbonizó como inquisidor sádico su segundo y último gran amor. (El primero, supongo, fue mi padre.)

—¿Y no viste a Erny por ahí? —le pregunto antes de que empiece a echar maldiciones y a recordar lo que pasó.

—¡Ay, Elsa, mira que hablas estupideces, hija! —desfoga conmigo su roña atrasada—. Ése se pierde cada vez que hay apagón. Tú sabes que no se puede contar con él para nada. Se desaparece del mapa y échale un galgo.

Yarlene también se desapareció del mapa. Al menos del de nuestra amistad. De Maternidad volví para acá, con mi barriga a cuestas y mi útero aún sin cicatrizar, y la muy falsa ni siquiera vino a verme una sola vez. Yo falté una semana a clases, la semana anterior a las pruebas de final de semestre, y a ella no se le ocurrió subir una tarde a preguntarme cómo estaba o por qué no había vuelto a la universidad. Y cuando nos encontrábamos por el barrio se hacía la disimulada o me soltaba un qué hay de compromiso.

No podía comprender aquel cambio porque entonces yo flotaba en el limbo de la candidez como una pelusa en el aire. Sinceramente, la falsedad de Yarlene me dolió más que la de Marcel. Al menos yo entendía por qué él no tenía ganas de dejar a su mujer y a sus hijos y cargar con una querida, estudiante suya y preñada para mayor desgracia. Él ya tenía su vida hecha. Tenía su casa (es decir, la de Alicia) y una familia que no iba a abandonar por mí. Aunque fuera una hijaeputada conmigo, se le veía la lógica. Pero a Yarlene, ¿qué le había hecho yo? ¿Qué bicho maligno le había picado para dejarme de tratar? ¿Qué había pasado, si nosotras éramos la versión femenina y cubana de Pitias y Damón?

Me presenté a los exámenes. Yo era alumna de cien, pero qué iba a aprobar con la interferencia genital que tenía. Suspendí gramática española porque el día de la prueba andaba mi cerebro tan trastornado que confundía los óvulos con los adverbios. Suspendí latín porque si hasta las lenguas vivas se me habían olvidado, cómo iba a acordarme de formar un nominativo en un idioma más fosilizado que las croquetas de tilapia. Ni siquiera pasé literatura; me entró una vomitera espeluznante mientras escribía un ensayo sobre *El sí de las niñas* y tuve que dejarlo a la mitad. Nada más que aprobé mitología, que siempre fue mi fuerte y mi caballo de batalla. Todavía hoy, después de casi doce años de no abrir un libro de texto, me acuerdo de cada deidad griega y hasta de sus correspondientes atributos.

Las Euménides eran las encargadas de castigar a los perjuros y moraban en el Erebo hasta que las imprecaciones de los mortales las dotaban de vida y movimiento.

De Marcel, ni el olor. En marxismo no había exámenes finales, así que él no tenía nada que hacer en la facultad por esos días. A mí me importaba un pito no verlo. O así quería creerlo. De todas formas yo no pensaba volver a hablarle hasta que naciera el bebé. Entonces ya arreglaríamos cuentas. En el fondo de mi alma o de mi vientre, algo me decía que me estaba jugando el futuro a la carta de sangre marcada por la prueba de la paternidad. Una carta que no llegó a salir, como todas las mías.

Pasó el resto de diciembre sin tambor ni arbolitos para la mayoría de la gente, porque todavía no había venido el Papa y la Navidad era patrimonio de las iglesias y los capitalistas. Pasó el fin de año sin renos, que entonces padecían los pobres de diversionismo ideológico, y sin trineo de Santa Claus, no fuera algún degenerado a aprovecharse de que volaba para secuestrarlo y largarse para La Yuma en él. Pasó enero sin Reyes Magos porque los reyes son símbolos del feudalismo, las monarquías son todas corruptas y el único gobierno que resuelve los problemas del pueblo es la dictadura del proletariado, comprenden estudiantes. Que levante la mano el que no esté de acuerdo, a ver.

Pasé yo unos meses aperreadísimos. Embarazada, sin dinero, sin marido, suspensa, vomitando, hecha una calamidad. Laquesis se las había ingeniado para enmarañarme el hilo de la vida, convirtiéndolo en una enredadera venenosa. Y mima arriba de mí todo el tiempo, martillándome las mañanas a carajos. Óyeme bien Elsa, busca al tipo que te hizo el trabajito y que se encargue de lo que venga. Yo no quiero más muchachos en esta casa. En cuanto nazca el chiquillo lo cojo por una pata y lo tiro por el balcón, y tú vas detrás de él. Y Catalina fíjate, la cuna la pones al lado tuyo que yo no tengo ganas de estar oliendo pestes a meao.

Entretanto, mi barriga crecía como el hambre en La Habana. A ritmo de bicicleta china por la carretera central.

Llegó febrero y decidí dejar la universidad. No valía la pena seguir la carrera llevando tres asignaturas a extraordinario. Además, sabía que no iba a resistir la subida por aquella escalinata, día tras día, con mi tripa a remolque. Sabía que no iba a resistir la mirada translúcida del Alma Máter, cuyo cuerpo era, me daba cuenta ahora, asombrosamente parecido al de Yarlene, aunque en las facciones (pensaba yo) se diera un aire a mí. Había terminado por odiar a la muy artificiosa que se sienta en lo alto de su panóptico de mármol vigilándolo todo como Candita desde la Atalaya. Sabía que no iba a resistir tampoco las preguntas punzantes de los demás alumnos, las sonrisas burlonas, los fíjate en Elsa, tan callada que parecía y dejó que le hicieran un hijo, va y no se dio ni cuenta cuándo se la templaron. El cruel choteo criollo, los qué zorrita, los quién se lo iba a imaginar.

Todo eso más tragarme sin un suspiro el despego de Yarlene, las letanías de Alicia, el tic tac cronométrico del ojo indiferente de Marcel.

Ni loca.

Después de la semana de vacaciones entre un semestre y otro no volví a asomar por la facultad. Zozobré en mi nueva, repulsiva rutina de gestante. Me sumergí en mis humores, en mis vómitos verdes. Me aturdí en medio de conversaciones con desnutridas compañeras de desgracia mientras esperábamos en el policlínico por los chequeos periódicos. Como las hojas muertas en el cieno me hundí. Muy suavemente, sin hacer ruido. Y el mar borró sobre la arena las huellas de los amantes desunidos.

—¿Y ese ruido qué fue? —exclama mima.

—¿Qué ruido? —brinco yo.

—Ninguno. Tu madre está oyendo visiones, chica —me responde Abuelonga, que es muy dada a la sinestesia.

Yo tampoco he escuchado nada, pero todos sabemos que mima tiene oído de tuberculoso. Es la única que oye a las cucarachas royendo restos de comida por la noche. Cuando dejamos restos de comida, claro, lo que no pasa siempre. En realidad, no sé cómo las cucarachas sobreviven aquí. Deben de estar anémicas, las pobres.

—¡Visiones ni un carajo! —se insulta mi madre—. Te digo que sentí un chasquido, algo extraño. Yo no tengo la culpa de que ustedes dos estén sordas de cañón o comiendo mojones fritos.

—¿Qué fue exactamente lo que oíste? —le pregunto sin darme por enterada de sus últimas frases.

—Un crujido, un chiquitichá, un qué sé yo.

Por si acaso, le doy un grito a Beiya:

—¡Oye, estate quieta si no quieres que vaya a sonarte un zapatazo en las nalgas!

—Tengo los nervios de punta —reconoce mima.

—¡Si no hubieras perdido el llavero, los tendrías de costado! —casi grita Abuelonga, feliz de saetearla.

—¡No empieces a pinchar, Bárbara Bridas! —gañe mima a través del cerco que forman sus dientes apretados—. ¡Por favor! ¡No arrugues que no hay quién planche!

No, no hay quién planche ni quién lave, ni siquiera con qué lavar.

—Mañana tenemos que comprar jabón en la shopping —les recuerdo, por pura asociación de ideas.

—Y aceite —me sigue la rima Abuelonga—. Y una lata de leche condensada, un huevo para cada una y dos o tres latas de jamón Tulip. Ah, y a ver si se acuerdan de mí y me traen tan siquiera una cajetilla de Marlboros, porque estos Populares cada día están más apestosos.

—Tenemos que comprar unos zapatos para Beiya —agrego de mala gana, porque yo también estoy como quien dice descalza. En fin—. Lleva meses jeringándome porque le duelen los dedos. Hay que buscar un par barato, de tenis. A la muy patona parece que el pie le crece por minutos.

—Ya veremos si alcanza —masculla mi madre. Nadie le responde y concluye con su dicho favorito—. Ya veremos, dijo un ciego y nunca vio.

Nunca más te vi por la facultad, muchacha, dónde tú te metiste. Era Alicia, con sus moñitos engominados y su cara de tarrúa irremediable, haciéndome señas desde la acera de enfrente. Nos encontramos en el mercado de Carlos Tercero, que todavía no era shopping ni plaza fuerte de dólares, sino una mole enorme y vacía, apestosa a orine de borrachos y a viandas podridas. Qué te pasó, Elsa, y me dio un beso en la mejilla. Yo le correspondí con el de Judas. Y ella ay, pero si estás barrigona. Seguro que te casaste y por eso dejaste la carrera. Qué pena, mira que te busqué.

De lo más cariñosa la infeliz, y yo qué iba a decirle. Cómo le iba a soltar, allí en plena avenida y con el Período Especial en su apogeo, un viernes trece de marzo por remate, que el hijo que llevaba adentro era de su marido. Y que por mi mala pata, llámesele así o polineuritis o desnutrición o beriberi o el hambre suelta en Cuba, suelta y sin vacunar, no me lo había podido sacar. No, para qué. No hay necesidad de revolver la mierda y hacerla apestar más.

Así que le contesté que sí, profesora, me casé y a lo mejor matriculo otra vez el año que viene o cuando nazca el niño o por la noche. Y a usted, le va bien. Y ella que abre desaforadamente la válvula de las confidencias y las proyecta en surtidor amargo sobre mí. No, Elsa, no, si supieras la falta que me has hecho en el aula para que vigilaras a Marcel. Hace tiempo sospecho que me está pegando los tarros y con quién va a ser sino con una alumna. Las chiquillas de hoy día son tan putas, perdona, ya sé que tú no, pero hablo en general. La semana pasada se me perdió tres días y ni explicaciones me dio. Está desconocido, le han echado bilongo mezclado con agua de culo, lo han virado al revés. Te digo que los hombres no valen las molestias que causan. Ojalá y el tuyo te salga bueno. Chao mijita y se fue.

—¿A qué hora se fue Erny? —curiosea mima.

—Después que saliste tú —le contesto.

—¿Trajo algo de comer?

—Unas papas.

—Voy a hervir dos, así me echo algo en el estómago —dice con desacostumbrada suavidad, como hablando consigo misma o con algún espíritu familiar.

Lo cierto es que yo estoy en Babia. ¡No ocurrírseme hervir las papas!

—Pon un par para mí también —le pido.

—¡No me digas! —se ofende—. ¿Y qué soy yo, la criada de la casa? ¿La cocinera a sueldo? ¿Por qué no te levantas tú y echas a hervir las cuatro, eh, manganzona?

—No pongas nada, vieja, ya.

Me siento hidrófoba. ¿Qué le cuesta a mi madre tirar cuatro papas en el caldero en lugar de dos? Nada. No lo hace, sencillamente, porque no le da la gana. No le sale de entre las nalgas. Así de simple.

Por eso es que le pasan muchas cosas desagradables. Por egoísta y sangrona. Todavía me estoy acordando de aquel televisor en colores que se le achicharró. Esto no se lo digo a nadie, pero yo me alegré en el alma. Exulté cuando lo perdió, y que no me perdone Dios porque ninguna falta que me hacen sus perdones. Mima se ponía tan impertinente con su Panasonic y estaba tan engreída con él que no dejaba que nadie lo tocara ni para sacudirle el polvo. Se creía que tenía a Zeus cogido por las barbas con el puñetero aparato.

Una vez nos dimos una fajada tremenda por culpa del televisor. Me quiso comer viva, y todo porque yo lo cambié del canal seis al dos sin su permiso, para ver un documental sobre el Partenón. Se emperró de mala manera y me dijo lo peor que se le puede decir a una hija. Hasta me hizo llorar. Ah, pero a la semana justa, bángana. Se le jodió su niño lindo, se le hizo un chicharrón. Ésa fue otra venganza de los Grandes Poderes. De Yemayá o Anfitrite, o de las propias Euménides que escucharon con júbilo mi silenciosa imprecación.

Aquélla no era, sin embargo, la primera ocasión en que me vindicaban Los Más Fuertes. Un mes después de encontrarme con Alicia en Carlos Tercero, Candita Zayas bajó de su atalaya con la noticia fresca palpitante aún entre sus dientes. Que si ya nos enteramos de quiénes se habían ido en una balsa. Y mima asombrada no, quién se fue. Y ella el catedrático de la universidad, ése que vivía a tres cuadras de aquí, por Aramburu. El que algunas veces le daba botella a tu hija en un Lada gris.

Mima se puso colorada y yo me contuve para no darle una patada a Candita que la hiciera llegar volando hasta el mismísimo panóptico. Y siguió impávida la vieja supurando su chisme. Pues el tipo se fugó con una muchacha de por este barrio también. Una tal Yarlene, una jovencita que hubiera podido ser hija de él.

Yo callada, pero sintiendo que la roña me crecía por dentro, lista para salirme por los ojos y para reventarme la barriga de cinco meses que ya se me empinaba al sol, alzándome el vestido. Qué cabrón, se agitaba Candita, hirviendo en santa furia socialista, dejar así a su mujer y a sus hijos, traicionar a la revolución después que hasta carro le dieron, y para colmo sonsacar a esa criatura y arrastrarla con él. Y yo, para mí misma, criatura ni un carajo, cuidado no fuera ella quien sonsacó a Marcel.

Pero Dios castiga sin palo ni piedra, se explayó aún más Candita, sentenciosa. Y qué pasó, preguntó mima, los agarró Guardafronteras. Y Candita dramática no, hija, no se sabe de ellos todavía. Ni se sabrá. Esos dos no llegan ni a un cayo, tú no viste en el noticiero que hay una tormenta grandísima formándose en el Golfo. Un huracán de rompe y raja, ya lo dijo Rubiera en la televisión.

Yemayá los asfixió entre sus piernas porque ojos que te vieron ir nunca oyeron más de ti, como diría Abuelonga la sinestésica. Anfitrite los trituró con el cetro potente de Poseidón. Pom.

Después que nació Beiya me llegué un día por casa de Yarlene, haciéndome la boba, a preguntar por ella. La madre estaba flaquísima, medio sucia, hecha una pasita del sufrimiento porque mi hija se me ahogó, Elsa. Tan buena muchacha que era, tan amiguita tuya, tan linda, se me murió, por Dios. Deméter sin Perséfone, desmelenándose cual plañidera de lujo en un eterno funeral.

Y Alicia, la última vez que me la encontré por la calle, parecía una estatua de la angustia, con las mechas lacias y tiñosas porque ni la permanente se había vuelto a hacer. Me abrazó llorando ay el pobre Marcel tan trabajador, tan cariñoso, tan buen marido, un padre tan cabal. Verdad que tenía sus putañerías pero qué hombre no las tiene, verdad. Y se desapareció el infeliz, se lo comieron los tiburones o se murió de hambre y de sed en medio del mar. Penélope viuda y sin pretendientes, deshilando su soledad.

Lo que Alicia no sabe, lo que no sabe la madre de Yarlene, lo que no sabe ni Candita, lo que nadie sabrá, es por qué fue que esos cabrones se ahogaron. Lo que nadie se imagina es que el huracán aquel no se formó por gusto. Quién ha visto huracanes en pleno mes de abril.

Fue Anfitrite quien les desbarató la vida. Fue Yemayá, que se enteró de la mierda que me habían hecho y les pegó duro y en la cabeza. Con la cola de un delfín, con la cresta de una ola, con la verga de un galeón que se hundió hace cuatro siglos, con el diente de Tiburón Sangriento, con la aleta de Orca la Ballena Asesina, con el tridente de Poseidón. Con todos los hierros de Oggún.

Amén. Evohé. Siacará.

Pero cuidado.

Sí, cuidado y no hayan llegado a La Yuma, a pesar del temporal y de los tiburones. Cuidado y no sean tan hijoeputas que no se acuerden de los que dejaron atrás ni para mandarles diez dólares al mes. Cuidado y no estén en Miami, viviendo la dulce vida, atracándose de buen jamón y queso patagrás, y hasta dándose la lengua con la otra camandulera de Catalina. Nunca se sabe. Porque este mundo está lleno de gente así. De asco.

—De asco está la comida —suspira Abuelonga—. Papas a pulso y agua con azúcar. Quién me iba a decir que terminaríamos comiendo peor que los cochinos que criaba Papaíto —hace una pausa y luego sigue, alzando la voz para que la escuche mi madre en la cocina—. Niña, cuando estén hervidas las papas avísame para aplastarlas y hacerte el puré. ¿Me oíste?

Nunca he entendido a Abuelonga. Creo que ni se entiende ella misma. Se pasa la vida protestando por el trabajo que le damos y porque siempre le empujan el cocinado familiar. Mira que somos desconsideradas mima y yo, que en vez de prepararle siquiera un plato de arroz con frijoles nos recostamos a ella cada día un poco más.

Quizás tenga razón. A mí la cocina me cae como una patada y a mima igual. Qué no le cae como una patada a mima es lo que habría que averiguar. Ahora, yo quisiera que alguien me explicara por qué Abuelonga sale matándose para el fogón, en cuanto tiene un chance, a quitarles la sartén de las manos a los demás.

Si no va hacer las cosas de buena gana, que no las haga y quedamos en paz. Es preferible que diga como la ogra de mi madre: a mí no me pidan nada porque no disparo un chícharo ni para el sunsuncorde. Y ya una sabe que con ella no se puede contar ni para freír una croqueta.

No podía ni probarlas durante los nueve meses que duró mi embarazo. Todo me daba náuseas. Las croquetas, el café, el cerelac, los chícharos y los frijoles colorados. En mala hora me dio por volverme doña melindres. Me lo pasé con el estómago en un hilo hasta que nació la chiquita. Con arcadas de desayuno, eructos en el almuerzo y repugnancia en la comida. Cuando había qué desayunar, almorzar y comer, que no era siempre. Por eso digo que a mi hija yo no la parí, sino la vomité como si me hubieran dado a beber la pócima de Metis.

Aunque lo peor no eran los vómitos. Lo peor era el odio que me envenenaba la sangre. Cómo habían podido engañarme así. La rabia agria que se me reproducía en las entrañas cada día igual que el hígado de Prometeo. Mi primer hombre, mi marido, el que me lo había roto, traicionándome con mi mejor amiga. La cabeza que parecía me iba a estallar. Mi mejor amiga, mi socia de los años, la de las confidencias, quitándome el marido. Los dientes cariándoseme, la boca apestándome a bilis. Todavía si Marcel se hubiera largado con su propia familia no me hubiese dolido tanto. El vientre que se me agitaba con el peso enojoso de aquella criatura a la que yo sabía desde entonces que jamás llegaría a querer. Pero con Yarlene. El vértigo. Con Yarlene, de todas las mujeres de La Habana. Por qué.

El rencor de todas las horas. Horas que se me iban entre los dedos flacos cagándome en Marcel, en Yarlene y en sus huesos. Huesos que ya debían de estar blancos como la nieve, sepultados por siempre en el fondo del mar.

Y pasaron los días y los meses. Rápidos, acelerados, a ritmo de Tiempos Modernos. Aquella escena del principio en que Charlot trabaja sin parar ni un momento. Uno, dos, uno, dos, uno, dos hasta que el aparato alimentador le empieza a meter, de buenas a primeras, tornillos por la boca. Así estuve yo año tras año, sin un minuto de descanso. Revendiendo cigarros Populares, arroz del campo, paquetes de café mezclado, sábados cortos de ron, pinturas de uña hechas en casa y pares de medias tejidas. Rellenando fosforeras desechables y almohadas de retazos. Haciendo collares de artesanía, ensartando pulsos de cuentas plásticas, tejiendo macramés de sogas ya podridas para venderlos por ahí. Uno, dos, uno, dos, uno, dos. Con la diferencia de que a veces no tenía ni tornillos para comer.

Aquí se podía haber filmado otra película. La de Charlot acubanado, bien flaco, consumido, abriendo trescientas sesenta y cinco veces la puerta de un refrigerador vacío. Una puerta que se volviera a cerrar sola, dejándolo con la boca abierta y mordiéndose, de pura hambre, el bigotico negro. Charlot en horario de almuerzo socialista, sin nada que almorzar.

En el noventa y tres, viendo que no me aparecía un trabajo fijo, se me ocurrió volver a la universidad. Habían abierto unos cursos nocturnos en la facultad de filología y pensé en presentarme otra vez y empezar de nuevo la carrera. Si me ponía dichosa, me reconocerían algunas de las clases que había tomado antes. A fin de cuentas, de no haber pasado lo que pasó con Marcel, yo ya me habría graduado porque buena alumna fui siempre. Desde el Pre.

Le pedí a mima que me cuidara a Beiya por las noches. Qué le costaba a ella, si ya se había retirado y no tenía nada que hacer, aparte de pasarse todo el santo día fajándose con Abuelonga. Pero se negó de plano. Se puso hecha una fiera. Que me claven en el culo lo que tú vas a estudiar, me gritó a toda boca. Y ahí me soltó con todas sus fuerzas un puñetazo que me hizo saltar sangre de las encías. Con la misma trompada me reventó los labios y las ganas que tenía de regresar a la universidad.

En el fondo sé que se alegra de que yo me haya descarrilado como un tren fuera de vía. En el fondo, yo la entiendo también. Su vida ha sido tan jodida que sólo se le alivian las penas mirando a sus hijos hundidos en el Erebo, ahogándose con ella. Saturna que no puede devorarnos, pero que nos contempla gustosa caer en las fauces abiertas del león. Y a mí que no me hablen de amor de madre ni del inevitable instinto maternal. Sandeces. Porque qué amor le tengo yo, yo misma, a Beiya. A ver…

Un carro pasa por Carlos Tercero con el radio encendido y la música se desliza hacia arriba por la escala de silencio que tiende el apagón. Ésa es mi marcha, aunque nunca la hayan tocado, ni creo que ya la toquen, para mí. Yo soy la doncella de Brabante, la que esperó hasta los veintiún años por un caballero salvador de armadura plateada. Soy la abandonada por Lohengrin, la del hermano convertido en cisne, la víctima de la falsa amistad de Ortrudis, la repudiada nuera del Santo Grial.

Sin embargo, una vez me fue dado el chance de escapar de Caronte. Solamente una vez, como en el bolero de Agustín Lara. Solamente una vez en mi huerto brilló la esperanza. La esperanza que alumbra el camino de mi soledad. Y por imbécil perdí prenda. Por meterme a hacer favores que no me habían pedido y que ni siquiera me agradecieron después.

Fue en el noventa y cuatro, cuando en la Sección de Intereses abrieron el bombo de las visas. Entonces no se oía hablar más que de los miles de permisos de salida que estaban rifando los yumas. Me ilusioné porque a Fulanito le llegó el Sobre Amarillo, porque Menganita se fue hace seis meses con el sorteo de las visas y ya mandó una foto, está en Miami y ha engordado veinte libras. Si tenía suerte podía salir de aquí con mi hija y encontrar un trabajo donde pagaran con el mismo dinero con que se compraban las cosas en la tienda. Podría alquilar un apartamento propio en una ciudad donde nevara cada invierno, empezar otra vida. O mejor dicho, empezar a vivir.

Cuando se corrió que los americanos habían abierto el bombo, se acabaron en quince días todos los sobres de carta que había en La Habana. En el Correos los racionaron: daban dos por persona y sólo se podía hacer la cola una vez. Tres tardes completas pasé en el Correos de Belascoaín, con Beiya a cuestas, haciendo la cola para comprarlos. Al fin conseguí cinco. Regresé a casa con la felicidad guardada en la cartera, agarré una pluma y papel y me senté a escribir con campanas de fiesta cantándome en el corazón.

Terminé ya de madrugada. Cansada, pero con la fatiga pespunteada de optimismo. Mis ilusiones, de un azul tan claro como la tinta del bolígrafo, me dibujaban un paisaje de ensueño más allá de estas costas. Elevé una plegaria. Oh raudo Hermes, mensajero de los dioses, cálzate los alados borceguíes y lleva estas misivas a su destinatario, El Poderoso Yuma Visador.

No me desalenté aunque Catalina me choteaba mira a la escritora. Déjate de gusanerías, Elsa, pena te debería de dar. Si tú quieres me pones ahí, pero yo a los Estados Unidos no voy ni por un solo día, fo. A mí no se me ha perdido nada en el monstruo, como dijo Martí que le conoció la entrañas. Y mima ay, chica, con la mala suerte que tenemos nosotros no nos ganamos ni un viaje en la lancha de Regla. No pierdas más tu tiempo con papelitos. Ponte a lavar los blúmeres de tu hija que apestan a meao, eso es lo que tienes que hacer. Y Erny no seas boba, mi hermana, esas visas ya están dadas desde antes de empezar el sorteo. Cuidado y no le pasen todas las cartas al Comité para que Vigilancia sepa quién se quiere ir de aquí. A ver si nos jodes a todos con tus inventos, comemierda.

Ignoré los malos agüeros. Tenía la esperanza en cuarto creciente y la seguridad de que la suerte me iba, si no a sonreír, por lo menos a guiñarme un ojito cómplice. Ya hacía tiempo que las apologías del socialismo que le oyera a Marcel se habían desmenuzado en mi memoria. En los duros noventa se desaparecieron de mi psiquis ciudadana, rápidamente reemplazadas por el si tienes dólares comes y si no pasas hambre, por el sólo para turistas, por el adónde va, compañera, los cubanos no pueden entrar aquí. Consignas devaluadas como el peso cubano, oscurecidas por los apagones del Período Especial, consumidas por la leche de los niños que se pierde a los siete años, asesinadas por la consigna de socialismo o muerte, patria o muerte, muerte en el mar.

La tarde en que fui a echar las cartas tuve un ataque repentino de lucidez. Fue en camino para el Correos, al pasar por delante de un latón de basura. Aquel tanquecito apestoso, rebosante de porquería, mal pintado de gris, estaba frente al Instituto de Literatura y Lingüística, ese edificio que tiene delante una estatua en mármol de la Avellaneda permanentemente cagada por los pájaros. Ahí me llegó la luz y yo la vi un instante, pero no la supe aprehender.

Primero me inundaron los flashazos. Me acordé de todas las mierdas que mima me había hecho y dicho, de su televisor en colores alias El Intocable y de que me claven en el culo lo que tú vas a estudiar. Sin pensarlo dos veces tiré al latón el sobre con su petición de visa. Me sonaron en los oídos las burlas de Erny, su voz de tiple trasnochada chillando que ni pagándole yo al argentino se hubiera acostado conmigo y prácata, ahí me deshice también de su carta. Me vino a la mente la petulancia comunista de Catalina con yo a los Estados Unidos no voy ni por un solo día. Vi otra vez el póster del Che con cara de mal genio en nuestro cuarto y lancé el sobre de mi hermana junto con demás. By-bye, ñángara de pacotilla. Pensé que Abuelonga, con lo vieja que estaba, no iba a resistir un viaje al norte y menos adaptarse a vivir allá, y su carta voló a hacerle compañía a las demás.

Sólo conservé mi sobre, irreprochablemente albo como velo de novia high life que se casara por la Iglesia bajo la música de Wagner. Quizás se incubaba dentro de él un pasaporte, invisible aún como una semilla en la tierra. En espera de la ruleta mágica. Aguardando el momento en que los dedos bien cuidados de un funcionario americano que bien podría llamarse Steve, como Spielberg, lo abrieran y sus ojos, que habrían visto los copos de nieve caer en las calles de su país, se fijaran curiosos en la implorante solicitud de una desconocida. Para que, justo entonces, el milagro ocurriera, y las diez sílabas que forman mi nombre y apellidos fueran anotadas, irrevocablemente, en el Libro de los Elegidos.

Todo eso podía haber pasado si yo hubiera seguido de largo. Si me hubiese olvidado de las cartas que yacían tristemente en el latón, circundadas por desperdicios malolientes con la dulce y total renunciación. Si hubiera echado solamente mi sobre, irreprochablemente albo, en el buzón azul del Correos de Belascoaín. Todo eso podía haber pasado sin la intervención del Maligno. Del espíritu vil que me taponó el entendimiento y borró de un plumazo mi resolución de clarividente. No sé si sería Momo o el pendenciero Ares o Eleguá, el malicioso. Los flashazos se apagaron de pronto. La luz se disipó como en las noches habaneras de apagón programado. La flecha envenenada del remordimiento me punzó el corazón. Ya había escrito las cartas, por qué no enviarlas todas. Al fin es mi familia, cómo les voy a arrebatar esta oportunidad. Al que Dios se la dé, San Pedro se la bendiga, aunque yo estoy segura de que Dios me la va a dar a mí.

Anfitrite, incansable viajera submarina, resoplaría de rabia cuando esta imbécil se agachó, metió la mano en el latoncito apestoso y recogió los sobres desechados, limpiándolos y sacudiéndolos con tanto cuidado como si fueran billetes de diez dólares. La Avellaneda, expatriada de lujo en Madrid, miraría hacia otro lado mientras el Diablo, gozoso, brincaba de alegría feroz.

Cuántas veces he vivido de nuevo ese momento. Cuántas noches he soñado que abandono aquellas cartas sucias a su suerte, que doy media vuelta y sigo mi camino hasta entrar deslumbrada y feliz, en medio de una tormenta de nieve, en La Yuma de Spielberg.

Pero lo cierto fue que llegué al Correos con mis cartas a cuestas y que todas juntas fueron a parar al buzón. Todas juntas llegaron a la Oficina de Intereses. Todas juntas entraron en el bombo de las visas. Pero los dedos blancos y cuidados de Steve no tocaron la mía. No fue mi nombre el que anotaron en el registro de los Llamados a La Yuma sino el de mi hermana, el de la comunista, el de quien no quería, por nada de la vida, viajar al monstruo y conocerle las entrañas.

Papeles son papeles,
cartas son cartas.
Palabras de los hombres,
todas son falsas.

Si hubiera sabido lo que iba a pasar, ni los sellos habría comprado. Pero nadie sabe para quién trabaja. La suerte es loca, dicen, y a cualquiera le toca. A cualquiera, se entiende, a cualquiera menos a mí.

La cerradura de la puerta hace clac. Abuelonga da un salto en el sofá como un muelle fuera de lugar. Mima deja de mecerse, su sillón enmudece. Yo no me agito. Yo espero, nada más. Total, pase lo que pase, la vida sigue igual. Pero Julio Iglesias se equivocaba. No siempre hay por qué vivir, ni muchísimo menos por qué luchar.

Fumar es un placer genial, sensual con una mano en la cintura y la otra delicada, en el aire, mientras sujeto un cigarrillo entre los dedos. Aquélla era Sarita Montiel y yo parada ante el espejo de mi cómoda sosteniendo también un mentolado humeante, pero sin la gracia putesca de ella.

¿Vivirá todavía la Montiel? Debe de estar viejísima porque desde que yo era jovencita la oigo sonar. Los muchachos de hoy día no la conocen. No saben nada de cuplés ni de tonadas bonitas de las que se cantan con sentimiento. Todo se les vuelve tambores de solar o ese rock que le dicen, que suena como un perro rabioso suelto en una locería. Tu tu tum ba ta tá. Y a eso le llaman música. Arf.

Aunque para música estamos nosotros. Si nos descuidamos, lo que nos tocan es el Manisero cuando se aparezca el Deslenguador. ¡Mira que mi hija perder el llavero! Pero lo que me preocupa es que va y no lo perdió, sino que lo escondió y está planeando hacer alguna maldad grande para embolsarse ella sola los doscientos dólares que Catalina mandó. Porque no hay más que ver el aire de propietaria que se da. Ya veremos lo que se compra, decía hace un rato. Como si ella fuera la única con derecho al voto. Como si mi nieta no hubiera mandado ese dinero para todos nosotros.

Ya no se puede confiar en nadie. Ni en el Espíritu Santo que bajase a la tierra otra vez, ni en la paloma de la paz. Yo no dudo que Barbarita esté planeando robarse el guano, haciéndose la muerta para ver el entierro que le hacen. Con ella hay que andar con cuatro ojos. Es una arpía. Lo digo yo, que la parí hace más de cincuenta años y que duermo a su lado todas las noches, respirando sus pestes de mujer.

Ah, pero yo no soy boba. A mí Barbarita no me mete el dedo en la boca con engañifas ni me asusta con su guapería de bolsillo. Como se pierda ese dinero o falte un centavo, uno solo, esto se va a acabar como la fiesta del Guatao. Vieja seré, pero no pelleja, como dicen los chiquillos desvergonzados de hoy día. Bueno, vieja y pelleja, pero no pendeja.

¿Cuándo estarán listas las papas? Estoy loca por ir para el fogón a meterles mano, a hacer mi trabajo especial de baja cocina. Eso fue algo que aprendí de Norma Peñate, que era criada de La Francesa cuando Rafaelito y yo nos casamos. Si éstas supieran lo que les hago cuando me quedo sola entre mis cazuelas. Si se lo imaginaran, se hacían caca en los blúmeres. Pero como están ciegas…

A mí no me preocupa el tal Deslenguador. Si viene, que venga. Que acabe con la quinta y con los mangos de la quinta. Ya yo estoy cumplida. Hombre, no me gustaría que me fuera a dejar sin lengua, eso no. Todavía tengo que mandar a la porra a unos cuantos antes de morirme. Pero lo que es robarse, que se robe lo que le dé la gana, qué tanto aspaviento. Que arramble con los dólares. Antes de que los agarre la sinvergüenza de mi hija, que se los lleve un extraño. Hasta eso prefiero, vaya. Porque lo de Barbarita conmigo ha sido mucho. Mucho para un solo corazón.

Al fin no vamos a ser ni más ricas ni más pobres por cuatro quilos que quién sabe de dónde los sacó la Catalina. Quién sabe. Porque ésa era buena perla cuando estaba aquí, así que con la corrupción que hay allá afuera debe haberse vuelto más calcañal de indígena todavía. Qué familia, Dios mío. Qué clase de parentela me ha tocado en suerte por mis pecados capitales.

Así que yo me siento muy tranquila. Pero dejo que esas zonzas se crean que estoy nerviosa, temblando de terror. Que piensen pobrecita, ay, la viejita asustadita. Que sigan durmiendo de ese lado hasta que se caigan al suelo y se astillen la vida. Si algo aprendí después de tantos palos por el lomo es que hay que saber disimular en este mundo.

¿Qué fue eso? Elsa, dale más luz al quinqué. Bárbara Bridas, ¿tú no oíste nada? Allá afuera hay alguien que quiere abrir la puerta. O ya la abrió.

¿Que hay alguien afuera? ¿Que quiere abrir la puerta? A mí qué me interesa, chica. Deja que la abran, que entren un par de negros ladrones, que saqueen los escaparates, que nos destripateen a todas. Para lo que se va a perder.

Cuando menos ya tenemos al Deslenguador aquí metido.

Mima, cierra el pico, hazme el favor. Yo no he sentido nada. Mira que te gusta estar pronosticando salaciones.

Tiene razón Elsa. Mi hija es un ave de mal agüero. Y una acaparadora. Y una ladrona. Sí.

Gracias a Dios que la Elsita salió más humanizada, o siquiera menos retorcida de espíritu. Aunque eso no quita para que sea una reverenda plasta de vaca. No sabe mover el fambá. No sabe sonsacar a los hombres. Ni una cucharada de sexapí se le puede sacar por más que se le exprima, es igual que su madre. Tampoco sabe criar muchachos, ni cocinar, ni planchar. No le tocó ninguna gracia de las que deben adornar a las mujeres. Si no me tuviese a su lado se le moría de hambre la hija. Se salva porque le saco las castañas del fuego. Pobre de ella cuando le falte yo.

Además, el día que la hicieron se rompió el molde. Lo tiró Dios a la basura para que no volviera a repetirse porque hasta él mismo se asustó. Francamente, yo no me explico por qué salió mi nieta tan fea y mal encabá. Ni su madre ni yo fuimos nunca buenas hembras pero lo de Elsa ya es exagerado. Antes, cuando ella era chiquita y yo la llevaba al parque, hasta pena me daba que supieran que era familia mía. Con esos brazos flacos, transparentes como espaguetis, y su cara de ratoncita pérez parecía la mismísima estampa de la herejía.

Con los años no ha ganado nada. No tiene buenas tetas, ni caderas, ni una libra de grasa en el fambá. El otro día la vi encuera y me fijé bien. En este país que las chiquitas empiezan a sacar fondillo desde los doce años, las nalguitas de Elsa parecen las de una niña de ocho, y desnutrida.

Lo peor del caso es que tiene los sesos debajo del sobaco. Me duele el alma cuando pienso en esa barriga loca que le hicieron. No quiero ni imaginarme con qué clase de lumpen se acostó, un tipo que nunca dio la cara, que jamás le ha pasado un quilo para mantener a la hija. Medio mulato debió ser, porque la Beiya salió jabaíta. Y que al final me haya tocado a mí cargar con el paquete de una biznieta pasúa e hija de nadie. Qué bochorno.

De Ernesto ni se diga. Una noche lo sorprendí probándose un sombrero del año del caldo que yo tenía en mi escaparate. Por poco me da un zambeque al ver el espectáculo. Una pamela rosada nada menos. Con flores y encajitos, para más ignominia. Se miraba en el espejo y caminaba moviendo la cintura igual que las rumberas malas. Cuando en la playa la bella Lola su larga cola luciendo va. Ahí mismo supe en lo que iba a terminar. Los marineros se vuelven locos y hasta el piloto pierde el compás.

Los perfumes que se ponía desde los quince años. Unas esencias búlgaras, chillonas, de mujer. Cómo abanicaba las manos, ayayay, partido como el comunista. Nunca le conocí una noviecita, una amiguita, nada. A todas partes iba con "amigos". Amigos con el pelo largo y los pantalones apretados marcándoseles todo lo que Dios les dio, o no les dio. Qué mal me olía eso cuando lo veía salir con el Tavi, creo que así se llamaba un rubito muy amanerado que no se le despegaba ni para ir a orinar. ¡Qué mal me olía!

Una vez le pregunté, haciéndome la desentendida ven acá, ya tú aprendiste de la vida, mi amor, ya le metiste el pitico a alguna muchacha, te gustó, le gustó, cuéntame. Y él muy serio Abuelonga, no te metas en mis asuntos que me da pena hablar contigo de cosas personales. ¿Personales, eh? Maricales sería. Yo lo calé enseguida, aunque no dije nada. ¿Para qué? A fin de cuentas es mi nieto y yo lo quiero, pero qué desgracia de la naturaleza que nos haya salido pajarón.

Aunque quién sabe si no fue debilidad natural suya sino un pecado de Rafaelito, que lo enseñó a hacer porquerías desde que Ernesto era inocente y así lo pervirtió. Dios me perdone si estoy acusando al difunto sin fundamento. Es que eso de que durmiera solo con el muchacho nunca me gustó. Nunca en la vida.

Y la Beiyita, uf. Ésa, la pobre, no tiene a quién salir mejor. No, con ella más vale ni hacerse ilusiones. Pues ¿cómo va a criarse una chiquilla que no sabe quién es su padre ni qué pata la puso? ¿Qué opinión puede tener de su propia madre? Malísima. Además, hija de gata caza ratón. En cuanto le empiece a bajar el período, que Elsa la mande a tomar pastillas porque yo no cuido un chiquillo más. Ni al niño Jesús que me lo traiga la Virgen en persona.

Y en ganga salimos con que Catalina haya resollado. En ganga. De la que menos esperé yo algo, de la comunista de la familia, nos están llegando ahora dólares americanos, los fulas que les dicen.

La comunista. Ja. Cuando yo lo digo, que en nadie se puede creer ya. Nos engañó a todos bien engañados. A los de la casa y a la gente de su trabajo, sus compañeros del Partido que no podían creer que los había dejado en banda, largándose para el norte como la primera gusana. Una muchacha que se acostaba dándole vivas a Fidel Castro y se levantaba cantando marchas guerrilleras. Que hasta habló de cambiarse el nombre, Catalina por Katiuska, porque le sonaba más revolucionario así. ¡Alabao sea el santísimo sacramento de la sinvergüenzada!

Nunca voy a entender el cambio que dio, o si en realidad no hubo cambio ninguno. La voltereta fue tan rápida que me dejó turulata. Si no le gustaba este sistema, como no me gusta a mí, ni a su madre, ni a la misma Elsa, ¿por qué se pasó año tras año dándoselas de más comunista que Stalin? ¿A santo de qué tenía ese afiche del Che en su cuarto y aquellas banderitas de las milicias clavadas en la pared?

La de veces que se fajó conmigo, llamándome racista y burguesona. ¡Burguesona yo! Yo que en mi vida he tenido mil pesos juntos, que hasta limpiapisos tuve que ser después de vieja para agarrar una miserable pensión...

Se enfurecía porque yo trataba de explicarle que este gobierno era un desastre sin atadero. Que bien al garete iba un país donde antes el azúcar valía a diez centavos la libra, toda la que quisiera uno, blanquita como un coco, y ahora la tienen racionada a seis libras al mes, y tres de ellas prietas. ¿Y quién me lo discute? Que bien apachurrados nos tenían, peor que en tiempos de Machado y su porra, cuando una lengualarga como Candita puede controlar a todo el vecindario con una pata apoyada en el Comité y la otra en el Gedós.

Catalina se encrespaba ay Abuelonga, qué mal agradecida eres, con todo lo que ha hecho el Comandante por nosotros y tú todavía criticando a la revolución. Grima me daba oírla hablar tanta cáscara.

Por mí el comunismo no ha hecho nada, porque no me digan que tengo que dar gracias porque le robaran sus ahorros a mi marido, ahorros bastante sangreaos por cierto.

Bárbara Bridas, Elsa, ¿ustedes no oyeron? Tienen los tímpanos taponados con mierda. Ahora sí. ¡Alguien cerró la puerta, coño!

¿Qué puerta abierta ni cerrada, mima? Tú siempre con tus inventos. Es verdad que tienes oído de tuberculoso, pero a veces te das cuerda tú misma y crees que oyes mucho cuando no hay nada que oír.

No me hagan caso entonces, boba. Esperen a que nos madruguen y a que nos retuerzan el pescuezo. Yo no estoy loca ni me imagino cosas. Alguien abrió la puerta hace rato y la acaba de volver a cerrar.

¡Ya, vieja, ya!

Allá ellas con su condena. A mí también me pareció que alguien estaba trasteando la cerradura. Pero que vaya otro a averiguar. Ya no hay crónica roja, así que ni en el periódico vamos a salir si nos cortan en trozos. Y cómo sonaría. ¡Última hora: tres mujeres y una niña descuartizadas en Centro Habana! Arriba que me voy. ¡El criminal las pasó por la máquina de moler y luego las vendió como picadillo de soya, a veinte pesos el paquete! ¡No se lo pierdan!

En la revista esa que trajo mi nieto venía en primera plana la foto de una rubia encuera en pelota y llena de sangre desde los pies hasta la coronilla. Pero como tengo la vista tan débil no pude enterarme de si era una difunta de verdad o el anuncio de una película de relajo. De todas formas a mí no me interesan las películas. Ni las revistas. Y las fotos las odio. Por culpa de una foto Mamaíta se volvió loca y me quiso matar.

¡Elsa, ven conmigo a ver si la puerta está cerrada!

Ah, cará. Está bien. No te muevas de aquí, Abuelonga, que me voy a llevar el quinqué. Vamos, mima, para que se te quite la majomía y no jeringues más.

A ellas qué les importa dejarme a mí en la oscuridad y sola como un perro. Dirán la vieja, que se fastidie y se muera de miedo. Si se cae y se parte un hueso, pues mejor.

Menos mal que la puntica del cigarro me alumbra y me hace compañía. Me recuerda a los cocuyos que salían de noche cuando vivíamos en Pinar del Río. A veces Mamaíta metía un montón de cocuyos en un güiro y me los daba para jugar. A mí me gustaba hacerme la idea de que tenía una lámpara de verdad. Entonces no se usaba la electricidad en el campo. Lo más común era alumbrarse con luz brillante. En mi casa encendíamos el quinqué en cuanto caía la noche y las gallinas se subían en sus palos para dormir.

Todavía estábamos los cuatro juntos, la familia completa: Papaíto, Mamaíta, mi hermano y yo, cuando pasó lo que pasó. Fue por el año treinta y cinco o treinta y seis, me acuerdo de que ya se había caído Machado. Nosotros vivíamos en una casa de portal amarillo, con el techo de tejas rojas como las pintan en los muñequitos. Era en los remates de Guane, en la Cenicienta de Cuba, como se le decía entonces a Pinar del Río, pero hasta aquellos montes tenían su bonitura. Yo me despertaba al amanecer y caminaba descalza por el trillo mojado buscando la letrina que estaba al fondo de la casa. Se me hundían los pies en la tierra, que estaba suave y suelta, húmeda y carmelita. Olía a yerba buena, a rocío y a los plátanos maduros de nuestro platanal.

Cuando Papaíto se iba para la vega, Mamaíta se quedaba en la casa con mi hermano Carlos Manuel y yo, que como estábamos chicos todavía no íbamos al colegio. Ella trabajaba muchísimo. Cocinaba con leña, lavaba en batea, traía agua del pozo, nos cuidaba a nosotros, les daba de comer a los animales… Las mujeres de esa época eran mucho más trabajadoras que las de hoy. Ahí está mi propia hija, que se cree que merece una medalla de oro por poner un par de papas a hervir.

Alguna que otra tarde Mamaíta se inspiraba y se ponía a tararear que es Cuba la isla hermosa del ardiente sol, bajo tu cielo azul, adorable y trigueña, de todas las flores la reina eres tú. Otras veces, cuando le daba el aquél por mortificar a mi padre cantaba que los gallegos de Galicia cuando van de procesión llevan su madre por puta y su padre por cabrón. Papaíto se incomodaba y la mandaba a callar. Mamaíta era hija de canarios y Papaíto de gallegos, y se tiraban el uno a la otra por la cuestión de los antepasados. Aunque todo eso era más bien en plan de chiste y de jarana. Hasta el mismo Papaíto acababa echándose a reír con los dientes blanquísimos y parejos que tenía.

Pero la mayoría del tiempo Mamaíta se la pasaba callada, muy ocupada con sus asuntos. Ella nunca me besó ni me apapuchó ni me dijo cositas lindas. Por lo menos yo no tengo ningún recuerdo de cariños ni de abrazos. Siempre fue muy desabrida, muy seria, aunque tampoco nos pegaba hasta aquella mañana de Cuaresma, cuando se destapó el viento de la locura.

El día que le daba por cantar, yo me daba cuenta de que Mamaíta se había levantado de buenas. Entonces podía hablar con ella. Un poquito, no mucho, porque antes los muchachos no se ponían a chacharear con los mayores como lo hacen ahora, que hasta le preguntan a la madre cuándo le llega su período. Antes había respeto. Por nada de la vida un niño, y menos una niña, se cogía esas confianzas que se usan hoy. Los muchachos hablan cuando las gallinas mean, era un refrán corriente. Y al que decía malas palabras le lavaban la boca con jabón.

Las mañanas de buen humor Mamaíta hervía el agua para cocinar los frijoles desde temprano, escogía el arroz, le retorcía el pescuezo a una gallina para hacer fricasé y me mandaba a sazonar la carne. O si no, me decía que pasara la bayeta por los muebles y que sacudiera los cuadros. Con cuidado, para que no se fueran a romper. Teníamos un montón de fotos en las paredes y encima de las mesas porque un hermano de Papaíto era fotógrafo ambulante y retrataba gratis a toda la familia. Había fotos de mis padres, de mi hermano y yo en cada cumpleaños y hasta de una hermanita mía, Catalina, que se había muerto a los tres años. Yo no la llegué a conocer. Quién sabe dónde habrá ido a parar todo eso. Hecho polvo debe de estar.

A Carlos Manuel le tocaba salir al patio a desyerbar un sembrado de tomates y cebollas que teníamos allí, y a llevarles la comida a los puercos. Mamaíta nunca nos ponía a trabajar juntos porque como éramos hembra y varón, no se veía bien esa mezcolanza. No es como ahora que desde que van a los Círculos Infantiles se revuelcan los vejigos unos con otros, manoseándose varones con hembras, blancas con negros, mulatas con chinos... Una asquerosidad.

Mamaíta era muy limpia. Todas las mañanas sacaba una batea para el patio y un bulto de ropa y se ponía a lavar. Yo me le acercaba y se me metía por los ojos la espuma del jabón. Era sedosa y me hacía cosquillas en la nariz. A ella le gustaba usar el jabón Candado. Cada mes lo compraba por cajas en la tienda del pueblo para ver si nos sacábamos premio: un montón de dinero o una Villa Jabón Candado de las que la gente decía que regalaban en La Habana.

Por las tardes el olor de las flores de maravilla que crecían en el patio se mezclaba con el del café carretero que Mamaíta colaba para que mi padre lo tuviera listo al llegar. Y cuando él entraba y se sentaba a fumar en la sala, entonces era el perfume marrón de su tabaco bueno el que me hacía cosquillas, dándome pellizcos en la nariz. Los olores de mi casa eran los más ricos del mundo.

Por las noches me acostaba en el patio a contar estrellas. Ponía una frazada en la yerba y me tiraba ahí, a mirar para el cielo y a coger fresco. El fresquito del campo, que es el mejor que hay, tan distinto de estos calores sofocantes que pasa uno en La Habana. El problema era que como yo no sabía más que hasta el número veinte, tenía que empezar una vez y otra y al fin perdía la cuenta. Al principio me daban ganas de llorar, pero después me consolé porque Papaíto me explicó una noche que ni los sabios más requetesabios sabían en realidad cuántas estrellas existían.

Con el tiempo Mamaíta dejó de cantar que es Cuba la isla hermosa del ardiente sol. Todavía decía algo de putas y cabrones, aunque tan bajito que no se le entendía. Empezó a olvidarse de poner agua a hervir para cocinar los frijoles. Las gallinas se dieron a campear por sus respetos y a irse al monte buscando qué comer. La ropa sucia se quedaba amontonada, apestando por más de una semana, y hasta la misma Mamaíta apestaba también, porque no se acordaba de bañarse. No nos mandaba a limpiar ni a desyerbar ni a hacer nada; Carlos Manuel y yo nos pasábamos el día de vagos, mientras ella se sentaba en la comadrita a darse sillón.

Yo no sabía qué le pasaba, pero me daba miedo verla así, ida del mundo. Mi hermano y yo le hablábamos y no nos contestaba. Hasta hambre pasamos, porque le pedíamos de comer y como si le pidiéramos a la pared. Jugábamos de manos, hacíamos ruido, desordenábamos los adornos y nada. Podíamos haber quemado la casa sin que ella se enterase. Papaíto regresaba del campo, le preguntaba algo, le daba un beso, le ponía delante una tortica de Morón, y ella ni se movía. Seguía sentada en la comadrita, riquirrá, riquirrá.

Entonces yo sola, sin que nadie me lo enseñara, aprendí a hacer arroz y a batir huevos con cebollas y sal. Las tortillas me salían bien; la carne era lo que casi siempre se me quemaba o me quedaba medio cruda. Nunca me atreví a matar una gallina, pero Carlos Manuel era muy animoso, machito al fin. Las agarraba por las patas y les daba un tajo en el pescuezo de lo más campante. Tumbábamos plátanos del platanal y nos comíamos los tomates del sembrado aunque estuvieran verdes. Así íbamos resolviendo y acallábamos los gritos de la barriga. Llegué hasta a acotejarle, mal que bien, su cena a Papaíto, para que no tuviera el pobre que meterse en la cocina cuando llegaba todo estropeado de trabajar en la vega.

Había veces que no llegaba. Yo dejaba la comida a la lumbre y así mismito amanecía. Esas noches Carlos Manuel y yo nos acostábamos a las doce o a la una, cuando Mamaíta se metía en su cuarto y apagaba el quinqué. Por la madrugada la oíamos llorar como una Magdalena.

Al día siguiente Mamaíta se pasaba la mañana sentada en su balance, sin mirarnos y con la cabeza que le caía hasta las rodillas, desgreñada y hocicúa. Pero otros días se levantaba de pronto, daba un brinco y empezaba a pelear con una tal Adelaida y a cagarse en su madre. Frenética que se ponía. Una vez le tiró una silla para destimbalarla. Es decir, se la tiró a Adelaida, pero le cayó en un pie a Carlos Manuel, que venía de sacar agua del pozo, y por poco deja cojo al chiquito.

No había nada, mima, qué alarmista eres. ¿Viste que la puerta estaba cerrada? Para que no cacarees más.

Alarmista mierda, Elsa. A lo mejor el ladrón se apencó y se fue, pero ruido sí hubo. Oye tú, Bárbara Bridas, las papas ya están blandas. ¿Vas a hacerme el puré por fin o no?

Aunque de dientes para afuera me hago la brava porque siempre me empujan el cocinado, antes muerta que dejárselo a nadie. Ésa es mi venganza. Más dulce que el azúcar blanca y que las torticas de Morón. Ese chance no lo dejo pasar, después de todas las cochinadas que tengo que aguantar en esta casa. Así que *como no, niña, enseguida te lo preparo.*

Pero con calma, que ella no se apura por mí.

Mamaíta nunca nos regañaba cuando le daban sus ataques. Creo que ni se daba cuenta de que mi hermano y yo estábamos allí. Todo era fajarse con Adelaida e insultarla diciéndole puta y descarada. Por si las moscas, yo me ponía a sacudir los muebles. Me quedaba embobecida mirando las fotografías. Había una que me encantaba, y era el retrato de bodas de mis padres.

Papaíto no había cambiado mucho. En la foto llevaba un sombrero Stetson y un bigotón imponente. Era muy derecho, alto y trigueño. Cuando yo era chiquita ya no usaba bigote pero igual estaba muy bien. Un tipazo. Un guajirote de verdad. Aunque él no pasaba demasiado tiempo conmigo, así que más veía a la foto que a su persona real. Todos los días Papaíto se iba al amanecer y no volvía hasta que oscurecía. Trabajaba en un plantío de tabaco que quedaba a unos cinco kilómetros de casa. Aquella vega había sido de su padre y antes de su abuelo, que vino para acá de un pueblo de Galicia.

Mamaíta sí se había vuelto otra. En la foto se sonreía como una artista de películas. Con aquel velo blanco y su traje de cola parecía una princesa. Pero ya la sonrisa se le había caído de la boca y se pasaba las semanas con cara de estreñimiento. De princesa se había transformado en la bruja mala de los cuentos. Así y todo, ella era bastante bonita. Cuando se peinaba le lucía mucho el pelo. Tenía una trenza rubia que le llegaba hasta la cintura y los ojos azules. Mamaíta era hija de canarios, por eso salió blanca y rosadita. En mi familia nunca hubo mulatos ni gente con la piel empercudida hasta que nació Beiya.

La mañana del brete Mamaíta se había levantado con la boca más fruncida que un blúmer viejo. Ni siquiera preparó café para el desayuno. Yo me tomé un vaso de limonada con azúcar y Carlos Manuel salió a buscar naranjas y a tirar piedras por ahí, como hacía siempre que Mamaíta amanecía con el moño virao, insultando a Adelaida. Y me dejó sola con ella.

La casa de nosotros tenía cinco ventanas y pájaros en todos los aleros. En la cocina olía fuerte a sazones. Más que nada a comino, porque Mamaíta, cuando estaba de buenas, sazonaba siempre la carne con comino, orégano, ajo y un poquito de sal. Durante la época de lluvias se nos metía adentro el olor a mojado y a la tierra que había en el patio. Entonces nos mandaba a regar agua de Florida por los rincones. Ella no soportaba el polvo ni la humedad.

Era el mes de abril, me acuerdo porque de repente se destapó a llover. Como decía mi abuelo canario: en abril, aguas mil. Y estábamos en Cuaresma, así que el diablo andaba suelto y buscando a quién molestar.

Las nubes se abrieron en un aguacero torrencial de esos que te empapan de pies a cabeza en un decir Jesús. Luego se levantó un aire tremendo, el viento de Cuaresma que también se llama, en el campo, el soplo de la locura. Empezó a tronar. Y yo preocupada por Carlos Manuel, que andaría entre los árboles y si se paraba debajo de una palma podía hasta caerle un rayo, no lo quisiera Dios. Y por Papaíto, que también estaba a la intemperie allá en la vega.

Para que se me quitara el nerviosismo me puse a sacudir los cuadros. Bayeta con ellos. Todo marchó bien hasta que agarré el retrato de la boda de mis padres. Ojalá no lo hubiera hecho. ¡Ojalá me hubiese ido a jugar al patio, aunque cayera un rayo y me partiera a mí por la mitad!

No sé cómo fue. A estas alturas, al cabo de setenta años, todavía no me explico cómo pudo suceder algo así. Si yo nunca había roto un plato en mi vida y era una niña más que cuidadosa. Manitas de seda, me llamaba mi padre. Pero por estas cosas que pasan cuando el demonio se entromete, se me resbala aquel retrato de entre los dedos y se cae al piso y explota como un siquitraque en medio de la sala. Bángana.

¡Ay, me cago en la mierda, ya se apagó la mecha de ese salao quinqué! Elsa, enciéndela otra vez.

¿Dónde están los fósforos?

¿Dónde van a estar, sanaca? En el aparador. A cualquiera que no sea anormal se le ocurre buscar allí.

¿Y por qué no los buscas tú, mima? Das más órdenes que una coronela pero no mueves ni el dedo pulgar. Ni que estuvieras baldada.

¡Elsa, haz lo que te digo y no rechines más la carreta!

Oye, no es lo que tú jodes sino lo seguido que lo haces.

Déjalas que se maten entre ellas. Yo ni chisto. Ni ji voy a decir.

Cállate, idiota, y mira a ver si hay alguien por ahí

Sí, claro. Que me maten a mí y tú tan fresca.

Verdad es que se oyó un ruido hace rato. Varios ruiditos. Como si alguien hubiera abierto la puerta con cuidado y la hubiese vuelto a cerrar después. A lo mejor tenemos ya al Deslenguador en la casa, con un cuchillo de este tamaño en la mano y la tranca parada. Que la Virgen nos ampare.

Nada, pero es que nada, ni el mentado Deslenguador, ni el Período Especial, ni los apagones de doce horas, nada puede ser peor que lo que me cayó encima el día de la lluvia. Todavía no se habían acabado de desparramar los cristales del cuadro por el suelo y ya Mamaíta estaba montada a caballo arriba de mí, con los dedos vueltos tijeras clavándose en mi carne. Desgraciada, me has dejado sin el único recuerdo bueno que me quedaba de mi hombre. Puta mala, envidiosa, roba maridos. Te voy a desbaratar completa, Adelaida, pa que te mueras de una vez. Y galletas van y galletas vienen con Adelaida, pero a quien me las daba era a mí.

Traté de escaparme pero Mamaíta me sujetaba recio, me apurruñaba toda como cuando les retorcía el pescuezo a las gallinas. Afuera soplaba el viento con silbidos de furia. Ella tenía las manos duras de lavar y fregar y por más que pataleé no conseguí sacármela de encima. Las gotas de agua entraban por las rendijas de las ventanas y me escupían la cara. Mamaíta jadeaba, dándome golpes por la frente, la boca, la espalda, el pecho, por donde me cogiera. Los relámpagos se metían en la sala y nos alumbraban como los flashes de la cámara de mi tío el fotógrafo. Yo lloraba y le pedía que me dejara ya, por favor.

Al cabo me rendí. Total, que me pegara cuanto quisiera. Qué remedio. Al fin es que ella me había parido. Y cerré los ojos para no verla más, porque con esos dientes apretados y aquella espuma rojiza alrededor de la boca ya no se parecía a mi madre, sino a Lucifer en persona.

Clarísima que estuve. Sí, señor. Puedo darme con un canto en el pecho porque me dio la idea de cerrar los ojos a tiempo. En medio de su desquiciamiento, agarra Mamaíta un destornillador, vaya usted a saber qué estaba haciendo aquel maldito tan a la mano, y me lo encaja por la frente y me descalabra con él.

Vi las estrellas. Hay gente que se piensa que ver las estrellas es un decir guajiro, pero qué va. Es más cierto que la muerte. El primero al que se le ocurrió seguro que había cogido una tanda de fuetazos de todos los colores. A mí se me pusieron unas peloticas delante de los ojos y de verdad que brillaban como las estrellas que contaba en el patio por la noche. Eso fue lo último que vi.

Cuando me desperté estaba en una cama de la Quinta Canaria. Me habían vendado toda la cabeza y sentía el cuello almidonado. Con el ojo izquierdo no veía nada; lo tenía tapado con un parche negro. Los médicos pensaban que me iba a quedar tuerta, y yo muerta de miedo porque me daba cuenta, por el cuchicheo que se traían, de que lo mío no era nada bueno. Pero por suerte la punta del destornillador no me había tocado la pupila. Escapé de milagro.

Todavía doy gracias a todos los santos que hicieron que ese día Papaíto llegara más temprano que de costumbre, por la lluvia. Dicen que al abrir la puerta me encontró tirada en el piso, encharcada en sangre, y salió corriendo conmigo y me salvó. Dicen que Mamaíta estaba sentada en su comadrita, todavía en payamas y sin peinar, pero de lo más contenta porque le había ajustado las cuentas a Adelaida y ya estaban en paz. La destripatié toda, dicen que se reía, la mandé para el cementerio con la cara cortá. Que vaya a sonsacar a los muertos ahora, ah.

De ampanga el trabajito que me hizo mi señora madre. Con decir que me tuvieron que poner hasta transfusiones por la cantidad de sangre que perdí. Me dejó como una planta en tiempo de sequía. Y me quedó este recuerdo al lado del ojo, que no se me va a quitar hasta que me echen en la caja de pinotea. Para que nunca me fuera a olvidar de ella, en todo el resto de mi vida.

Pero yo no le guardo rencor a Mamaíta. ¿Por qué, si no era culpa suya? A fin de cuentas no fue a mí a quien ella estropeó, sino a la tal Adelaida. Vaya, en su mente. A mí nunca me trató mal, aunque no fuera cariñosa ni se pusiera con besuqueos.

En cuanto me recuperé vinimos todos para La Habana. Papaíto vendió la vega, la casa y hasta un caballo que tenía para poder instalarnos aquí. Decía que, después de lo que había pasado, no iba a tener tranquilidad más nunca en su vida dejándonos solos con Mamaíta en medio del monte, que era como decir en medio de nada. Así que nos mudamos. Papaíto estaba un poco triste, pero mi hermano y yo veníamos ilusionados porque íbamos a conocer la capital.

A veces pienso que mejor me hubiera ido si nos hubiésemos quedado en Pinar. Me habría casado con un vaquero fuerte, un machote que no me racionara la sandunga, y habríamos tenido un burrijón de hijos machos, buenos y respetuosos, no una única mujer resabiada como esa arpía de Barbarita. Pero las cosas son como son y no como uno quiere.

Alquilamos un apartamento por la calle de Espada, al lado de un bar que se llamaba Petit Codías y estaba en la misma esquina de

Carlos Tercero. Un bar muy arregladito, le decían el Petit. Y Papaíto, hombre al fin, iba a darse su trago todas las tardes al Petit, después del trabajo. Pero eso sí, con medida y sin propasarse con las vecinas. Nada de borracheras ni de haraganerías.

Aunque guajiro, y guajiro de monte adentro, Papaíto era un hombre muy respetuoso de la ciencia. Llevó a Mamaíta a que la vieran varios médicos habaneros que sonaban mucho en aquel entonces. Le compró medicinas caras e hizo todo lo que le mandaron a hacer. Hasta a los baños de Carneado fuimos, unas pocetas que quedaban por el Malecón, para que ella se diera baños de mar. Los médicos decían que esos baños eran buenísimos para refrescar el cerebro.

Al principio Mamaíta pareció mejorarse. Se levantaba y se vestía como antes del ataque. Nos volvió a preparar desayuno, a hacer almuerzo y comida, y ya no mencionaba a Adelaida para nada. Aunque jamás de los jamases mentó la entrada de golpes que me había dado, ni me dijo media palabra de mi herida en la sien. Nada de niña por qué tienes esa marca; nada de lo siento mucho, mi vida, mira lo que te hice, qué barbaridad. A lo mejor ni se acordaba de que ella misma me había pegado con el destornillador. Pero entonces por qué no me preguntaba qué me había pasado, eh. Yo tampoco me atrevía a hablarle de eso, ni loca, no se fuera a volver a arrebatar y acabara conmigo.

La Habana de aquellos años era más animada que la de hoy. Por dondequiera había una tienda, un negocito, una venduta de chinos, una bodega, un puesto de frutas, un heladero que pasaba con su carrito y su pregón. No como ahora que camina uno diez cuadras y no encuentra ni dónde tomar un vaso de agua. A mi hermano y a mí nos encantaba el cambio y el movimiento, aunque a veces extrañábamos el platanal y el patio de la casa, y les tuviéramos su respeto a los automóviles.

Una de las cosas que primero me llamó la atención en la ciudad fueron las luces. Las había en todas partes: en las vidrieras de las tiendas, en los anuncios de los restaurantes, dentro de las casas, en los semáforos y hasta en los carros que pasaban tocando el fotuto y casi rozando a la gente. Parecía como si estuviéramos siempre de parranda.

Ahora, la vida en La Habana era más cara que en Pinar. Había de todo, pero todo costaba un ojo de la cara: la luz, el gas, el teléfono, el alquiler, el mundo colorao. Y los habaneros eran muy vivos, o se querían pasar de vivos. Papaíto tenía que andar con cuatro ojos para que no lo fueran a timar. La gente, no sé cómo, se daba cuenta enseguida que uno era del campo y trataba de tumbarnos dinero. Mi hermano y yo les teníamos terror a los extraños y si alguien se nos acercaba para decirnos algo salíamos corriendo como perros jíbaros.

A las pocas semanas de llegar fuimos a un cine. Papaíto me llevó al Manzanares, que quedaba al doblar de casa, y nos costó la entrada diez centavos porque era matiné. Ponían una película que entonces era nueva: *Tiempos Modernos*, con Charlie Chaplin. A Chaplin le llamaban Canillitas. Me acuerdo que me impresionó mucho una parte en que Canillitas se vuelve loco y empieza a tratar de ajustar cuantos botones ve en la gente y todos los tornillos de la fábrica, hasta que al pobrecito se lo llevan amarrado a un hospital. Lloré como una boba en esa parte, y cada vez que la veo vuelvo a llorar.

Desde aquel día me quedó la curiosidad de saber por qué Mamaíta se había destornillado. Porque parece que la gente no se vuelve loca por gusto. Siempre hay algo detrás, lo que pasa es que no se ve y los médicos no lo pueden descubrir, o les importa un pito descubrirlo. Pero no es bueno pensar demasiado en eso. No es bueno porque la locura puede venir calladita y agarrarme desprevenida. Yo tengo mi arrastre de guilladura y más vale no revolver ahí.

No llevábamos ni un mes en La Habana cuando la media remendada donde Papaíto guardaba sus ahorros empezó a perder peso y a volverse ligera como una pluma de gallina. Pero mi padre no se acoquinó. Encontró trabajo de peón en las obras del Capitolio Nacional, que se estaba acabando de construir. Yo veía ese edificio brotando de la tierra y me quedaba lela mirándolo. Era grande, blanco, con su escalinata altísima, dicen que igualito al de los americanos. Tengo que preguntarle a Catalina si ella ha visto el del norte ya.

En el Capitolio les pagaban bien a los obreros, así que al poco tiempo Papaíto compró ropa y zapatos para todos y nos puso a Carlos Manuel y a mí en una escuela pública. Allí nos espabilamos enseguida con los demás muchachos, que eran bastante pícaros. Nos volvimos más habaneros que el mismo Malecón. Al cabo de un año no había quién se imaginara que habíamos venido de los remates de Guane. Y nosotros, primero muertos que decir que éramos pinareños.

A Mamaíta, la pobre, terminamos por ingresarla en Mazorra.

No quedó más remedio. Primero la cogió con asomarse medio encuera al balcón del apartamento. El vecino de al lado, un viejo verde, calvo y sinvergüenza como él solo, mataba las horas apostado en su ventana con los ojos botados, vacilándola. Y su mujer echando chispas. La vieja salía a la escalera a gritar que Mamaíta era una guajira sonsacadora y que se lo iba a decir al dueño del edificio para que nos botara de allí a patadas. La de penas que pasamos. Porque Mamaíta había perdido la compostura por completo: se quitaba la ropa, se quedaba en blúmer, y así mismo, con las tetas colgándole, se ponía a coger fresco en el balcón.

Papaíto la regañaba fuerte. Hasta llegó a darle un par de galletas para que se le quitaran esas mañas de piruja, pero Mamaíta como si con ella no fuera. Seguía con su encuerismo a toda hora. Entonces clausuramos el balcón. Papaíto clavó un par de maderos por dentro, detrás de la puerta, como se hace cuando hay peligro de ciclón, y así se acabó el relajito. O eso pensábamos nosotros.

Para mi cumpleaños Mamaíta me sorprendió con una muñeca de lujo. Era rubia, con cara de porcelana y ojos azules, y llevaba un vestido muy elegante de terciopelo rosa. Un juguete de niña rica. Yo me eché a llorar, por el asombro y la emoción. Nunca me hubiera atrevido ni a soñar con un regalo así. Y Papaíto furioso qué has hecho, mujer, ni que nadáramos en la abundancia para andar tirando la plata en zarandajas. Pero Mamaíta muy tranquila, tú te callas que esa muñeca la compré con la venta de una medalla de oro que yo tenía. A Papaíto no le quedó más remedio que conformarse. Tal vez creyó, como lo creí yo, que así había decidido Mamaíta pedirme perdón, sin parecer que lo pedía, por la pateadura de marras.

Aquélla fue la primera gota de un aguacero de regalos. Otra tarde, al volver de las clases, mi hermano y yo encontramos en la mesa del comedor un búcaro finísimo. Más adelante fueron cortes de tela, un par de zapatos de piel con etiqueta de El Encanto, cajas de bombones, frascos de colonia y de Je Reviens... Una locura. Es para ustedes, nos decía Mamaíta, pero sonriéndome directamente a mí. Yo me comía los bombones, me untaba la colonia y me probaba los zapatos sintiéndome culpable de algo muy malo, aunque no podía explicar exactamente de qué.

Papaíto contaba y recontaba los billetes que guardaba dentro de la media y no le faltaba ni un peso. Tremendo misterio. De todas formas le gruñía a mi madre de dónde sacas el dinero para comprar estas cosas, mujer. Es que andas pidiendo limosna por las calles o robando en las tiendas o qué. Anda a ver si te llevan presa por ladrona. Mamaíta seguía sonriendo y no le contestaba ni una sola palabra. Y mi padre, el pobre, volvía tan tarde del trabajo, y tan cansado, que no le quedaban ganas ni tiempo para ponerse a averiguar más.

Se descubrió lo que pasaba por pura chiripa. Fue un día que regresé de la escuela al mediodía porque me había lastimado una rodilla y la maestra me dejó salir más temprano para que me fuera a curar. Lo que son las casualidades. Si no llega a ser porque en el receso tropecé con otra niña y fui a dar contra el suelo como un saco de papas, todavía estuviéramos en el limbo, sin imaginarnos siquiera las sinvergüencerías tapadas de Mamaíta.

Entro yo a la sala, sin llamar porque para eso era mi casa, y me doy de cara con Mamaíta. Tirada en el sofá, sin un hilo de ropa y con un negrazo enorme moviéndosele encima. El fulano se pega el susto de la vida cuando me ve, porque antes eso de negros con blancas no se usaba, no había la desfachatez que hay ahora. Los negros se quedaban en su lugar. Aquél sale poniéndose el pantalón y más rápido que apúrate.

Y Mamaíta a tratar de disimular conque mira lo acelerado que se fue el carpintero que me estaba encolando la pata del sofá. Ni tiempo me dio para pagarle, tú viste. ¡Para eso estaba más cuerda que yo, para hacerse la inocentona! Ni que yo fuera boba o tuviera los ojos pintados en la cara. No le contesté, pero cuando Papaíto llegó le conté todo del pe al pa.

Carlos Manuel se molestó mucho conmigo. Qué chivata eres, mi hermana, acabas de embarcar a Mamaíta, la has echado para alante como un carrito de helado. Ahora el viejo la va a matar, por culpa tuya. Pero yo hice muy bien. Aquello era una indecencia mayúscula y una falta de respeto a mi padre y a nosotros mismos.

Después, los vecinos nos contaron que mientras mi hermano y yo estábamos en la escuela y Papaíto en el Capitolio, Mamaíta salía para la calle, buscaba tipos y se acostaba con ellos en el apartamento. Algunos le dejaban dinero y otros le hacían regalos. Nada, que el segundo arrebato le dio por alborotarle el pipi, como el primero le dio por aporrearme a mí. ¡Dios le haya perdonado el relajo en bandeja que se traía!

Papaíto no la mató. Le dio su buena entrada de sopapos, porque ella se los merecía por puta y por cochina, pero de ahí no pasó. Él sabía que en el fondo toda la culpa no era de Mamaíta, sino de la locura que se le había ido para allá abajo. Luego, aunque con mucha pena, se la llevó a Mazorra y la encerró. Yo pienso que él la quería todavía, a su manera, pero no podía dejar que siguiera dándonos mal ejemplo y metiendo machos en la casa como una bandolera cualquiera.

Yo me porté muy bien con Mamaíta. A pesar de los pesares nunca me olvidé de que me había traído al mundo y de que tenía cierta obligación con ella. Todos los meses, desde que cumplí quince años hasta que se murió, la iba a ver a Mazorra y le llevaba una bobería de regalo y algo sabroso de comer. No me aparecía a la visita sin una natilla, unos pasteles, un par de medias, lo que fuera. Mientras que Carlos Manuel mucho ay, por qué chivateaste a la vieja, la pobre, si tú no sabes a derechas lo que pasó, pero jamás se llegaba por el hospital. Ni siquiera iba en Navidad, cuando casi todas las locas con familia recibían aunque fuera un pañuelo bordado. Ni una sola vez tuvo la menor atención con ella, y aún así se llenaba la boca para criticarme a mí. ¡Como si yo hubiera tenido arte ni parte en el alebrestamiento de mi madre!

¡Bárbara Bridas, hace una hora te dije que ya hirvieron las papas! ¡Si no te da la gana de ir a hacerme el puré, dímelo para ir yo misma y sanseacabó!

Ya voy, chica, ya voy. No te alteres.

Me altero por lo que yo sé. Te gusta tener a los demás esperando por ti, pendientes de que te salga de las entrañas hacer tu santa voluntad. Y para eso te ofreces tanto.

Qué zoqueta es esta mujer. Ni se molesta en alumbrarme con el quinqué. En el fondo quiere que me caiga en la oscuridad y me reviente. Eso es lo que le gustaría a ella, aplastarme, volverme polvo y cenizas, aniquilarme por completo. Pero le queda grande la mala idea. Haciéndose la más tremenda y todavía la entierro yo. Aquí hay Bárbara Bridas para rato.

Está bien, voy a complacerla. A hacerle su puré. Puré de papas según la receta puerquísima de la Norma Peñate. Norma era criada de una francesa que fue mi vecina cuando vivíamos en la calle San

Anastasio. Para entonces ya yo me había casado con Rafaelito y me había mudado para Lawton. De eso hace más de cincuenta años, pero parece que fue ayer.

Mi marido era un infeliz. Molestar, la verdad es que no molestaba mucho, mientras no le tocaran el bolsillo. Pero tampoco hacía otra cosa. Vamos al caso: a Rafaelito no le gustaba ir a fiestas ni a bailes, ni que fueran gentes a la casa, ni comer en los restaurantes, ni tomarse un par de cervezas en un bar, ni llevarme a los carnavales a pachangar un poco. Y para rematar, apenas funcionaba en la cama. Me tenía a dieta ¿cómo es que le dicen ahora? vegetariana. Un penco y un achantao por dondequiera que se le mirase. Por eso mi hija salió tan amargada.

No sé ni por qué me casé con él. Supongo que para independizarme de Papaíto y de la Comadrona Facultativa. Ésa fue una querida que mi padre se echó a los dos meses de meter a Mamaíta en Mazorra. Se llamaba Adela, Adela Álvarez, y era una guajira prietusca, flaca y fea como ella sola. Hasta medio pasúa, uf. Con tantas mujeres bonitas que había en La Habana, ¿por qué rayos se le ocurriría a Papaíto buscarse a ese esperpento?

Toda mi vida me quedará la duda de si sería ella la Adelaida del brete, con la que se fajaba Mamaíta cuando le daba el arrebato. Papaíto trajo a Adela del campo, de allá de Guane, por donde nosotros vivíamos, así que no lo dudo. En fin, ¿a mí qué me importaba? Él la llevó al apartamento, pero no se casó con ella. Su mujer, para bien o para mal, siempre fue Mamaíta.

Carlos Manuel y yo le decíamos a Adela la Comadrona Facultativa porque ése era su oficio, comadrona. Todas las mañanas salía con un maletín, muy estirada, a visitar a las recién paridas que la mandaban a llamar. Ella nunca se ocupó de nosotros. Francamente, nos tiraba a mondongo. No nos maltrataba, pero tampoco nos hacía el menor caso ni nada de comer. Tú y tu hermano ya son grandes, arréglenselas solos que yo no tengo tiempo para perderlo con ustedes, me contestaba cuando le pedía cualquier cosa. Ni un plato de sopa nos preparó jamás.

La Comadrona Facultativa resultó ser una puñetera curiela. Aunque ya estaba madurita, se las arregló para parirle cinco muchachos a Papaíto. Uno detrás de otro, a la jila. Con tantas bocas no se puede decir que la comida sobrara en casa, aunque ella ganaba bastante con sus parturientas y ayudando a un médico muy conocido a hacer abortos, y Papaíto llegó a ser jefe de una cuadrilla de albañiles. Pero nueve a comer y dos a ganar, no da la matemática.

Carlos Manuel se fue de la casa en cuanto consiguió trabajo. Empezó de maletero en el ferrocarril y con el tiempo se hizo guardagujas del tren de Hersey. Yo me pasé un par de años encendiéndole una vela todas las semanas a San Antonio para que me buscara un novio pronto. A San Antonio porque es un santo casamentero pedirle quiero, lalalalá. A mí me hacía falta que me tirasen un cabo desde el cielo. Bonita no fui nunca. Carlos Manuel heredó los ojos claros de Mamaíta y la estatura de mi padre, pero yo salí trigueña, bajita y ojinegra. Una poquita cosa, y medio desculá.

Eso no quiere decir que fuera una plasta de vaca como mi hija y mi nieta. Aunque feúcha, yo siempre tuve muy buenas costumbres. Desde niña supe cocinar, lavar, coser y planchar, lo que tienen que saber las mujeres de su casa. No les contestaba mal a los mayores ni me ponía con zoqueterías.

Mi único vicio es el cigarro, porque ni café tomo. Empecé por aquella canción de la Montiel que decía fumar es un placer genial, sensual. Fumando espero al hombre a quien yo quiero y como yo estaba esperando a un hombre pues me dio por comprar unos cigarrillos mentolados, que entonces eran los que fumaban las señoras de sociedad.

No es que esperase tras los cristales de alegres ventanales porque el balcón de nosotros sólo tenía una puerta despintada, pero sí era verdad que el humo adormecía. Adormecía mis ganas de marido, calmaba el miedo que me entraba cuando me miraba al espejo y me veía tan desarbolada. Por eso al primero que me pidió candela le encendí una fogata.

El primero fue Rafaelito. Pidió mi mano a los dos meses de conocerme y antes de que se arrepintiera nos casamos. El día de la boda Papaíto y la Comadrona Facultativa me regalaron una ponchera de cristal de Bohemia que era un sueño. Todo el que la miraba tenía que ver con ella. La tuve de adorno ahí en la mesa del comedor por un montón de tiempo hasta que mi nieta Elsa la desbarató en una noche de apagón como ésta. Le roncan los mameyes, una cosa que yo había conservado por más de cuarenta años y que esa idiota la hiciera pedazos en diez segundos. Ay.

Ay Rafaelito. Que en paz descanse el pobre, aunque bastante que me mortificó con su tacañería. Tenía callos en los codos, de tanto caminar con ellos. Alejandro debió de llamarse, en lugar de Rafael. Alejandro en puño. La manía de él era ahorrar por si volvían las Vacas Flacas y con esa pituita me aguachentó la salsa de la vida todo el tiempo que pasé al lado suyo. Miserable y además medio pájaro. Jamás lo sorprendí en movimientos raros con otros hombres pero su falta de interés en hacer porquerías conmigo no podía ser normal, creo yo.

Rafaelito era trabajador, ese mérito no se le puede negar. Y si no llega a serlo no me hubiera casado con él ni aunque me quedara para vestir santos. A mí los haraganes no me han gustado nunca. Mi marido se pasaba el día trotando por las calles con una maleta enorme en la mano. Su negocio consistía en vender espejuelos casa por casa. Así fue cómo lo conocí, una tarde que Papaíto lo llamó para comprarle un par de gafas para leer.

Lloviera, tronara o relampagueara, Rafaelito salía todas las mañanas con su valija de espejuelos a remolque. Era muy responsable. También es que en aquellos tiempos los hombres tenían el deber de mantener a su familia, no como hoy día que hacen un hijo y les importa un cuerno el muchacho. No se ocupan de si vive o si muere, como si hubiera crecido silvestre. Ahí está la pobre Elsa con su cruz a cuestas. Aunque también es culpa de ella, por acostarse con el tipo antes del matrimonio. Yo llegué muy señorita al día de mi boda, como tenía que ser. Nada de dejar a los machos coger mangos bajitos por adelantado.

Rafaelito era un santo a la hora de cumplir con su obligación. Digo, con algunas de sus obligaciones, porque lo que es la de cama, ahí sí que se aflojaba de patas. Pero bueno. Nadie es perfecto en este mundo. Vicios tampoco tenía, como que los vicios no se tienen de gratis. No parrandeaba, ni fumaba, ni bebía, ni gastaba un centavo en puterías.

La desgracia era que peso que ganaba, peso que guardaba el diablo y él sabrían dónde, y que no veía más la luz del sol. Convencerlo para que me comprara un vestido nuevo o una bata para Barbarita costaba Dios y ayuda. Dios, ayuda y unas peloteras de apaga y vámonos. Porque cuando tenía que abrir la bolsa, aunque fuera un milímetro, se ponía insoportable. Y entonces yo pagaba los platos rotos. Hasta la mano me llegó a levantar. No por causa de mis queridos, cuando me los eché, sino por avaricia. Por avaricia pura.

Fue una batalla campal convencerlo para que pusiera a Barbarita en una escuela de monjas. A mí no me gustaban las públicas, porque sabía por experiencia que allí los muchachos se enseñaban groserías unos a otros y salían más mal hablados que al entrar. Y casi todos nuestros vecinos tenían a sus hijos en colegios de curas o de monjas. La Salle, los Jesuitas, las Dominicas Francesas y las Americanas, un montón de buenas escuelas de primera enseñanza que había. Luego mi hija me acusa de que yo no quise que ella estudiara. Si no entró a la universidad fue culpa del padre, que no quiso pagarle la matrícula. Bastante que luché yo para que no se quedara bruta como una mula.

Mi marido era un casasola. Si venía Carlos Manuel a visitarme, por ejemplo, y yo lo invitaba a almorzar, a Rafaelito se le ponía un hocico de tres varas de largo y corría a encerrarse en el cuarto. De lo más grosero que se portaba. O a lo peor se plantificaba en el comedor y empezaba a tirar chinitas sobre los muertos de hambre que se aparecían siempre a la hora de comer.

Tanto le buscó las cosquillas que mi hermano se encabronó una tarde. Tiró al suelo el plato de arroz con pollo que se estaba comiendo y le gritó a Rafaelito que se lo metiera por el ojete. Jamás volvió a poner los pies allí. La vergüenza que pasé no se la deseo ni a mi peor enemigo. ¡Mira que indisponerme con mi único hermano carnal por un cochino plato de comida!

Cada cuatro de diciembre, santo de Barbarita y mío, era un día de tragedia griega. Rafaelito empezaba fajándose conmigo por la mañana, antes de ir a comprar el cake a La Gran Vía. Peleaba porque los dulces estaban muy caros o las croquetas muy chiquitas para tres pesos la docena y a fin de cuentas ¿por qué tenía él que gastarse su plata llenándoles la barriga a un montón de pegotes?

Por la noche no perdía ocasión de armar el pugilato, incluso delante de quienes iban a felicitarnos. Yo estoy convencida de que lo hacía a propósito, para espantarlos. Todavía me parece estarlo oyendo:

Bárbara, carajo, apaga la luz del comedor que la corriente cuesta. Cierra bien la puerta en cuanto se vayan todos, eh. Y yo haciéndome la disimulada y tratando de disculparlo. Es que el pobre tiene su genio, figúrense, trabaja tanto que al caer la tarde nada más piensa en descansar. Claro, nadie me creía una palabra, ni que la gente fuera boba o ciega.

Una vez me dijo Lolita Cifuentes, la vecina de al lado: hija, qué pesado se pone tu marido. Si sigue así nosotros no vamos a venir más. Efectivamente, ella y su familia acabaron por levantar la pata de mi casa, y con toda razón. Lo mismo hicieron, una por una, las demás amistades, hasta que nos quedamos solos. Solos y tirados a mierda, que era como único se sentía a gusto él.

Yo era muy fiestera. Los jóvenes de ahora no saben, porque ya no se puede hacer, el contento que da comprar varios ramos de rosas rojas, ponerlas en floreros, sacar un buen mantel de encajes, preparar la mesa con la mejor vajilla, encargar dulces finos e invitar a las amistades. Pero tanto me azocó Rafaelito con sus broncas que me cansé un día y ya no celebré ni un santo más. Para los cuatro gatos que aún venían después de todos sus desaires, y para terminar renegando y pasando vergüenza, gracias.

La Navidad y el Año Nuevo eran también épocas de lipidia a mano dura. Las manzanas de California y los turrones de Jijona se compraban a fuerza de gritos por parte mía y de llantos y ruegos de Barbarita, que siempre fue voluntariosa. ¿Un nacimiento? Dios lo diera. Y los arbolitos que comprábamos, cuando se compraba uno, parecía que estaban anémicos, con unos troncos jorobados y sin hojas, murruñosos.

Los seis de enero, en la fiesta de los Reyes Magos, mi hija se daba por dichosa si encontraba debajo de su cama una muñequita de tela hecha a mano, de las más baratas que vendían por la calle, o unos lápices de colores ya usados. Yo misma, cuando vivía en el campo, recibía mejores regalos que ella y eso que mis padres eran unos guajiros pobretones.

¡Qué fatigas, señor! ¡Qué estrecheces pasamos! Y por gusto. Si no hubiera habido un centavo en casa, yo lo hubiese entendido. Si hubiéramos sido indigentes, pobres de solemnidad, yo me habría conformado. Pero plata sí había. Eso es lo que me molestaba. Mi marido caminaba todos los días un montón de kilómetros, incluso los domingos, para vender su mercancía; andaba por las calles encorvado bajo el peso de su maletín de espejuelos; sudaba tinta agria, y tanto sacrificio ¿para qué? ¡Para vivir más miserables que una familia de ratones! Los vecinos de enfrente gastaban tres veces más que nosotros, hasta carro tenían, y eso que el hombre de la casa era un empleado de Hacienda que pasaba más tiempo cesante que en su oficina.

Cuando el cambio de dinero, en el año sesenta y uno, se puso en claro que Rafaelito tenía cuarenta mil pesos guardados en el banco. ¡Cuando decir cuarenta mil pesos era como decir un millón! Solamente le dejaron cambiar la mitad. El resto se lo llevó el diablo, y casi se lo lleva de reata a él.

Y pensar que con esa plata hubiéramos podido comprar una residencia en El Vedado, antes de que se cayera Batista. Una casa moderna, con cuatro cuartos y portal y jardín. Y una buena cocina americana, de las últimas que entraron a Cuba. Pero no, aquí estamos, en un apartamento que es más viejo que yo, y teniendo que cocinar con este fogón de paticas que si lo llevan para un museo de los que hay en otros países, hasta cola hace la gente para verlo. Hasta cola. Lo compramos de segunda mano en el año cincuenta y siete y todavía estamos dándole candela al pobre.

Lo único que me regaló mi marido, en los todos los años que estuvimos casados, fue un par de aretes de platino y brillantes. No los compró por bueno ni porque me quisiera mucho, sino porque los cogió baratísimos. Un amigo suyo necesitaba dinero urgentemente y se los empeñó por mil pesos. Valían mucho más. La mujer de aquel hombre había sido, si no recuerdo mal, artista del Alhambra, pero ya estaba en decadencia. Como no pudieron devolverle el préstamo a tiempo, Rafaelito se quedó con los aretes. Su amigo acabó peleándose con él, a causa del dinero. Por eso digo yo que esas prendas tenían jetatura desde el principio. Estaban maldecidas por el demonio de la usura. Con ellas tenía que pasar lo que pasó.

En realidad no se puede decir que los aretes fueran míos. Rafaelito nunca me dejó ponérmelos, no fuera a ser que se perdieran o que me los robaran o que se les extraviara una piedra. Así que de regalo, nananina. A fin de cuentas, me alegro de no haberlos usado. Quién quita que la maldición me hubiese tocado a mí de rebote.

La salación le cayó a mi hija después de soltarle un buen trallazo a Rafaelito. A él se lo dio por donde más le dolía, por el mismísimo centro del bolsillo. Cuando al fin se decidió a montar una óptica decente y a empezar el negocio en grande, fue en julio del cincuenta y ocho. Se asoció con Gustavo de la Vega, un muchacho verboso, muy figurín, que había estudiado oftalmología en el norte...

Qué tipo, aquel Gustavo de la Vega. Tenía una labia que en un mes convenció a mi marido para que le abriera su caja fuerte, y a mí para que le abriera otra cosa. Pícaro como él solo. Ahh, las suciedades ricas que Gustavito me hizo, cómo sentía con él... Ahora estoy hecha una vieja pellejúa, flaca, que ni las tetas se me ven, pero que me quiten lo bailao. Yo sí que disfruté lo que Dios me puso entre las piernas, no como la pazguata de mi hija Barbarita que se va a morir con la florimbamba cerrada a cal y canto.

Con Gustavo pasé la mejor temporada de mi vida. Él era casi diez años más joven que yo, pero no nos importaba la edad. Íbamos juntos a la playa, al Club Náutico o a La Concha, y yo gozaba al ver a mi amado solícito y galante, al sentir sus labios besar con besos sabios, igualito que en la canción de la Montiel. Lástima que todo se volviera humo: Gustavo, la óptica, los clubes de la playa, el cariño de mi hija y mi sandunga de mujer.

Rafaelito invirtió diez mil pesos en un local que quedaba en la esquina de esta cuadra. Ahora es una cueva de guajiros donde viven Los Muchos, que en esa época todavía no pensaban en salir de Oriente y se limpiaban el fondillo con hojas de palma, si es que se lo limpiaban. Mi marido pintó el local y lo arregló de lo más elegante, con equipos modernos de medir la vista, butacones de cuero para que se sentaran los clientes, lámparas de pie que compró en Lámparas Quesadas, ahí por Infanta, y hasta unas cortinas lindísimas, floreadas, que acababan de sacar a la venta en Fin de Siglo. Le puso a la óptica La Nueva Visión.

La idea de Gustavo era atraer clientela rica y hacerse de renombre en toda La Habana, y Rafaelito se ilusionó. Como estaba en un lugar céntrico y sin competencia cerca, el establecimiento prometía. Pero no notaron, o no quisieron notar, que el momento no era el más apropiado para andar abriendo negocios. Cada semana oía decir uno que la oposición había puesto una bomba en tal esquina, que los del Veintiséis de Julio le habían hecho un atentado a algún pez gordo, que si planeaban volar la planta eléctrica de Tallapiedra, que si Batista no duraba un mes más…

La cosa estaba que ardía por los cuatro costados, pero hay gente que hace como el avestruz: mete la cabeza en la arena y hasta que no le dan la patada en el fondillo no sale otra vez a la realidad. Yo seré muy bruta, pero sí me fijaba en ciertos signos. Rafaelito no. El muy guanajo, creía que se iba a volver millonario antes de haber vendido una sola armadura en esa tienda. Había que oírlo. En cuanto junte los primeros veinte mil pesos agrando el establecimiento y contrato a dos dependientes, me decía. Y a meter más y más dinero en el local. Nada, que el estreñido muere de cursos.

Aquello terminó como la historia de la lechera. A los dos soñadores les salió el tiro por la culata. El negocio que iba a ser la fortuna de la familia duró menos que un merengue en la puerta de un colegio. A los pocos meses vino esto y en febrero del sesenta les intervinieron la óptica. Al año la cerraron y se la dieron de vivienda a esos orientales conchusos que les arrancaron las patas de caoba a los butacones, rompieron los bombillos de las lámparas y cogieron las cortinas floreadas para limpiarse el culo cuando se les acabó el papel de inodoro.

Todo lo que mi marido y Gustavo habían invertido allí se perdió, se volvió sal y agua. Se pusieron fatales de verdad. Y el más perjudicado fue Rafaelito, que era el socio capitalista. Le sacaron los ojos de La Nueva Visión.

Gustavo de la Vega puso pies en polvorosa en cuanto se olió el comunismo. Era un bicho. De aquí hay que espantar la mula antes de que la mula se revire y nos caiga a patadas, me dijo el mismo día que se fue para Miami, en uno de los últimos aviones que salió en vuelo directo para el norte. Este país va a terminar como Rusia, con las prisiones llenas y las tiendas vacías.

Yo no sabía a derechas cuál era el problema de Rusia, pero traté de convencer a Rafaelito para que nos fuéramos con Gustavo, cuando todavía no hacía falta permiso del gobierno para salir de Cuba. No lo hacía por la lujuria de correrle detrás al macho que mejor me rascaba, sino porque tenía la corazonada de que las cosas aquí no se iban a arreglar y que no nos devolverían ni siquiera un par de espejuelos. Aquellos barbudos no tenían pinta de santos, como decían los crédulos que los vieron entrar a La Habana con crucifijos y collares, sino de facinerosos de cuerpo entero. A mí no me engañaron ni por un solo día.

Pero Rafaelito que no, que cómo vamos a dejar el apartamento ahora que lo acabamos de comprar. Y la óptica. Gracias a Dios que yo conservo los títulos de propiedad. Eso siempre vale, es una garantía. Lo que estamos viviendo no es otra cosa que una revoltura pasajera, una tormenta en un vaso de agua. Tú verás que este gobierno se cae. Que el año próximo, que cuando vengan los americanos, que cuando corten el petróleo, que blablablá.

El que vive de ilusiones muere de desengaños. El petróleo lo mandaron los rusos. Los americanos no le sacaron a nadie las castañas del fuego y a los cubanos que desembarcaron en Playa Girón, muy confiados ellos, los tundieron de lo lindo. Pasó aquella rebambaramba de abril y yo acordándome de una cuarteta que recitaba mucho Papaíto:

Vinieron los sarracenos
y nos molieron a palos
que Dios ayuda a los malos
cuando son más que los buenos.

El cambio del dinero fue otro golpe mortal. Mi marido cayó en cama dos horas después de regresar del Banco Nacional con veinte mil pesos de menos en su cuenta de ahorros. Miraba los billeticos nuevos, azules los de a veinte, con la firma del Che, y decía no puede ser esto que está pasando, es una pesadilla, no... Le dieron convulsiones apretando un billete entre los dedos y cagándose en Dios.

Isquemia cerebral, nos dijo el médico. No había nada qué hacer. Se quedó engurruñado para el resto de sus días, con la boca torcida y arrastrando un pie. Fue de la rabia. Nunca más volvió a levantar cabeza, nunca más.

Vaya existencia jodida la suya, a fin de cuentas. El pobre. Vivió sin saber vivir.

Bueno, ¿y yo qué? Mi vida tampoco ha sido color de rosa y no he tenido siquiera alguien que me diga pobrecita. De niña, me lo pasé metida en un campo que sería muy bonito y olería muy bien y todo, pero era en el medio del monte. Con una madre desquiciada y un padre que siempre estaba fuera de la casa. De pollona, temiéndole a la soltería, cuidando medio hermanos malcriados y bajo las patas de la Comadrona Facultativa. De mujer, sometida a un marido que no me daba ni para comprarme un par de blúmeres decentes y que cuando se acostaba conmigo, de Pascuas a San Juan, se salía antes de tiempo, apuradísimo, no fuera yo a quedar embarazada. Quita, quita, mujer, me azoraba, échate para allá, quédate quieta en tu lado. Tú no ves que los hijos cuestan. Duérmase y no moleste más.

Gracias a Santa Bárbara por mis queridos, que por lo menos me dieron unos ratos de distracción.

Todavía yo no sé en qué descuido suyo Rafaelito me preñó. Una vez que le falló la puntería, seguro. Una noche en que apuntó para el Morro y le disparó a la Cabaña. Me la hizo sin ganas, sin querer o sin darse cuenta. Por eso la otra salió tan atravesá y con la sangre envenenada.

Bárbara Bridas, carajo, que me caigo de hambre. A ver, ¿ya terminaste ese sancocho?

Espérate, hija. Estoy quitándoles las cáscaras a las papas, que quedaron durísimas.

Contigo se puede mandar a buscar la muerte. Si me hubiera hecho el puré yo misma, ya lo estaría cagando.

Grosera, ordinaria, asquerosa. Nadie diría que se educó en un colegio de monjas, donde debieron de enseñarle mejores modales. Tiraría las papas en el inodoro si no fuera por lo que yo me sé.

Gustavo no fue mi único amante. A Rafaelito le pegué montones de tarros, pero por culpa suya. Ni que yo tuviera lo que tengo allá abajo de adorno o para llevar pelo nada más. Cuando vi que el ahorro de tranca no tenía para cuando acabar me dije Bárbara, así no se puede seguir. Eso no había cubana de veintipico de años que lo aguantara. ¡Mira que casarme para estar igual que si me hubiera quedado solterona!

Tuve como doce queridos, entre fijos y corridos, aunque ninguno en serio. Era natural. Los hombres me veían con una niña chiquita, sin oficio ni beneficio, y venían nada más que a pasar el rato. Ni uno solo me dijo ven para acá, que yo me voy a responsabilizar contigo y con tu hija, o divórciate y cásate conmigo, que yo te voy a mantener. Bueno, al menos me daban gusto y me refrescaban las entretelas.

Deja terminar con las papas, que la otra no hace más que darse paseítos y ahorita se me cuela en la cocina con su nerviosismo. Tampoco quiero que venga la corriente de pronto y me corte la inspiración. Ya están bastante blandas. Ahora les quito la cáscara y las aplasto con el tenedor. Si hubiera leche sería mejor, para suavizarlas un poco, pero como no hay les echo agua. Medio vaso está bien. No hay que hacer un licuado. Una pizca de sal, como ponían antes en las recetas. Sal hay bastante. Por eso estamos todos tan salaos aquí.

Y para completar, tantantatán, el toque maestro. Lo que hacía mi amiga Norma Peñate, la criada de La Francesa.

A Norma la conocí a los dos años de casarme con Rafaelito. Vivía en la misma cuadra que nosotros y era una guajira gorda y analfabeta, pero con más chispa que una fosforera. La Francesa la dejaba dormir en su casa, en un cuarto que tenía desocupado.

A La Francesa la llamaban así porque hablaba extraño, con las erres metidas para adentro. Nunca decían su nombre. La gente contaba que había sido de la vida en el barrio de Colón, cuando joven. Que fue querida de un apache. Que había tenido un hijo y que se le murió. Yo no sé si sería verdad, porque si conversé con ella cinco veces fue mucho. Era muy seca y no le daba entrada a nadie. Pero Norma sí hablaba, hasta por los codos. De lo que debía hablar y de lo que no.

Pues Norma me contaba que La Francesa era tremenda ridícula. Todos los días le daba diez centavos para que se comprara unas croquetas o un tamal en cazuela. Le decía que con los diez quilos y el cuarto ya estaba bien pagada. Norma le tenía roña. Fíjate tú qué tacañería, Bárbara, me decía. Con lo que gasta esta puta retirada en ropa y potingues, venir a limpiarse el pecho conmigo con un miserable real. Aunque en aquella época diez centavos eran diez centavos, no como ahora que son mierda y cepillo.

Entonces, cuando le iba a preparar la comida a La Francesa, Norma se pasaba la mano por la florimbamba y se la llenaba de jugos de por allá abajo. Con eso amasaba el picadillo, el bisté o lo que fuese. Yo nunca me lavo por las mañanas, se reía la muy sinvergüenza.

Me quedo bien apestosa hasta que termino con la comida. Ésa es mi revancha y me sabe a gloria divina.

Y ahora yo hago lo mismo. ¿No me tienen tirada al abandono, de última mona de la casa, de trapo del suelo? Pues que coman caldo de vieja. Que se traguen mis pestes, mis humores, mis suciedades. Que coman papas con papaya. Así.

Mima, siéntate de una vez. No mariposees más por toda la casa, que pareces un espíritu esquizofrénico.

¡No me da la gana de sentarme, Elsa! Cállate la boca.

Bueno, allá tú. Sigue dando vueltas hasta que te rompas los tarros contra un mueble y te jodas toda.

¿Que se traerán ahora esas dos? Por nada del mundo yo le hubiese contestado así a Mamaíta, no importaba lo loca que estuviese, ni a mi padre, ni a la Comadrona Facultativa. Dios me librara. Es que ya no existe el respeto, ni la moral, ni las buenas costumbres.

A veces uno piensa ¿cómo sería la vida si las cosas no fueran como son? Si Mamaíta no se hubiese arrebatado. Si Papaíto no se hubiera enredado con la Comadrona Facultativa. Si no le hubiese hecho un montón de muchachos y nos hubiera dedicado más tiempo y más dinero a mi hermano y a mí. Pero no. Me tocó en suerte una madrastra, aunque no fuera como la de Blanca Nieves, y con tal de salir de ella y de sus hijos cargué con el primero que apareció.

Y si tan siquiera me hubiera casado con un hombre más aceptable. No es que aspirase a un millonario ni a un médico, porque no estaba yo tan bella ni tan fondillona para soñar con ricos. Pero sí un tipo al que le gustara divertirse, cubanón, que se diera sus tragos de vez en cuando igual que Papaíto. Que me buscara por las noches y que me hiciera tres o cuatro barrigas. En fin, lo natural. Pero tampoco. Tuve que conformarme con un infeliz vendedor de espejuelos, un estreñido que no sabía darse gusto a sí mismo ni a los demás.

Luego, en el año setenta, ya vieja y aperreada, me metí a limpiapisos de una fábrica de refrescos. ¿A ver qué más podía esperar yo? Y gracias, después de todo, que se me ocurrió hacerlo. Porque si no fuese por la pensioncita que me pasan, aunque sea una reverenda basura, habría tenido que depender por completo de mi hija y de mis nietos. Eso sí que hubiera sido el acabose para mí. El aplastamiento completo, la muerte en calzoncillos.

Y para completar, ahora, el cuadro este que tenemos aquí. Prefiero no tocar el tema ni con el pensamiento, pero qué mala suerte que mi único nieto hombre saliera maricón. Yo siempre soñé con tener un muchacho que se pareciera a mi padre. Alto, bien plantado, de bigote, luchador... No se me dio por la maña que se gastaba mi marido de sacar el rabo antes de venirse, pero mira que anhelé un machito toda mi vida.

A Ernesto yo lo adoro, pero la verdad por delante. Él vive por detrás. Su negocio es alquilarles el trasero a los extranjeros por ahí. ¡Si creerán que no me lo imagino! A lo mejor es porque no le queda más remedio, para sobrevivir, pero mírese como se le mire, no deja de ser una asquerosidad.

Yo que me puse tan contenta cuando Barbarita parió un varón. Se lo crié. A los tres muchachos los crié yo, eh, porque la otra jamás se ocupó de los hijos. Los echó al mundo y se olvidó de que existían. A dejar que crecieran solos, como la verdolaga. Pero al chiquillo bien que lo mimé, igual que a sus hermanas, porque como yo nunca tuve cariño de madre, al menos quería dárselo a los demás. Como se lo di a Barbarita, que de chiquita era la niña de mis ojos, la princesita de la casa.

Vaya pago que me han dado. Un pago pero que fatal. Mi hija más desamorada y más puerca no puede ser. Hasta me robó los aretes de platino, los que me había regalado mi marido, para cambiarlos por un televisor de pacotilla. Por eso se le fue el televisor a bolina, como la óptica de su padre. Y los demás, cada uno en lo suyo y que se acabe el mundo mientras no les caiga encima a ellos.

Elsa, con el bacalao de la mulatica a cuestas, es una calamidad en dos patas, una infeliz que no se ha casado ni se casará ya. Catalina escapó. Gracias a las gestiones de la hermana, porque por ella seguiría aquí gritando viva Fidel en la Plaza y atracándose de comunismo con soya, pero tuvo suerte. Con esa criatura sí que fue cierto el dicho de que la suerte es loca y a cualquiera le toca. A ella le tocó, le cayó el maná del cielo en la boca sin que tuviera que tomarse ni el trabajo de pedirlo.

En la última carta contaba que había empezado a ir a la iglesia.

Por poco me infarto al oír eso. En la iglesia una mujer que no cree ni en su sombra, que cuando estaba aquí sólo hablaba de Dios y de los santos para burlarse de ellos. Ojalá que no se encuentre en el norte a ninguno de sus conocidos de Cuba, porque tendría que buscar un cubo de lata y esconder la cabeza dentro de él. O no. La gente que tiene la cara de concreto, como esa nieta mía, no necesita cubo. ¿Para qué?

Elsa, ¿por dónde anda tu hija?

Qué sé yo.

Hace rato que no la oigo.

Ay mima, se habrá dormido. No hagas bulla ni la despiertes, que empieza a jeringar otra vez.

¿Dormido? En el cuarto de ustedes no está, que yo vengo de allí.

Seguro que se metió en la cocina con Abuelonga.

Les advierto que aquí no está tampoco. Para que no se me aparezcan antes de tiempo y me rompan el pasodoble. Aunque ya casi, ya.

Pero ¿qué clase de gandinga tienes tú, chica? A ver si se han llevado a la chiquita en un saco y tú echándote fresco.

Óiganla regañando a Elsa. Ni que ella fuera la madre ejemplar, la más sacrificada, la perfecta. Me dan ganas de preguntarle ven acá, Barbarita, ¿cuándo te preocupaste tú por si tus hijos comían o no comían, se bañaban o salían para la calle cochinos, estudiaban o se iban a mataperrear? Yo, yo era la que tenía que darle el frente a todo mientras tú te encerrabas en el cuarto a restregarte con tu marido o te sentabas muy campante a mirar la televisión.

¡Beiya! ¡Niña, respóndeme!

No te contesta. No está aquí, te lo dije, no está…

¡No te hagas la sorda, Beiya!

¡Ay, Dios mío! ¡Secuestraron a la chiquita, se la robaron, Elsa! Aquellos ruidos que yo oí…

Mima, ¿quieres dejar el melodrama barato? Oye, ni que esto fuera la telenovela brasileña. Dame acá el quinqué que la voy a buscar. ¡Ay, se apagó otra vez esta mierda! ¿Y los fósforos?

Se acabaron. Enciéndelo con la candela.

Deja lavarme bien las manos, no sea que noten el olor. Y que está fuerte, eh. Ni Ubigán de Cotí ni el propio Je Reviens.

Abuelonga, tráeme un pedazo de papel encendido para darle luz a la mecha. Apúrate.

¡Si será fresca y haragana esta Elsa! ¿A santo de qué le voy a alcanzar nada? ¿Y esa vagancia?

Ven a buscarlo tú, que estás muy joven y muy fuerte para ser tan zángana.

Oye, tú no le haces un favor a nadie ni aunque te lo pidan de rodillas. Qué odiosa eres, abuela.

No seas hocicona, muchacha. *Vergüenza te debería dar, recostándote al máximo a una vieja de ochenta años que no puede ni con su alma. Y ya está listo el puré de papas, díselo a tu madre para que no me agite más.*

Abuelonga, por tu vida, ¿quién se ocupa del puré ahora? Ayúdame a buscar a Beiya tú también, anda.

Lo primero que tienen que ver es si la puerta de la calle está abierta o cerrada. Si la chiquita salió, de cabezona que es, porque quería bajar al parque por la tarde, debe haberla dejado abierta. Ella no tiene llave para cerrar por fuera.

Voy a mirar yo misma. No me hace falta el quinqué. De recorrer este apartamento durante tantos años me lo conozco de memoria, con luz o sin ella.

¡Ay, san Caralampio, por poco beso el piso! Sí, me conozco el apartamento de memoria, pero no soy adivina para saber cuándo dejan las cosas fuera de su lugar para que uno tropiece y se acabe de reventar. ¿Qué es esta porquería? El saco de papas. Ernesto lo zumbó bien en el medio del paso. A ver qué le costaba a Barbarita llevarlo para la cocina. Ah, pero no. Seguro que pensó a ver si la desgraciada vieja choca con él y se desnuca, y por eso lo dejó ahí.

La puerta está cerrada. Entonces, la chiquilla anda por aquí adentro. A no ser que un ladrón tenga el llavero perdido y haya entrado, secuestrado a la niña y trancado la puerta después.

¡Pst! Mira que se me ocurren boberías. ¿Por qué iba un ladrón a tomarse el trabajo de pasar el cerrojo? Además ¡buena es Beiya para dejar que se la robe nadie sin armar un escándalo!

Cuando yo era chiquita Mamaíta me asustaba con el cuento del ñáñigo. El ñáñigo era un negro viejo, malísimo, que metía a los niños en un saco y se los llevaba lejos para cortarles la cabeza y chuparles la sangre allá en el monte. A lo mejor era verdad, pero yo nunca vi ninguno. ¿Habrá ñáñigos todavía? ¿Aquí en La Habana?

¡Beiya! ¡Carajo!

Los muchachos de hoy día no tienen fundamento. Porque no los disciplinan, no los educan. A estas horas Beiya debe de andar metida debajo de una cama, muerta de la risa. Elsa no sabe manejarla. No tiene ¿cómo se llama eso que mientan tanto ahora? Pedagogía. O psicología. Lo que sea. En mi época no se usaban tantas ías. Se le daba una nalgada al malcriado, o un buen correazo y ya. Resuelto el problema. Y salíamos todos de lo más derechitos. Quien bien te quiere te hará llorar.

Mírenme a mí. Y eso que casi nunca me castigaron de chiquita, porque yo era una seda. Tranquila, obediente, calladita. Me sentaba en un rincón a jugar con mis muñecas y de ahí no me movía como no fuera para ayudar a los mayores. Fuera de esa vez que Mamaíta me confundió con Adelaida, me darían unas cuantas nalgadas o algún sopapo bobo, cuando más y mucho. Ahora, si yo hubiera sido como Beiya, hubiese cogido golpes de cuanto color hay. Y bien merecidos, por cierto.

¡Niña! ¡Por tu madre, responde!

¡Beiya!

Ya me están poniendo nerviosa. ¿Será verdad que alguien se la ha robado? Lo dudo, aunque ésta es la casa de los robos. Y la ladrona número uno es mi hija Barbarita. La muy descarada se atrevió a acusarme *a mí* de haberme llevado quinientos pesos de los miles que todavía tenía en su escaparate Rafaelito. Buena estúpida habría sido yo si no agarro algo por adelantado. Me hubiera quedado en blanco y trocadero. Ella, que se creía dueña y señora de cuánto había aquí ya, se lo hubiese embuchado todo sin contemplaciones de ningún tipo.

Además, aquel dinero eran bienes gananciales, que me lo explicó un abogado amigo mío. No importa si Rafaelito y yo no dormíamos juntos desde hace un montón de años, ni si él sabía muy bien que yo le pegaba los tarros. Le daba la gana de aguantarlos, vaya. Cada cual se rasca dónde le pica, o se aguanta la picazón. Él nunca habló de ponerme el divorcio. ¿Con qué cara me iba a reclamar nada, si ya no se le paraba la pirinola o se había olvidado de usarla? Comoquiera que fuese, eso no era asunto de nadie. Y menos de mi hija, la entrometida.

Cuando se llevaron a Rafaelito al hospital, ya boqueando que iba, ella se guardó muy frescamente las llaves del escaparate en un bolsillo. En ese momento me di cuenta de que con la herencia iba a pasar como con el dinero que ganaba su padre. Ojos que te vieron ir nunca te vieron volver. Así que subí a la barbacoa, donde mi marido dormía con Ernesto, y abrí la puerta del escaparate con un destornillador. Le zafé el cerrojo y metí mano. Bien poco cogí, después de todo. Debí haber arramblado con más.

Ahora dice Barbarita que su padre se lo dejó todo a ella. Habría que comprobarlo y como no vamos a llamar al muerto por teléfono, no hay manera. Aun suponiendo que fuera verdad, ¿quién lo autorizó a él para disponer de lo mío? Ese dinero era de los dos. Nunca se lo reclamé mientras estuvo vivo por lástima. Al fin es que yo tenía mi pensión, y me daba hasta pena ponerme a buscar pleito con un enfermo. Porque yo hubiera podido divorciarme y reclamarle la mitad de los pesos que le quedaron. Por la ley, me los habría tenido que dar. No lo hice por noble, para ahorrarle otra apoplejía. Pero no se lo iba a dejar todo a la cochina, de mansa paloma.

Bastante cogió ya. Los mismos aretes de platino Barbarita se los apropió sin siquiera consultarme. Pero bien castigada que quedó, por abusadora y rapiñera. Es que hay un Dios en el cielo. Y Dios en persona le mandó un rayo para que aprendiera a ser mejor hija y a respetarme más.

Abuelonga, ven con nosotras. Ayúdanos, coño. No te quedes parada ahí hecha una estaca, como si no te interesara tu biznieta.

No se sofoquen tanto, comebolas, que ésa ahorita aparece metida en cualquier rincón, burlándose de ustedes.

¿Y si no aparece?

¿Cómo no va a aparecer, muchacha? Hazme caso a mí, que más sabe el diablo por viejo que por diablo.

¡Elsa, no pierdas más tiempo oyendo estupideces! ¡Llama a la policía!

Espérate, mima, espérate un momento. Para la jaca que estás desorbitada. Vamos a seguir buscando nosotras un rato más. Abuelonga tiene razón, tú sabes lo jodedora que es Beiya. Pero si está escondida, la cabrona chiquita va a dormir con el culo caliente hoy. ¡¿Tú me oyes, Beiya?! ¡Este mal rato me lo vas a pagar como que me llamo Elsa María Velázquez, desgraciada!

Elsa, te digo que llames a…

Ya, vieja, por favor. Dame un respiro. ¿Tú piensas que la policía va a venir corriendo con esta oscuridad? ¡No chives!

Hasta la policía vino aquel día del robo. Robo según mi hija, que para mí era restitución. Parece que ella había contado el dinero antes de que Rafaelito entrara en el hospital o que él, con una pata en la sepultura, todavía tuvo lucidez para acordarse de cuánto había guardado y decírselo. Porque yo lo cogí una tarde en que todos estaban fuera de aquí, así que nadie me vio en el jelengue. La única que pudo haberse fijado en algo fue Beiya y los niños chiquitos, por más espabilados que sean, no son avariciosos ni están pendientes del dinero.

Barbarita se me enfrentó hecha una fiera, justo antes del velorio. No tuvo ni la delicadeza de esperar a que el muerto se enfriara. Tú me robaste, vieja hijaeputa, devuélveme lo que me cogiste. Dame mi dinero, ladrona de mierda, que te voy a despendejar.

Qué palabras de una hija para su madre, eh. Qué palabras. Yo lo negué, ni que fuera pez para morir por mi propia boca, y he seguido negándolo hasta hoy día. Pero a ella no se le ha olvidado. Para lo que le conviene tiene memoria de elefante. A cada rato me saca el trapo sucio sin venir al caso ni al pelo.

Me acuerdo que estaban dos o tres personas en la sala, unas vecinas que habían venido a darnos el pésame. Barbarita empezó a insultarme delante de ellas sin ningún comedimiento. Luego siguió chillando y llenándome de improperios, dándose cuerda ella misma como hace siempre que se pone furiosa. El arrebato le dio por tirar cosas contra el piso. Desbarató un pisapapeles, dos vasos, un cenicero de porcelana… Hasta estrelló en la pared un búcaro de lo más bonito que Elsa le había regalado el Día de las Madres. Se descompuso por completo.

Yo me asusté. No puedo negar que me asusté. Me vino a la mente la entrada de golpes que me había dado Mamaíta cuando lo de Adelaida y hasta me volvió a doler el ojo, después de tantos años. Y las vecinas estaban pálidas del miedo. ¡Qué función para una tarde de velorio!

Elsa, vamos a subir. Tu hija debe de estar metida en la barbacoa. A ti como que nunca se te ocurre nada, chica.

Verdad que sí. Beiya se vuelve loca por registrarle las gavetas a mi hermano.

Abuelonga, ven tú también, que tú tienes ojos de gato igual que la chiquilla.
Vamos para el cuarto de Erny.

¡Qué cuarto ni qué niño muerto! Una barbacoa indecente, eso es
lo que es. Un nido hecho con tablas de pinotea. ¡Qué poco me gustan
a mí estas invenciones modernas!

Lo que menos me gusta del cuchitril es que hasta que se murió
Rafaelito estuvieron compartiéndolo él y mi nieto. Cualquiera sabe lo
que verían esas cuatro paredes. Porque a mí se me figura que a Rafaelito
no le interesaba yo, ni ninguna mujer. De ahí que no se acostara
conmigo casi nunca, ni me celara, ni se preocupara por mis queridos.
Porque tenía su problemita solapado. Y si el diablo lo tentó para que
hiciera indecencias con…

No, no quiero pensar en lo malo. Ernesto era su nieto. Sangre de
su sangre. Qué va. Hay cosas que no pasan, que no pueden pasar. Al
fin es que yo duermo con mi hija y si acaso nos daremos una patada
ocasional, de antipatía atrasada, pero nada más. Ahora, dormir mujeres
con mujeres se ve menos feo que hombres con hombres.

Ay, ya las piernas no me dan para subir estos escalones. Y gracias
que no son más que seis.

Aquí huele a marica en pepitoria. Esos perfumes fuertes y dulzones
en mi tiempo se llamaban Siete Potencias y no se los ponían más que
la gente baja, las negras y las criadas. Y mi nieto, mi único nieto macho, se los unta sin la menor vergüenza y sale así para la calle. ¡A lo
que hemos descendido en esta familia! Déjame pisar con cuidado, no
vaya a tropezar con un consolador.

¡Elsa, abrieron la puerta! ¿No lo oíste?

No sé…¿tú crees?

¡Corre, vamos para la sala a ver!

Se fueron las dos. Arrancaron por ahí para abajo como un par de
venaos jíbaros y me dejaron sola. Yo también oí algo, pero por eso
mismo voy a quedarme aquí. Caso de que haya un ladrón metido en
el apartamento, cuchillo en mano, no voy a regalármele. Si le da por
degollar a alguien, que no sea a mí.

¡Beiya! ¿Eres tú?

Vieja, pifiaste, la puerta está cerrada.

Pero yo oí un cricrí, Elsa, como de la cerradura al correrse. ¿Tú no?

¿No habrá sido en la calle? Es que tú coges unas aceleraciones, mima...

Sí, la aceleración que cogió Barbarita aquel día fue de película. Una pataleta con gritos, mordiscos en el aire y espuma por la boca. Parecía una perra rabiosa. Yo también me emperré, porque ni que tuviera la sangre de hormiga. Cuando ella me vino para arriba a arañarme, le rajé el labio de un bofetón. ¿Qué podía hacer? No iba a dejar que me vapuleara a su antojo. Y para algo soy su madre. ¿O no? Elsa, Ernesto y Catalina corrieron a meterse por el medio. Las vecinas empezaron a chillar. Y Beiya lo miraba todo con unos ojazos de susto, la infeliz...

Sigue sin hacer nada, Elsa. Sigue con la papaya recostada mientras descuartizan a tu hija.

Está bien, está bien, mima. Ya. ¿Cuál es el número de la policía?

No sé, chica. ¿Tú me has visto cara de Información o qué? Búscalo en la guía de teléfonos.

Ni que una fuera lechuza para ver esos números chirriquiticos con esta oscuridad.

Candita la de la Atalaya debe saberlo. Que me corten la cabeza si no fue ella quien llamó a la estación la tarde de la fajatiña. Se aparecieron aquí dos muchachos jóvenes, con más cara de reclutas del Servicio Militar que de policías de verdad. Qué pasa, y este alboroto, quiénes son las posesas que nos las vamos a llevar ahora mismo si no se tranquilizan.

Las posesas, así dijeron. Primero yo entendí las presas y Barbarita también, porque se quedó más quieta que un poste de luz. Pensaría que iban a cargar con ella, a meterla esposada dentro de una perseguidora y a llevarla a dormir a la estación. Y ojalá que lo hubieran hecho. Ojalá que le hubieran dado un buen escarmiento para que se le bajara la guapería barata que tenía.

Pero todo quedó en agua de borraja. Los policías eran un par de papanatas. Nos echaron un sermoncito manigüero. Compañeras, no pueden dar escándalos y menos delante de menores. Fíjense, por ser la primera vez nada más les vamos a levantar un acta de advertencia pero para la próxima van a pasar la noche en la unidad.

Al día siguiente, la cuadra entera se dio gusto despellejándonos y llamándonos las posesas. Se nos pegó el nombrete como un perrito hambriento. A saber quién fue el hijo de mala leche que nos lo colgó. Posesa será su abuela. Después me dijo Catalina que aquello le sonaba a brujería. Solavaya, fu.

Déjame bajar con cuidado. Tengo que ir poniendo los pies despacio para contar los escalones. Uno, dos, tres, ya casi estoy en la sala. Cuatro, cinco y seis.

Elsa, no comas más porquería a cuatro manos. No vas a encontrar nada. Esa guía es más vieja que yo y la mayoría de los números que vienen ahí estarán ya desconectados.

Bueno, pero tenemos que hacer algo, ¿no? Tú misma me dijiste...

Yo te dije, yo te dije...¿Por qué no dices algo tú? ¿Por qué no piensas, aunque sea por casualidad? Yo ya no tengo dudas: mientras nosotras estábamos distraídas entró el Deslenguador y cargó con tu hija.

Mima, no sigas con tus malos agüeros, hazme el puñetero favor. Hubiéramos oído algo: un grito de ella, las pisadas de él. Por lo menos tú, que siempre estás con la oreja parada.

¿Y si le tapó la boca con un trapo, la amordazó bien y...?

¡Sio! ¡Cállate de una vez!

Niña, que estoy tratando de ayudarte. ¡Qué malagradecida eres!

Yo quisiera que uno de esos sicólogos de hoy día me explicara cómo es posible fajarse como nos fajamos nosotros y así y todo seguir viviendo juntos. Claro, la fresca y la falta de vergüenza es Barbarita. Ella es la que está reguindada aquí, pegada con cola y con colina, porque este apartamento en última instancia es mío. Rafaelito y yo lo compramos en el año cincuenta y ocho, cuando se alquiló el local de la esquina.

Barbarita no se va porque no le sale de sus entrañas y porque no tiene a dónde ir. Elsa y Ernesto se quedan por lo mismo. Y si la Beiya sale con picapica entre las piernas y le da por parir dentro de tres o cuatro años, nos tendremos que mamar a otro chiquillo más.

Nadie, nadie tiene dónde cobijarse. Ése es el problema. En este país, que cualquiera alquilaba aunque fuese un cuarto de solar y se independizaba de la familia en cuanto le daba su santa gana, ahora no hay manera de hacerse ni con una accesoria. ¡Qué hacia atrás hemos ido en cuarenta años! En lugar de avanzar, hemos retrocedido como los cangrejos. Ahora nos obligan a estar nariz con nariz. Arracimados unos con otros, oliendo el peo que los demás se tiran. ¿Cómo no vamos a fajarnos, por Dios?

Si Rafaelito me hubiera hecho caso viviríamos con más holgura, pero todo lo que yo decía él lo tiraba a basura. Como yo era la guajira ignorante y el inteligente era él, por eso estamos como estamos. Mira que le insistí para que comprásemos una casa o un apartamento grande, de tres cuartos por lo menos, cuando nos mudamos de Lawton para Centro Habana. Pero él negado. Negado a rajatabla, porque si nada más somos nosotros y Barbarita, que a lo mejor y ni se casa con lo resabiosa que es, ¿para qué queremos tanto espacio? Con dos cuartos basta y sobra, y hasta con uno y medio.

Qué equivocado estaba. Equivocado, equivocado, equivocagado. La familia creció como la mala hierba. A pesar de sus resabios Barbarita sí se casó y parió tres muchachos, y cuando vinimos a ver nos encontramos dos matrimonios y tres niños apretujados en esta ratonera.

Al mes de nacer Ernesto, el marido de Barbarita buscó a un par de tipos para que nos hicieran una barbacoa. El pobre Esteban, se lo pasaba tratando de resolver. Y como siempre sucede, ¡los viejos, para los rincones, que apestan en la sala! Nos zumbaron a mí y a Rafaelito para allá arriba y los otros se quedaron muy anchos y muy panchos aquí.

Mima, en vez de hablar tantos disparates y ponerme más nerviosa de lo que estoy, llévale el quinqué a Abuelonga para que baje.

No tengo ganas de llevarle nada. ¿Tú no ves que ahorita me parto una pata por andar de sirvienta de la otra? Deja que baje sola o que se quede por allá.

¿Y si se cae por la escalera?

Si se cae que se caiga, chica. ¿O lo que tú quieres es que me joda yo?

La muy mala hija no se imagina que estoy aquí ya, y oyendo todo lo que dice. Aunque si lo supiera diría lo mismo, o algo peor, porque ésa no se cohibe en lo más mínimo para desbarrar de mí. Me odia a muerte. Pero a muerte. Si no le tuviera miedo a la cárcel ya me habría envenenado.

Todavía no me explico cómo se le ocurrió pedirme que la acompañara a dormir cuando se murió Esteban. Ella que siempre se está haciendo la guapa y tirándome al degüello, de pronto se volvió una melcocha conmigo, una panetela borracha. El caso es que me rogó, porque cuando le conviene se pone más mansita que una gata hambrienta, me rogó que durmiera con ella en la cama grande.

Yo estaba harta de subir todas las noches a ese bajareque donde no podía ni caminar derecha y que es un horno de caliente en el verano. Y como Rafaelito ya se había olvidado hasta de qué color eran los cuatro pelos que me quedaban en la florimbamba, ¿qué gracia tenía seguir acostándome al lado de él y oyéndolo roncar? Así que cambié de almohada sin pensarlo dos veces.

Al principio tuve miedo de que Rafaelito se fuera a molestar. Los casados tienen que dormir juntos, ésa es la obligación que impone el matrimonio. Pero él mismo me ayudó a bajar mis ropas y en cuanto se vio solo le dijo a Ernesto que subiera a la barbacoa para que las muchachas tuvieran más privacidad. Ellas estaban contentísimas, pero a mí siempre me quedó la duda de si el viejo no se aprovecharía de la situación para ponerse a hacer mariconadas con mi nieto.

Mima, ven hasta la escalera y alúmbrame. Voy a subir a casa de Candita para pedirle el teléfono de la estación.

Y la muy guanaja empecinada en meter a la policía en el potaje. No me hacen caso: yo digo que Beiya no ha salido de aquí. Ya se convencerán de que tengo razón.

Mejor llámala. ¿Para qué vas a subir por gusto?

Es que no me sé el número de Candita.

Está en la libretica, yo te lo busco.

Ahora parecen muy uña y carne estas dos. Aunque también se han tirado de las greñas hasta no poder más. Perras broncas que han armado, como cuando Barbarita descubrió que Elsa estaba preñada y que no se podía sacar a la chiquita. Por poco la mata. No quería, ella no quería que tuviese a Beiya. Y cómo se hace la preocupada, la abuela cariñosa. Eso es hipocresía barata, chica, de mala calidad. Si tú no te preocupas ni por la madre que te parió, ¿qué interés vas a tener en una nieta mulata? ¡No jodas!

Por eso, por lo hijaeputa que es, se ha quedado de viuda triste. Bueno, hijaeputa no, que la madre soy yo. Dios la castigó, como al padre, dándole la patada donde más le dolía. Porque para ella, su marido Esteban era la hostia en verso. Lo quiso diez veces más que a sus hijos y cincuenta veces más que a mí.

Total, ni que el tipo valiera un peo. Un oficinista de tres al cuarto, bajito y calvo ya a los treinta años. Pero como fue el único que se le arrimó, seguro que se dijo: mejor apenco con éste antes de que me deje el tren, que yo no estoy para andar escogiendo mucho.

Exprimió al desgraciado como si fuera un limón verde. Le sacó bien el jugo porque en cuatro años lo obligó a hacerle tres hijos. Chácata, chácata, chácata. Lo mismo que la Comadrona Facultativa con Papaíto. ¡Qué papayas más gandías las de estas mujeres, fo! Y eso que Esteban no dormía con ella todas las noches, porque a cada rato lo estaban mandando para las provincias en viaje de trabajo. Menos mal, porque si no, le habría hecho diez muchachos a la otra y estaríamos ahora más apretujados y más chivados de lo que estamos.

Claro, también lo quería tanto porque ella era la que lo maricheaba a él, la mandamasa. Ni respirar lo dejaba. Todo el día era Esteban ven acá y Esteban hazme esto y Esteban tráeme lo de más allá. Lo llevaba a paso de conga.

Tenía un metimiento con el hombre que no había quién la soportara. Ridiculísima que se ponía, ni que el marido tuviera la picha de oro. Lo celaba hasta de su propia sombra y de los espejos en que se miraba. Un día que fui al cuarto de ellos, o sea, al cuarto *mío*, a preguntarle no sé qué, Esteban estaba acostado y yo me senté en el borde de la cama a conversar con él. Todo de lo más inocente, si aquel muchacho podía haber sido mi hijo. Y además que era un flaquito encogido, cuando a mí los hombres fuñíos nunca en la vida me han llamado la atención.

Pues entró ella y al verme allí se sulfuró de mala manera, creyéndose que le quería quitar el maridito. Un escándalo indecentísimo que me armó, que se comentó luego en toda la cuadra. ¿No le daría pena ponerse celosa de su madre, una vieja? Porque yo era ya vieja... Uf.

Hablando de quitar maridos, Barbarita fue quien se metió por el medio con un querido que tuve yo. Un hombre mayor, por cierto, un cincuentón, y la muy desvergonzada se puso a salsearle siendo todavía una mocosa. La gatica de María Ramos. La que parecía boba, la tímida y la ñoña. La niña de papá. Ah, pero eso sí, a los once o doce años tuvo picardía suficiente para brincarle el mono delante a Ñico y todavía no sé si se lo durmió o no.

Entonces vino a donde yo estaba haciéndose la mosca muerta:

que el otro la había toqueteado, que si le había puesto el dedo aquí y le había metido la mano allá. Cuando el propio Ñico me contó que la chiquilla se le sentó en las piernas y se puso a masajearle el rabo. ¡Qué asquerosidad!

El pobre Esteban, que en paz descanse, al fin era honesto y trabajador. Yo le tenía cariño. Un cariño sano, se entiende. ¡Qué pena que terminara como terminó, con el corazón reventado! Fue en una bronca de las que se formaban en las colas. Y un día de cumpleaños de Barbarita. Un cuatro de diciembre, como para sapearle por siempre la fecha de su santo.

Era por el ochenta y siete, que en aquella época no se vendían cakes nada más que en Centro, la antigua tienda Sears, y había que zumbarse unas colas de seis horas para conseguir turno. Pues tanto jorobó mi hija que comprometió a su marido a ir a buscarle un cake allá. La señorona se antojó de comer dulce ¡y a satisfacerle el antojo! Volando, para que no se incomodara. Ni que fuera una niña. Ya bastante viejota que era para andar con esas majaderías. Aunque a lo mejor no fue un capricho suyo, sino que el cake estaba en el plan sagrado del castigo de Dios.

Esteban salió de aquí de madrugada. Dicen que ya le tocaba entrar cuando se armó una discusión de las de yo soy el primero y tú eres ahora el último. Y el hombre, que se había plantificado allí desde las tres de la mañana, sin pegar los ojos, firme en su puesto como un soldado de milicia, se molestó tanto que le subió la presión a mil. Le dio un vómito de sangre y ahí mismo quedó al campo, como un pajarito.

Así nos lo contó Catalina. Ella tuvo que ir al hospital a reconocer el cadáver, recoger el acta de defunción y todo eso. Con apenas dieciséis años. Menos mal que la chiquilla, con todos sus defectos, siempre fue muy dispuesta. Por eso progresó. Porque Barbarita mucho ay mi Esteban, mucho llantén por su marido, pero no se apareció en la funeraria hasta que la caja estuvo cerrada y el muerto escondido. Desidiosa, cará. Elsa, la hija mayor, la que debió haber ido, estaba en una Escuela al Campo. Y Ernesto se desmayó al oír la noticia, se cayó al suelo redondo. Buen susto que nos dio, pensando que íbamos a acabar con dos desgracias en la familia.

Que en paz descanse mi pobre yerno. Por lo menos sabemos que fue todo tan rápido que apenas si sufrió.

Sí, que en paz descanse, pues para aguantar a la otra fiera por el resto de su vida, mejor se está en el cielo. De haberse quedado vivo ya sería San Esteban de Centro Habana, el marido de la posesa.

Candita, vieja, qué tragedia tenemos aquí. Mi hija Beiya, que no aparece. ¿Qué? ¿Tú la viste en el portal? Pero eso sería por la tarde, ¿no? Ella estuvo con nosotros hasta que empezó el apagón. Mima quiere llamar a la policía. Mira a ver si tienes el número por ahí, hazme el favor. Sí, ya sé, con esta oscuridad, pero inténtalo, por tu madre. Coño, esto es de urgencia. No, qué va a estar escondida. Ella no se pone con esas guanajadas, que Dios la libre.

Elsa se atraca a manos llenas. Ahora voy yo y encuentro a Beiya. A la chiquita le encanta meterse en el balcón, acochinarse en un rincón como los perros.

¡Ah caray! ¡Ya me desconflauté un tobillo! ¿Quién habrá dejado este sillón fuera de su lugar, en el mismo centro de la sala? Barbarita, seguro. Poner obstáculos en el camino, es lo único que sabe.

¿No lo decía? La puerta del balcón está entornada. Seguro que la otra guacarnaca se ha escondido detrás.

¿Usted qué hace ahí, eh? ¿No sabe que su madre y su abuela están despelotadas buscándola? Si llegan a llamar a la policía se la hubieran llevado presa, por majadera y rebencúa.

¿Presa por qué, Abuelonga?¡Yo sí que no le he robado a nadie!

¡Cállese, malcriada! Le voy a dar un chancletazo que se va a estar acordando hasta que le den la extremaunción.

¿Qué extensión ni qué cohete, vieja loca? Sale por ahí, que como me chivatees te voy a picar una nalga.

¡Atrevida! ¡Sió!

Ahora a avisarles a las demás, para que se metan la lengua en el sobaco.

¡Elsa, Barbarita, salgan al balcón y paren de comer tanta catibía que la niña está aquí!

¡Beiya! ¿Se puede saber por qué no nos contestabas? ¿Tú te crees que esto es una gracia? ¡Te voy a dar una entrada de golpes, pero una entrada de golpes que no te vas a poder sentar en una semana!

Elsa, acuérdate que Candita está en el teléfono.

Mima, dile que ya Beiya apareció. Discúlpame con ella, anda. Después de todo este salpafuera lo formaste tú, con tus aspavientos fuera de temporada.

¿Así que ahora la culpa la tengo yo? ¡Como siempre! ¡Yo soy la culpable de todo! ¡Esto me pasa a mí por buena, por preocupada! ¡Otro día dejo que se muera la chiquita y mejor!

¡Oye, que primero te mueres tú! ¡Déjate de echarle salaciones a mi hija, degenerá!

Se formó la tángana gorda. Era raro que no. Y Candita oyendo el show por teléfono y gozando más que Gozón. El hazmerreír del barrio, eso es lo que hemos venido a ser.

Bueno, déjense de tanto pugilato. ¿Se van a comer el puré de papas que les hice o no? Alcanza para las dos, aunque ya debe estar más frío que la pata de un muerto.

¡No hables de muertos tú también, Abuelonga! ¡Qué fijación con la muerte tienen todos en esta maldita casa!

Están comiendo ahora. Eso es. Aliméntense, puercas. Aliméntense de mi sustancia, de mi cuerpo, de mis humores bajos. Nútranse bien.

¡Deja que yo te coja por mi cuenta, Beiya! ¡No te figures que te vas a quedar tan fresca!

Se va a quedar tan fresca, sí. Fresca como la yerba del trillito en las mañanas de Pinar. Elsa no sabe ser madre. Nunca ha sabido. Beiya hace lo que le sale del fondillo con ella. Le da más vueltas que un tiovivo y se le ríe en la cara. Dentro de un par de horas a mi nieta se le olvida el susto que la chiquita le hizo pasar y está como si nada.

Y yo no me voy a meter de componedora de bateas, como me metía antes. ¿Para qué? ¿Para que la misma Elsa, si a mano viene, me suelte una pachotada? No, qué va. Es su hija, que se las entienda con ella como pueda. Que la deje seguir haciendo lo que le venga en ganas o que la mate a golpes si le da el toque por ahí.

Tienes que ponerla de penitencia. No dejarla salir a la calle en una semana. Ni jugar con otros muchachos, ni mirar la televisión, ni ir al parque.

Mima, pero ¿quién la controla? Si ésta se escapa de la escuela cuando le parece y se larga a mataperrear.

¡Pues que no vaya a la escuela, chica! Total, para lo que aprende allí, groserías y malas palabras.

Ah, ¿así que no me van a mandar a la escuela, par de viejas quimbás? Mejor pa mí, vaya. Así duermo hasta las doce del día. Requetemejor.

¡Cállate, Beiya! ¡Vete para el cuarto! ¡Mira que te voy a tirar este plato por
la cabeza y te voy a desgraciar!

No vas a hacer nada, Elsa. Tú lo sabes. Por eso la chiquilla no te
tiene respeto, porque la amenazas por gusto, boconeas como un
carretero y a la hora del cuajo no actúas como hay que actuar.

Aunque yo también fui una madre consentidora. A Barbarita la
mimé como ya quisiera que me hubieran mimado a mí Mamaíta o mi
padre o la Comadrona Facultativa. Le compraba lo que buenamente
podía, porque el dinero de la casa no lo manejaba yo, pero en lo que
de mí dependía, la halagaba a más no poder. Hasta los vestidos se los
cosía yo misma cuando Rafaelito no me daba dinero para la modista.

De niña le hacía unos lazos que entonces se llamaban de avioneta,
preciosos. Todo el mundo tenía que ver con mis peinados y eso que
el pelo de ella no se prestaba, porque lo tenía mechudo y lacio, feísimo.
Durante años y años, hasta que se casó, le estuve lavando los trapitos
del período, manchados de sangre que los dejaba en el baño, tirados
ahí para que yo se los enjuagase. Todas esas cosas ya se le han olvidado,
eh.

Como tampoco se acuerda de las fiestas a las que la llevaba cuando
joven, para que encontrara un marido que valiese la pena. Para que
no fuese a pasarle lo que a mí, que tuve que cargar con lo que nadie
quiso. Íbamos al Club Náutico, a La Concha, al Centro de
Dependientes, a dondequiera que se anunciaba una velada de personas decentes. El Náutico y La Concha eran sitios de medio pelo,
claro, no el Miramar Yatch Club, pero tampoco se podía decir que
fuesen bayuses. Ahí no se encontraban mulatos ni gente chusma. Muy
buenos partidos que se podían pescar, todo estaba en remenear un
poco el anzuelo.

Ella no encontró nada porque era una pazguata fatal. Llegaba y
aplastaba las nalgas en una silla, pláfata. Como las viejas chaperonas.
No se levantaba en toda la noche, así cayeran raíles de punta en el
salón de baile. Se le acercaba cualquier joven: Señorita, por favor,
¿me concede esta pieza? Y Barbarita en lugar de ponerse a dar brincos,
de sonreírle con sexapí, de guiñarle un ojo aunque fuera, le contestaba
con una cara de tranca imponente que no sabía bailar. Ni las gracias le
daba. Así todos le huían, no digo yo.

Una vez la invitó a bailar un muchacho de lo más distinguido, hijo del dueño de un central. Tremendo partidazo. No es que yo piense que se fuera a enamorar de mi hija, que no estaba tan buena, pero a ver qué necesidad tenía ella de hacerle un feo. Salió a la pista con él y sin motivo alguno lo dejó plantado en mitad de la pieza y corrió a sentarse hecha una exhalación. Por Dios.

No es por criticarlo, pero para mí que Esteban se casó con ésta porque vio que tenía su apartamento, aunque fuera chico y compartido. Para él, que estaba más pelado que la rodilla de un viejo, una casa como la nuestra era la gloria. Cuando enamoraba a Barbarita vivía con unos parientes en La Lisa y dormía en el suelo, que él mismo nos lo contó. Su familia era del campo, de Bolondrón, que eso queda por donde el diablo dio las tres voces y nadie lo oyó.

El tipo no era bobo. Se pondría a analizar el panorama y diría: con esta habanera, aunque sea flaca y resabiada, me tocó el premio gordo. Me junto con ella, me le meto en la casa y ya no hay quién me saque de la capital. A eso es a lo que aspiran todos los guajiros, a acomodarse aquí en La Habana aunque tengan que vivir debajo del puente Almendares.

Qué callada está Abuelonga, ¿eh, mima? Yo pensé que nos iba a echar una perorata de altura. Como fue ella quien encontró a Beiya…

Mejor que cierre el bembo. ¡Para las imbecilidades que dice!

Es verdad que estoy callada. Que lo soy. Yo que de joven era tan conversadora y se me iban las horas chachareando. Pero me han vuelto reservada ellas, a la fuerza. Me han arrinconado hasta el alma con sus insultos y sus imposiciones, que ni en el sillón de mi hija me dejan ya sentar.

Delante de Barbarita digo lo menos posible porque por todo me salta con una grosería y una mala forma. Con Elsa se puede hablar a veces, aunque también tiene sus prontos. Y con Ernesto, que Dios lo ampare, pero prefiero que ni me cuente de sus enredos. ¿Qué voy a sacar yo con saber si se la mete a uno o si se la deja meter, si se pone arriba o abajo o en el medio? Estoy muy vieja para tener que oír esas indecencias por que me den un poco de conversación.

Es preferible que me dejen sola. El buey suelto bien se lambe, como decía Papaíto, que en paz descanse. A fin de cuentas, yo estaría mejor si no tuviera esta familia de pirañas al lado mío. Ya habría encontrado quién quisiera acompañarme para quedarse con el apartamento. Me tendrían en palmitas con tal de que los nombrara herederos de todo lo que tengo. Me cocinarían, me lavarían la ropa, me limpiarían hasta el fondillo.

O me envenenarían para quedarse antes con todo. Me mezclarían arsénico en la comida y me dejarían morir como un perro, con las entrañas reventadas. Así le hizo su propia ahijada a Estrella, una vieja que vivía ahí al doblar. Es que ya no se puede confiar en nadie. Ni en el Espíritu Santo que bajase a la tierra otra vez, ni en la paloma de la paz.

Deja encender el último Popular que me queda. Deja seguir fumando, que mientras fumo mi vida no consumo porque mirando el humo me siento adormecer.

Me cago en Dios cabrón, carajo. Se robaron el dinero.

Ahora vienen todas corriendo. Cuando ya no hacen falta. Como siempre. Corre mi hija Elsa con su cara de guanaja en Cuaresma, corre la perversa de Bárbara Bridas, hasta la Beiya bastardilla llega con la lengua afuera a enterarse de qué pasó. Y yo me agarro los pelos con las dos manos y me da, ahora sí que me da el ataque, que se me parte el corazón como a mi marido y me muero rabiando.

Esto no tiene nombre. No lo tiene. Vengo a mi cuarto y abro el escaparate, no más por comprobar si los dólares siguen ahí, si no se han ido al diablo como la luz. Porque una es desconfiada, dicen. Desconfiada mierda, porque una es precavida. Y a veces ni con la precaución se resuelve nada, porque le meten el cuchillo hasta las cachas por detrás.

Empiezo a registrar. Y lo que me temía. No encuentro el dinero. Se desapareció. Lo desaparecieron. Alguien entró en la oscuridad. Alguien entró, aquellos ruidos que yo oí no eran alucinaciones como dice la vieja loca esa. Era que un criminal, probablemente el mismo que tiene mi llavero, entraba despacio y se metía en el cuarto y arramblaba con todo. No lo ven, imbéciles, cretinas, inútiles, taradas. Por no hacerme caso nos han dejado en blanco. No lo ven.

Ahora todas a protestar que ellas no saben, que ellas no oyeron nada, que busque mejor, que la plata tiene que estar aquí, que si soy pájara de mal agüero y estoy echando salaciones. Serán anormales de nacimiento o por naturalización. O se estarán haciendo las anormales. Porque yo no confío en ninguna de ellas. Ni en Bárbara Bridas, ni en mi propia hija. Ni en mí misma, vaya. Ni en mí.

Aquí dejé los dos billetes. En esta tabla del escaparate, debajo de mis blúmeres. Acerca el quinqué, Elsa, arrima la luz para que miren bien y se convenzan. Cómo me voy a confundir ni a ponerlos en otro lugar. Yo no soy como ustedes que se pasan la vida colgadas del aire, contando musarañas, comiendo porquería a paletadas. Yo sí que estoy a la viva, con la guardia en alto, y fíjense en lo que me viene a pasar.

Sí, a la viva. No jodas más con que perdí las llaves, Bárbara Bridas. No jodas más. A mí no me han robado nada. Yo dejé ese llavero encima de la mesa. Y cuando volví de la Plaza de Carlos Tercero ya no estaba. Por eso es culpa tuya si se ha perdido. Es tu culpa por no vigilar la casa mejor. Seguro que dejaste la puerta abierta y entró un ladrón y agarró mi llavero. Mi llavero y Dios sabe qué más, en tus mismas estúpidas narices.

Está bien, no se sabe lo que pasó. Es el Misterio de la Llave Extraviada. Está bien. Pero lo de ahora no tiene vuelta de hoja. El dinero estaba en el escaparate hace una hora, y ya no está. Explíquenme eso. Explíquenmelo. A ver.

Y Elsa que ella estuvo todo el tiempo conmigo. Y la vieja que ella se lo pasó en la cocina con el puré de papas. Entonces qué, fui yo. Eso es lo que quieren decir, par de descaradas, que fui yo quién se lo cogió. Que me robé a mí misma. Eh.

Vamos a no tocar la tecla del robo. Vamos a no. Aunque no sé cómo podríamos no tocarla cuando estamos viviendo con una ladrona, con una criminal de la peor calaña. Sí, Bárbara Bridas, tú me robaste. Me robaste quinientos pesos cuando se murió Pipo y ahora me juego la cabeza a que has vuelto a hacer de las tuyas. Tú eres una alimaña retorcida, una vampira, una lumpen que no está durmiendo en la cárcel porque yo no te he querido acusar, noble que soy.

Qué me voy a calmar, Elsa. No me rechives más. O es que tú estás confabulada con esa vieja puta. Dile que me devuelva el dinero. Díselo tú, a ver si te hace caso. Porque si me enciendo, y tú sabes que yo me enciendo rápido, le voy a dar un aletazo en el medio de la cabeza que la voy a desgraciar toda. Aunque me lleven presa y tenga que cumplir veinte años en Manto Negro por romperle la vida. Bueno. Háblale tú.

Dile que si ese dinero no aparece antes de que venga la luz, aquí se va a acabar el mundo esta noche. Y nos vamos a acabar todas con él. Nos vamos a desgraciar las tres porque ya basta de aguantar callada como una mula, como lo he hecho siempre con ella. Aguantar hasta que me salieron callos en el lomo de llevarla toda la vida escarranchada encima de mí como jineta sin cabeza, madre jineta de huesos duros, madre desmadre. Ay.

Y ahora qué tú quieres, niña. Por qué no te vas a la sala o te pones a jugar con un palito y mierda. Déjame estar sola en mi cuarto, déjame en paz. Yo no tengo ganas de mimar chiquillos, que a mí nadie me mima. Patás por el culo y de todos los colores, eso es lo que recibido en y de la vida. Nada más.

Que por qué. Ay, Beiya, no te hagas la boba tú también. Tú estarás rebejía pero ya sabes más de cuatro cosas. Sabes el doble de lo que sabía yo a tu edad, y el triple de lo que sabe hoy día tu madre.

Sí, estoy molesta. Furiosa. Encabronada. Cómo no voy a estarlo. Tú no ves que ese dinero que se ha perdido era con lo único que contábamos para comer este mes y el próximo. Ya rabiarás tú también cuando no haya ni un miserable plato de frijoles que poner a la mesa. Ya sentirás cómo empieza a castañetearte de puras hambres la barriga.

Vamos a pasar un verano sabroso. Sin un solo centavo ni de dónde nos venga. Prepárate a tomar agua con azúcar prieta, me oíste. Y a matarte el hambre con tajadas de aire caliente y sándwiches de pan con nada.

Puedes darle las gracias a tu bisabuela, que es una delincuente. Me dejo cortar la cabeza, mira, que me rebanen el cuello así, crash, si no fue ella quién se llevó la plata. Tiene una maldad que cuando nosotros vamos ella ya viene de regreso con equipaje y todo. Primero se deshizo de mi llavero. Lo botó por ahí para que cuando se perdiera el dinero le echásemos la culpa a un ladrón de la calle, a la sombra de Alí Babá. Pero ese truco está muy gastado. Conmigo no funciona. Qué va.

Como no aparezcan los doscientos dólares, muy sanos y muy enteros los dos billetes de a cien, que se prepare ella. Que se amarre los pantalones y se atenga a las consecuencias. Porque la sangre va a correr. Va a llegar al río y a seguir hasta el mar. Ya tú me oíste y conmigo sí que no se juega, que yo no soy de mantequilla derretida igual que Elsa. Yo no.

Bueno, échate en la cama conmigo. Pero tranquila. No empieces a dar vueltas ni patadas, ni se te ocurra tirarte un solo peo apestoso. Mira que no estoy para aguantar cochinadas hoy.

Eso que se refleja en el espejo del escaparate es la luz de una guagua, Beiya. Qué otra cosa va a ser. Ahora resulta que le vas a tener miedo a la oscuridad o a los fantasmas. Qué pendejerías te traes, eh.

Bárbara Bridas es de ampanga. Siendo casi una criatura hizo que su padre, mi abuelo Papaíto, encerrara a su mujer en Mazorra. A su propia madre la acusó de andar puteando con tipos por ahí, y era mentira. Figúrate, si esa canallada se la hizo a la que la parió, qué quedará para los demás. Pólvora y balas. Yo no me hago ilusiones con ella. Para mí está enterrada ya.

No es ningún chisme, niña. Esa historia me lo contó mi tío Carlos Manuel y yo nunca lo tuve por mentiroso. Parece que una tarde Bárbara Bridas encontró a la madre de ellos conversando con un carpintero, un negro que iba a encolarles unos muebles. Conversando nada más, como tú y yo ahora. Enseguida le fue a su padre con el cuento de que los había sorprendido, a su madre y al negro, haciendo indecencias. Y no era cierto. Inventó esa historia para vengarse de las zurras que mi abuela le daba, te apuesto a que con razón.

Tu bisabuela salió de mala cuna. Si de vieja es cómo es, ahora que tiene menos fuerza y menos energía para joder a los demás, imagínate cómo era de joven. De rompe y raja. Yo esto te lo digo con el corazón en la mano, que preferiría mil veces haber nacido de una negra solariega antes que de ella. Total. Peor no me iba a haber tratado. Te apuesto a que la negra, chusma, malhablada y conchusa, me hubiese defendido más que esa mujer y no habría dejado que por su culpa me pasaran las ignominias que me pasaron.

Sí, una negra gorda, cariñosa y sacrificada, como María Dolores Limonta, la madre de Albertico. No, no son amigos míos. Ojalá. Ya no queda gente buena en el mundo. Ésos son personajes de *El derecho de nacer*, una novela que pasaban por radio cuando yo era joven. Ahora la han hecho hasta una película brasileña. O mexicana, no sé bien.

María Dolores no era la madre de Albertico Limonta, pero lo crió y lo empujó hasta que se hizo médico y famoso. Mientras que a mí la sinvergüenza de tu bisabuela no me dejó estudiar. Me cerró todos los caminos, la cabrona.

Y lo peor es que me robó. Tú sabes bien que me robó, que tú misma me lo contaste. Lo cierto es que si tú no la hubieras sorprendido metiendo mano y si no me lo hubieses dicho, a mí ni por la mente me habría pasado pensar mal de ella. De Elsa, de Catalina, de Erny, de los amigotes de Erny, bueno, del mundo entero habría sospechado, antes que de mi madre. Nunca hubiera creído que cayera tan bajo. Por eso te lo advierto, ten cuidado con ella, que la muy camajana es de cuidado.

El día que se muera no voy a derramar ni una lágrima, te lo juro. Ni una sola, ni siquiera por compromiso. Es más, va y hasta me da por bailar un mambo, aunque siempre he sido patona. O por tomarme una botella de ron pelión, Paticruzado de cuatro años, y emborracharme bien para celebrarlo. Aé, aé, aé la chambelona. Que ya se rompió la vieja y yo estoy tan contentona.

Me voy a alegrar de que se vuelva polvo y ceniza, aunque me salga por las noches para halarme los pies. Porque ésa, ni en espíritu descansa. Al cielo no entra ni acostándose con San Pedro, y lo que es al infierno, no sé. No dudo que hasta los mismos diablos la boten de su lado porque ella es peor que Belcebú y toda su tribu.

La vida cambia. Y de qué forma, ay Dios. Cuando yo tenía tu edad y era una criatura ingenua, no un bicho malo como tú, yo adoraba a Bárbara Bridas. Niña al fin, no me había dado cuenta de qué pata cojeaba esa bandida. El día que mima se muera yo me quiero morir con ella, decía enternecida en llanto cuando la veía enferma. Rezaba por las noches cincuenta avemarías para que la Virgen la curara. Incluso hacía penitencia y dejaba de comer chocolate hasta que la veía buena y sana otra vez. Y me pasaba los días prendida de su saya y besando el suelo que ella pisaba. Así era yo.

Adoración era lo que tenía con mi madre, pero adoración. Hasta que aquel tipo que era templante suyo se puso con frescuras conmigo. Ella no me hizo caso cuando me le quejé, y para rematar me echó la culpa de todo y me entró a cintarazos. A mí, a una angelita recién salida del colegio de monjas. A mí, que no sabía nada de los hombres ni estaba en la lujuria que tienen los mayores. A mí, después de que casi me rompen la florimbamba sin yo quererlo, por las puterías de ella. A mí.

Entonces fui empezando a entender y se me cayó la venda de los ojos como cuando se cae la postilla de una herida reciente. Me quedé en carne viva, sin madre, sin fe y sin inocencia, jodida ya al principio de la vida. Qué más podía esperar después.

No, eso no me lo tienes que decir. Que a ti Elsa te importa menos que una chancleta vieja se ve a la legua. Ya sé que tú usas a tu madre de trapo de culo, te cagas en ella y después te limpias con lo que te dice. Aunque mi hija es la responsable, por no hacerse de mano dura e imponerte respeto.

Ahí sí que estás clara. Qué respeto va a imponerte Elsa. Si desde chiquita se notaba que iba a ser tremenda guacarnaca. En la escuela se burlaban de ella y la azocaban hasta no poder más. La hacían llorar todos los días. Y mientras más me metía yo a protegerla, a hablar con las maestras, a llevarles regalitos para que me la defendieran, peor la trataban. Así es el mundo, está lleno de malagradecidos. Elsa nunca fue como su hermana Catalina, no tenía viveza, no sabía defenderse. Era una plasta de mierda, vaya.

Tú haces bien. Al que te dé un piñazo, devuélvele tres. Al que te quiera sonar un manotazo, suéltale primero una patada por la barriga. Con toda tu fuerza. Que no te cojan de mingo ni de palito timbalero. Y si alguien se atreve a tocarte en tus partes, lo desnucas. Cierra las piernas y abre los ojos. Y huye siempre de los varones. Que no se aprovechen de ti.

No te ocupes de los maestros. Si te llevan a la dirección por fajarte, que te lleven. Y si mandan a buscar a Elsa, yo misma voy y te saco del apuro. Que no te vaya a pasar como a ella. Pero tú eres distinta. Se te nota por encima de la ropa. No eres como tu madre, esa inutilidad que no se puede decir ni que esté en el mundo de adorno porque con lo flaca y lo matá que está, como adorno no gana ni para un café aguado.

Menos mal que tú no saliste a ella. Menos mal. Yo creo que vas a ser bastante buena hembra porque ya hasta se te ha empinado el culito. Gracias a Dios, la primera bonita de la familia. Por algo yo te puse Beiya, como la Doña Beiya de la telenovela brasileña. Para que salieras espabilada y hermosota, y de mujer tuvieras un montón de tipos corriéndote detrás del fambá, babeándose por ti. Pero tú date a respetar, eh. Una cosa es gustarles a los machos y otra muy distinta es regalárseles.

Elsa, la pobre, siempre fue una tabla de planchar. Sólo se destacaba por su inteligencia y por las buenas notas que sacaba. Aparte de eso no valía un peo. Carne, ni para una empanada. Cuando todas las muchachas de su edad ya habían desarrollado, a ella no le habían salido ni las teticas. Y de culo ni hablar. Todavía hoy parece un puñetero palo de escoba.

Es que era una pasmada con mayúscula. Porque las hay que son más salsa que pescao, pero ella, ni salsa ni pescao. No le gustaban las reuniones de gente joven ni los bailecitos ni las fiestas de los sábados. Infeliz. Esa sanguanguería la heredó de mí. Yo era por el estilo. Lo que se hereda no se hurta, ya lo dice el refrán. Y para completar el panorama de tinieblas nunca tuvo novios ni enamorados ni nada, hasta que apareciste tú como caída... bueno, del cielo no se puede decir que hayas caído. Caída de un árbol, como una cagada de pájaro. Sí.

Elsita es tan bobalicona, tan simple, tan inocente que hasta solterona no para, pensaba yo. Ja. Después, ya no he vuelto a confiar en la inocencia de nadie. Ni de la Virgen María. Solterona sí se quedó, pero con la chocha partida. Yo por poco me muero cuando esa criatura se nos descolgó con una barriga que a estas alturas no se ha podido averiguar ni de quién fue, digo, ni de quién fuiste.

Me dispararon la noticia de sopetón. Como un mazazo en plenos sesos, como un apagón en el medio de la película del sábado. Fuácata. Sin previo aviso. A pique de que me hubiera subido la presión con el susto y hubiese ido a parar al cementerio sin escala. Pero a ella qué le importaba la presión de su madre, si aquí cada uno va a lo suyo y nada más. Haga yo mi gusto y luego que venga el diluvio. Ése es el lema de todos en esta salá casa.

Fue un viernes por la tarde. Me llaman de Maternidad de Línea. Compañera, su hija Elsa ingresó hoy en la sala N, venga y tráigale sábanas y algo de comer. Y yo ay, Dios mío, qué le pasó, la atropelló un camión, se cayó de una guagua, cómo está. Y la enfermera no, no se preocupe. El problema es que está embarazada y no le pudimos hacer la interrupción, tiene el útero perforado. Y yo oiga, eso es una equivocación, yo no tengo ninguna hija preñada. Y ella pues la paciente se llama Elsa Velázquez y el número que nos dio es el de su casa, o no. Y yo Elsa, no puede ser, si ella es señorita. Ahí tiene que haber un error.

Señorita ni un cará. La enfermera debe estarse riendo todavía a costilla mía. Quién ha visto señoritas con barrigas de dos meses y pico.

La barriga eras tú, comefana. Y ponte al hilo, porque si dejas que te hagan una a ti en cuanto empieces a menstruar, se van tu madre y tú de cabeza para la calle. A vivir a la casa de tu maridito o a la orilla del Malecón o en los portales de Emergencias, porque aquí no entra ni un alma más. Para que te enteres.

Oye, y ese olor a chocolate que yo siento, me parece que viene de ti, que nunca te limpias la boca. Tú comiste chocolate, Beiya. Dime de dónde lo sacaste. No, yo sé que aquí no tenemos ni café mezclado con chícharos, pero de que me huele a bombón, me huele a bombón. Hum.

Ah, lo que pasó cuando yo era chiquita, con aquel tipo. Ya te imaginas que era algo de maldad, eh. Para las cochinadas eres un lince, Beiya. Un lince. Yo no sé a quién saliste. A tu bisabuela, probablemente. O al que preñó a tu madre, buen carcamal debió de ser. Porque ni Elsa ni yo somos así. Ni tu abuelo tampoco, que en paz descanse. Ése sí que era un santo con halo y todo.

Pues tú verás. Bárbara Bridas empezó a pegarle los tarros al pobre Pipo, mi papá, desde su primer año de matrimonio. Eso yo lo supe después, y me consta que es la pura verdad. Lo tarreaba con todos los hombres del vecindario que se molestaban en bajarle los blúmeres. Al primero que le sonreía, la muy corrompida se le regalaba como se regala una media vieja. De gratis, porque sí.

Hubo una época, cuando yo tenía once años, en que tu bisabuela la cogió con mandarme a jugar con los hijos del panadero. Estaba yo de vacaciones, que se habían terminado ya las clases en el colegio de monjas. Ah, ésa es otra cosa. Me metió con las monjas porque allí me dejaba todas las tardes hasta las cinco y pico, mientras que en las escuelas públicas soltaban a los alumnos más temprano. Para tener ella más tiempo libre a su disposición y que no la estorbara en sus sinvergüencerías.

Todos los días, a eso de las tres, me decía niña, vete a ver a Julia y Pepín, anda. Arranca para su casa y quédate un rato entretenida por allá. Yo iba muy obedientica, aunque Julia y Pepín eran más grandes que yo y bastante creídos. Muchas veces ni jugaban conmigo. Me dejaban plantada en la sala y ellos se metían en un cuarto o se iban para el patio.

Me tiraban a perro muerto, para decirlo de una vez. Y no me brindaban ni agua, que eso en mi tiempo era una grosería tremenda. Ahora no, claro, porque nadie va a estar compartiendo la poca mierda que hay de comer. Pero antes, por lo menos se les ofrecía un vaso de jugo de naranja a los niños, y una taza de café a los mayores cuando iban de visita. Era una costumbre sagrada del cubano que se ha perdido, como tantas cosas que se han perdido aquí.

Por más que le repetí a mima que no me gustaba visitar a aquellos muchachos, ella insistía en que yo era muy poco sociable y por eso no me hacían caso los demás. Que era culpa mía si me echaban a un lado. Sé más amable, más salsosa. Aprende a sacar fiestas o nunca vas a encontrar un marido que cargue contigo, me decía.

Imagínate, hablándole de maridos a una niña chiquita y todavía ignorante de las cosas malas de la vida, a una corderita de Jesús. Y yo seguía encajándome en la casa del panadero, que ni me acuerdo cómo se llamaba ese cacho de cabrón. Y sus hijos, los muy maleducados, seguían ignorándome. Semana tras semana era así.

A todas éstas, la madre de los chiquillos, cuando estaba allí, también me hacía un feo cada vez que podía. Me miraba atravesado y con una cara de ogra que no quieras tú verla. Motivos le sobraban, después lo comprendí, pero entonces yo no sabía de la misa la media y aquello me hacía sentirme más inoportuna que una novia en velorio.

Ni a respirar me atrevía delante de la mujer del panadero. Me sentaba en una esquina del sofá, rezaba padrenuestro tras padrenuestro y no me movía hasta que pasaban un par de horas y me levantaba para irme. Daba las buenas tardes y nadie me contestaba, así que arrancaba para mi casa con un alivio como si acabara de orinar después de estar medio día aguantándome. Una verdadera tortura eran aquellas visitas obligadas.

Una tarde llegué, mandada por Bárbara Bridas, como siempre, y los muchachos habían salido con su madre. El panadero de rareza estaba en la casa cuando yo iba, o si estaba, enseguida espantaba para la calle. Pero aquel día se quedó y me preguntó muy amable si quería mirar la televisión con él. Ellos habían comprado uno de los primeros televisores que se vendieron en Cuba. Tenían una consola grande de la RCA Víctor en la sala.

Me siento al lado de él sin sospechar nada, porque ya te he dicho que entonces yo no tenía ni gota de malicia. Confiada que es una cuando niña. Y qué te crees. El descarado ese me metió la mano entre las piernas, me bajó el blumercito y me tocó hasta el hígado. No me hizo más porque de pronto Dios me iluminó. Dios o el susto de muerte que tenía, y me levanté y le dije que mi papá me estaba esperando, discúlpeme por favor, señor, pero yo me tengo que ir.

El panadero, Ñico se llamaba, ahora me acordé del nombre del hijoeputa, se quedó con las ganas en la punta del rabo. Y yo salí de allí como alma que lleva el diablo. Llegué a mi casa llorando a moco tendido y sintiendo todavía los dedos de aquel degenerado raspándome la vida. Me metí en mi cuarto y me escondí debajo de las sábanas, aunque estábamos en agosto y hacía un calor de espanto. Pipo, el pobre, fue varias veces a preguntarme qué me pasaba y si me sentía mal, pero yo muda. Cómo se lo podía contar a él, hablarle de esas cosas. Me hubiera muerto de la pena. Aquella noche no dormí.

Con mima era distinto, pensaba yo dando mil vueltas en la cama. En cuanto estuviéramos las dos solas se lo diría. Y ella hablaría con Pipo y entonces él saldría corriendo y le daría una pateadura olímpica al atrevido. O un buen machetazo en los huevos. Y mima me defendería también. Le caería atrás a Ñico con un palo de escoba y se lo partiría en los tarros para que aprendiera a no ser tan abusador.

En esa época pasaban un programa de radio que se llamaba *El alma de las cosas*. El locutor decía al inicio, con la voz engolada: "Las cosas tienen alma, cuando nos cansamos de usarlas van al rastro del olvido y guardan nuestros más íntimos secretos, porque son testigos de nuestros momentos íntimos". Y yo temblaba, imaginándome lo que podría contar la RCA Víctor que había en casa de Ñico, si le daba por chismorrear.

Aunque no había sido mi culpa. O tal vez sí, por sentarme al lado del panadero lujurioso. A lo mejor yo había cometido un pecado mortal sin darme cuenta. Había incumplido el sexto mandamiento. O el séptimo. No me acordaba ya. Pero cómo iba a saber que los hombres eran tan asquerosos. Tendría que confesarme. Nadie me lo había dicho, nadie me había abierto los ojos, las monjas no nos daban esas lecciones en el colegio. ¿Y si el cura no me absolvía? ¿Y si me toqueteaba él también?

Al otro día, un poco más calmada, fui a hablar con Bárbara Bridas. A quién se lo iba a decir, a no ser a mi madre. No le iba a ir con el cuento a la frutera de la esquina o al chino de la venduta. ¿Pero tú piensas que ella me creyó? ¿Tú piensas que se preocupó por mí en lo más mínimo? Para nada.

No pude terminar de decirle lo que me había pasado. Ni acabarle la historia pude. Me cortó en seco como se corta el hilo de un papalote. Para que me cayera a tierra y me hundiera en un cenagal. Había empezado a contarle cómo Ñico me metía el dedo cuando de pronto se levantó hecha una fiera, fue para el cuarto y agarró un cinto gordo de piel. Se lo quitó a unos pantalones de Pipo que estaban colgados detrás de la puerta y vino para arriba de mí y me dio una entrada de cintarazos tan fuerte que me dejó marcas coloradas en las nalgas y el pecho por un montón de días.

No vuelvas a hablar mal de los mayores, so asquerosa. Bángana. Qué mentirosa y qué cochina estás. Bángana. Cuidado con decirle nada de esto a tu padre porque te voy a arrancar la lengua como le vayas con el chisme. Bángana. Indisponiéndola a una con los vecinos. Bángana. Inventando porquerías tan chiquita y tan murruñosa como estás. Bángana.

No sé qué fue peor, si el que no me creyera o los golpes tremendos que me dio. Y a la semana justa del manoseo me volvió a mandar para la casa del panadero como si no hubiera pasado nada. Eso fue el colmo de la perversidad. Pero yo no era boba. O empezaba a dejar de serlo, porque si algo le abre las entendederas a la gente son los golpes. Mientras más duro te dan, más rápido aprendes.

No volví por casa de Ñico. Me hice amiga de Martica Ferrás, una pecosita muy salpicona que vivía en la otra cuadra. Y ella, que sabía hasta dónde el jején puso el huevo, me enseñó unas cuantas verdades que yo no sospechaba siquiera que existieran. Fue mi primera amiga. Siempre le voy a agradecer que me pusiera frente a frente al mundo de los mayores aunque rompiera en cien pedazos lo que quedaba en mí de ilusión infantil y de pupila de las monjas.

Bárbara le pega los tarros a tu papi con Ñico el panadero, me contó Martica muy seria. El barrio entero lo sabe, yo no sé cómo tú no te has dado cuenta, chica. Y yo espantada porque a Pipo le decían el Cabrón de los Espejuelos y a mi madre La Charca, pues todo el que quería llegaba y se mojaba en ella. Y también se decía que vaya usted a saber de quién era hija yo, si del propio Ñico o de Tomás el carnicero o de un sargento jovencito de la Quinta Estación.

Figúrate cómo me quedaría yo con esos informes. Yo que había vivido en el limbo hasta entonces, creyendo igual que una cretina todo lo que me decía mi mamá y venerándola como a la imagen hembra de Dios. Figúrate cómo me quedaría. Patidifusa. En ese momento dejé de creer en ella y creo que por reflejo, dejé de creer en la Virgen y en el mismo Jesús.

Sentadas las dos en el portal de su casa, meciéndonos en un columpio azul como las niñas inocentes que ya no éramos, Martica y yo nos pusimos a atar cabos. Nos dimos cuenta de que tu bisabuela me mandaba a jugar con los hijos del panadero para quitarme del medio. Así podía acostarse en su propia cama con el querindango mientras Pipo andaba por la calle vendiendo espejuelos y yo en casa de Ñico. Por eso la mujer del tipo me miraba con tan mala cara. Por eso Ñico se desaparecía en cuanto yo llegaba, hasta aquella tarde en que se le encendió el bombillo de la picardía y quiso comprobar si yo era tan alebrestada y tan puta como la que me parió.

Porque puta era, y de la clase más indecente. De las que ni siquiera cobran. Lo único que le interesaba era tener quien la rascara por debajo. El marido y la hija que se jodieran. Que anduviéramos en boca de la gente, que nos criticaran a todos, que nos cogieran bien para el relajo. No le importó que el Ñico me hubiera toqueteado, o quizás se puso celosa de mí. Sí, si a mano viene me entró a golpes por celos. Yo no lo dudo. Ella era capaz de eso y de cosas peores. Después lo comprobé.

Lloré mucho en aquellos días. Más que con *El collar de lágrimas*. Más que cuando a María Elena del Junco le quitaron al hijo en *El derecho de nacer*. Entonces comprendí que la vida no es como en las radionovelas, donde al final los malos como Don Rafael se vuelven buenos o se mueren o se van para el carajo. No, en la vida real los buenos son los que se joden. Los malos siguen dando guerra, vivitos y coleando hasta los ochenta años, y para mayor desgracia con salud.

La del panadero fue la primera hijaeputada que Bárbara Bridas me hizo. Por lo menos la primera que yo recuerdo. Si hubiera sido sólo ésa, a lo mejor la perdonaba. Pero como te dije, luego vinieron muchas más.

Otra maldad que no tiene perdón de Dios fue que no hizo el menor esfuerzo por ayudarme a entrar en la universidad. Al contrario, me puso bastantes piedras en el camino diciéndole a mi padre que aquello era una pérdida de tiempo y de dinero. Yo sé que si ella se hubiera empeñado, habría convencido a Pipo para que me comprara los libros, que no eran ni tan caros, y me pagara la matrícula. Mi sueño era ser abogada y dictar sentencias como si estuviera en La Corte del Pueblo. O al menos estudiar para maestra en la Escuela Normal, que cualquier muchacha lo conseguía por pobrecita que fuera la familia.

Pipo no era partidario de gastar un centavo en estudios superiores. En primer lugar porque era un tacaño de siete suelas, y en segundo porque no tenía visión del futuro. No entendía que mientras más instruida es la gente, menos trabaja y gana más. Eso no había forma de metérselo en la cabeza. Ahora, si Bárbara Bridas me hubiese apoyado, entre las dos habríamos conseguido que me costeara la carrera. Total, si ella lo manejaba a su antojo, lo moldeaba como si él fuera de plastilina. En la casa de nosotros se hacía lo que decía tu bisabuela. Pipo era el paganini nada más.

Después de salir del colegio de monjas entré en el Instituto de La Víbora. Yo estudiaba todas las noches, no como tú que de rareza haces la tarea de la escuela. Terminé mi bachillerato con buenas notas. No sería una eminencia, pero tampoco una mula cerrera. Y tenía la voluntad de superarme, de ser alguien. En esa época las mujeres empezaban a trabajar en la calle, ya no eran sólo amas de casa, costureras o criadas. La mayoría de mis compañeras fue directo a la universidad. Algunas hasta recién casadas, con permiso de sus maridos. Martica Ferrás se matriculó en la facultad de filosofía y letras. Qué envidia me daba cuando la veía salir todas las mañanas con su cartapacio lleno de libros.

Cuánto le insistí a Bárbara Bridas para que me diese una carrera. Hasta llorando se lo supliqué. Pero ella no, hija, no, suerte te dé Dios, que el saber poco te vale. Quién ha visto una mujer abogada. Qué ridiculez, para que la gente piense que eres marimacho y no encuentres a nadie que cargue contigo. Y maestra normalista, para qué. Maestricas recién graduadas son lo que sobra en este país. Si no te dan aula, luego qué haces con el título. Te lo comes o te limpias la tota con él. Ponte a trabajar primero, establécete, hazte de un sueldo, y después ya veremos. Y al final pasó lo de siempre. Ya veremos, dijo un ciego y nunca vio.

Hazte de un sueldo, así me dijo. Según ella, para que fuera independiente. Pero la muy descarada nunca quiso independizarse, qué va. Toda la vida se la pasó agarrada de Pipo como una garrapata hambrienta. Tarreándolo y chuleándolo, sin vergüenza ninguna. A última hora, ya vieja y cañenga, fue que se colocó de limpiapisos para hacerse la muy trabajadora. O a lo mejor porque sabía que mi padre estaba ya para morirse y que conmigo no iba a poder contar ni para que le diera un quilo prieto partido por la mitad.

Yo sí tuve que sudar la camisa desde jovencita. A los dos meses de graduarme del Instituto empecé a trabajar, qué remedio me quedó. Tenía diecinueve años cuando me coloqué de dependienta en la quincalla de un polaco que se llamaba Zasacki. Por las noches ayudaba a Pipo a llevar las cuentas de su negocio. Así, cuando compramos el local de los bajos para poner la óptica no hubo necesidad de contratar empleados. Para eso estaba yo, que ya tenía experiencia con la clientela.

Pipo no me pagó nunca un sueldo regular, ya te dije que tenía la avaricia metida en los huesos como una enfermedad de putas. Esta tienda va a ser tuya un día, me decía, qué más quieres. Si te estás afanando, a fin de cuentas lo haces para tu provecho futuro.

Ja.

Para decirte la verdad, yo no le trabajaba de gratis por completo.

Él siempre me dejaba quedarme con un par de pesos al cuadrar la caja cada noche. Y cuando había habido buena venta, hasta cinco. Más alguna que otra propina que me dejaban los clientes. Era un dinerito para alfileres, como se decía antes, aunque a mí me parecía la fortuna de un príncipe.

Entonces yo todavía conservaba la ilusión de los estudios. Pensaba que si Pipo se hacía rico pronto, pondría dependientes a sueldo y yo entraría a la universidad en el curso nocturno. Además, tenía su gracia eso de poder contar con alguna plata propia. Por primera vez pude comprarme ropa buena en Fin de Siglo, maquillarme con productos Revlon, americanos, y presumir. Pero la alegría en casa del pobre dura poco, como reza el refrán.

Eso sí, tu bisabuelo, con todos sus defectos, mantenía la casa él solo. Jamás de los jamases Bárbara Bridas contribuyó con un centavo, y lo que él me daba a mí a fin de mes, igual que lo que me pagaba el polaco Zasacki, era todo para echármelo encima. Pipo tendría sus tacañerías, pero era muy buen padre de familia. Por eso te digo que no hubiera sido tan difícil convencerlo para que me pusiera a estudiar. Pero a qué seguir envenenándome la vida con esa cantaleta. No estaba de Dios.

Cuando intervinieron la óptica me coloqué en una tienda del gobierno. El lema de esa época era o te aclimatas o te aclijodes, y nadie se quería joder. Y el dilema era la salida del país. Irse o quedarse. Dejarlo todo y zumbarse a pasar frío y trabajos en el norte o capear el temporal aquí en espera de que cambiase el viento. Yo era muy joven y muy poca cosa para decidir por mí misma, pero creo que si me hubieran dado a escoger hace ratón y queso que viviría en Miami.

Martica Ferrás se fue por el Puente Aéreo de Varadero. Otros salían por México, por Costa Rica, por Panamá, por España. Ojalá nosotros hubiésemos hecho lo mismo. Estaríamos establecidos en la Florida, con casa y carro, igual que toda la gente que se largó a tiempo y rehízo su vida. Yo estaría retirada ya, con una pensión que me sirviera para comer al menos, no estos salaos cien pesos que no alcanzan ni para quince días.

Bárbara Bridas, que no tiene un pelo de boba, enseguida vio lo que se nos venía encima. Trató de convencer a Pipo para que sacase los pasaportes y comprara los pasajes, cuando todavía se podían comprar en pesos cubanos. Pero él no quiso. Se le ofuscó por completo el entendimiento. Ahí falló. Se hundió como una piedra en el agua y nos hundió a todos con él.

No es que lo hiciera por maldad, sino por candidez. Por comemierdería en bandeja, vaya. Pensaba el infeliz que en cuanto se virara la tortilla le devolverían el negocio, y que Fidel Castro no duraría ni un año en el poder. Cuando se convenció de que esto no tenía vuelta atrás era demasiado tarde. Entonces había que contar con alguien afuera que reclamara a la familia y pagara el pasaje en dólares. Nosotros teníamos a Dios en el cielo y a nadie en la tierra, así que no nos quedó más remedio que recondenarnos y quedarnos aquí.

Pipo se enfermó de la rabia, por culpa de la intervención y por los miles de pesos que le quitaron cuando el cambio. Lo que le pagaron de compensación por la óptica fue una reverenda basura. No quedó más remedio que buscar una entrada de dinero por otra parte. Tu bisabuela no sabía ni quería hacer nada y él, con una pierna inválida y todo jorobeteado tampoco podía trabajar ya. Así que yo fui la que le dio el pecho a la situación.

Aunque los estudios ya no costaran, quién iba a estar pensando en la universidad con un tullido en la casa y teniendo que trabajar. Luego conocí a Esteban, me casé y vinieron las tres barrigas, una detrás de otra.

Con los muchachos me acabé de machacar. A fin de cuentas no fui a la Normal ni entré a la escuela de derecho ni conseguí nada en la vida. Me pasmé como un aguacate verde. Me frustré.

De ahí que tuviera tantas esperanzas puestas en tu madre, la inteligentuda. Que una hija mía se graduara de la universidad, qué ilusión. La primera titulada de la familia, si hasta me parecía demasiado bueno para ser realidad. Y por supuesto, *nunca* fue realidad.

Erny hizo su técnico medio en economía y se plantó como los burros. Ni el periódico lee, aunque verdad es que para las sandeces que trae el *Granma*, mejor lo usa una para limpiarse el culo y algo se saca de los diez quilos que cuesta. Y Catalina desde que salió del Pre se hizo dirigente, según ella. Dirigente que para mí es lo mismo que nada entre dos platos, porque para trabajar en una oficinita provincial del partido no hace falta saber ni la tabla de multiplicar. Mira que le caí arriba para que estudiara medicina, que entonces se la daban a cualquiera aunque tuviera notas bajas. Mira que le rogué para que se hiciera abogada o arquitecta o veterinaria. Ella, con lo comecandela que era, hubiera podido escoger la carrera que más le gustara como quien coge mangos bajitos. Con pedirla le habría bastado, pero no le salió de las entrañas ni llenar la boleta de matrícula a la universidad. Lo suyo era vivir la dulce vida y pasarse los días echándose fresco detrás de un buró, limándose las uñas.

No era bruta, eso no. A cada rato me la encontraba con un libro en la mano, de lo más concentrada. Le gustaban las novelas románticas igual que a mí, y las historias de detectives. Tampoco sacaba malas notas, aunque nunca fue brillante como tu madre. Pero haragana a matarse sí que era. Una repochá. Por eso yo nunca esperé nada de ella. Y ya tú ves. Ahora escribe que está trabajando de peluquera allá en Miami y que se ha puesto a estudiar inglés. Menos mal. Porque si no, se muere de hambre. En otros países la gente no puede vivir del cuento como aquí.

Tu madre era distinta a sus hermanos. O parecía serlo. Por un tiempo fue mi preferida. Lo mejor de la casa era para ella, aunque los otros protestaran. Que quería libros, pues me zumbaba yo a La Moderna Poesía y le compraba todos los que quisiera y costasen los que costasen. Que una maleta nueva para la escuela, pues me las arreglaba para cambiarle a otra empleada unos metros de tela por la mejor maleta de vinil que sacaran en las tiendas de la Manzana de Gómez. Aunque después se la robaran en el aula porque mira que Elsa era, y es, distraída. Por Dios.

Lo hacía porque la consideraba especial. A fin de cuentas tu madre era la única que estudiaba en épocas de exámenes, la única que no usaba los periódicos nada más que en el baño, la que escribía sin faltas de ortografía, la que ganaba todos los concursos de español y de matemáticas. La alumna estrella, aunque no se supiera defender y dejase que le robaran y le dijeran Monga y Media. Cierto que nunca llegó a echar fondillo ni a sacar tetas, pero no se puede ser inteligente y linda a la vez. No sería justo.

Mi idea era que, si se quedaba solterona, por lo menos tuviera un título que la respaldase. Ya me lo imaginaba colgado en la pared, en un marco de madera, debajo de un cristal como los zapaticos de rosa. Elsa Velázquez, Licenciada en Filología por la Universidad de La Habana, año tal. Que se haga profesora o algo así, soñaba yo. Que firme Lic. Velázquez. Y que gane bastante dinero, para que no necesite que nadie la mantenga ni ningún hombre la venga a sopetear.

El que vive de ilusiones muere de desengaños. Ya lo dijo quien lo dijo y qué razón tenía el muy desgraciado. No había terminado el segundo año cuando se le ocurrió quedar preñada y dejarme los estudios como quien deja un andrajo en la basura. Nunca se lo voy a perdonar, para que lo sepas. Nunca.

Todo lo tiró por la borda. Todos los libros que se había leído, todas las veces que se habían burlado de ella en el aula por sabihonda, todos los nombretes que le habían puesto, todas las escuelas al campo a las que fue a pasar hambre para no perder el derecho a la universidad, todas las noches que estuvo estudiando hasta la madrugada, todos los novios que no tuvo, todas las fiestas de los sábados a las que jamás fue. Todo echado al vacío, hecho polvo y mierda.

La fe que yo tenía en tu madre se destrozó como se me había destrozado antes la fe en la mía y en Dios. Se hizo pedazos igual que un espejo que se revienta contra el suelo. Entonces recogí los trozos de vidrio y los lancé a la calle para no verlos más. Después de aquel desastre que viniera el diluvio, que yo ni me iba a guarecer. A la puñeta la universidad, a la puñeta el título, a la puñeta el mundo, a la puñeta ella misma, la imbécil redomada. Monga y Media no, Monga Completa. Pst.

Y una vez, al cabo de los años, me viene a decir con su cara tan fresca que quería tomar clases otra vez. Que estaba pensando en regresar a la facultad. Que si yo la podía ayudar contigo, que estabas chiquitica, pero que ya jodías como carajo, para empezar a estudiar por la noche.

Dime si no era para matarla. Será descarada para venir a engatusarme de nuevo. Será poca vergüenza. Después del desengaño que me llevé con ella, después de todos los esfuerzos lanzados a la calle en un minuto, volver a empezar otra vez. Volver a entusiasmarme, para que me hiciera otra barranada. No, hombre, no.

Me dio tanta rabia, chica, que le di un bofetón y le dije que me claven en el culo lo que tú vas a estudiar. Que me lo claven en el mismo centro, vaya. Uf.

Bueno, de eso yo no te puedo decir gran cosa, y no porque no haya tratado de averiguar, pero tu madre es una tumba clausurada. Ella ha dado a entender, con mucho misterio, que tú eres hija de uno que fue maestro suyo, un profesor de la universidad. Por ahí se corre que el hombre trató de irse para el norte en una balsa y se ahogó. Que se fugó con otra alumna de él y que dejó mujer y un par de hijos detrás. Que enseñaba marxismo nada menos. Ahora, a mí no me creas. Yo a ciencia cierta no sé nada, porque Elsa, cuando dice a callarse, se cierra más que un llavín Yale.

Fue hace un montón de años, los mismos que tú tienes. A tu padre, digo, si es que ése era tu padre, yo no lo conocí a derechas. Nada más que lo vi un par de veces por el balcón, cuando él venía a buscar a Elsa y la llamaba desde allá abajo. Sí, era un tipo importante. Imagínate que tenía carro y todo, un Lada gris. Pero era mayor que ella, y casado. Por eso no daba la cara.

Creo que en Cuba no está. El fulano se desapareció, ahogado, huido o lo que fuera, meses antes de que tú nacieras. Nunca se volvieron a tener noticias de él, dicen. Y era medio mulato, dicen también. Oriental. De Banes o de Holguín o de casa de yuca. Un guajiro de mierda, encumbrado por este gobierno. Nada más.

Será verdad o no lo será. Cuando tú seas grande, mete el dedo y averigua con Elsa. A mí ya qué me importa. Pero acuérdate de esto que te voy a decir. Tu padre, si está vivo, es un arrastrado. Porque no ha dado ni mandado un centavo para mantenerte, no te ha venido a ver ni una sola vez. Si Elsa no se espabila y se pone a trabajar como una mula, ya se hubieran muerto de hambre tú y ella.

No te rías, que esto no tiene gracia ninguna. No te rías.

Ahora veremos en qué paras tú, que buena percha eres también. A mí no me engañas como a tu madre. Tú te estabas burlando de nosotras, por eso no nos contestabas cuando te llamamos hace una hora. No pienses que se me ha olvidado el mal rato que nos hiciste pasar por gusto, so malcriada. Te encanta mortificarnos y jugarnos cabeza.

Mira, Beiya, déjate de estupideces porque te voy a dar un soplamocos que vas a vomitar los dientes junto con el alma retorcida que tienes. Hazte la que no nos oías cuando yo, yo misma, estuve dando gritos hasta desgañitarme. Anda, si no hay ruido de guaguas, si los camellos están que pasa uno cada hora y media. Qué ruidos de la calle ni un cará.

Dime si te quedaste todo el rato en el balcón. Contéstame, niña. Dime si tu bisabuela entró al cuarto durante ese tiempo. A qué cuarto va a ser, al de nosotras. Ya sé que ella dice que estuvo en la cocina preparando las papas. Es lo que quiere hacernos creer. Pero quién sabe. Con este apagón puñetero, cómo una va a seguirle los pasos a nadie. O Bárbara Bridas vino muy calladita para acá y sacó los dos billetes del escaparate, o alguien se metió en el apartamento sin que nos enterásemos, abrió la puerta con mi llave y se los llevó. No hay más vueltas que darle.

Ay, Beiya, ya te dije que no hablaras más boberías. Qué fantasmas ni qué aparecidos. Yo no creo en espíritus. Ni en diablos ni en ángeles de la guardia ni en la madre de los tomates. Ésas son paparruchas y cuentos de Callejas. De los vivos, niña, de los vivos es de quienes hay que cuidarse las espaldas. Los muertos, como el pobre Esteban, se quedan muy tranquilos en sus tumbas. No roban, no pegan tarros y no se ponen con hijadeputancias.

La ladrona es Bárbara Bridas, ponle el cuño. Yo no creo que haya sido un extraño. A ver, piensa tú misma. Cómo un desconocido, que no tenía por qué saber dónde yo guardaba el dinero, iba a ir derecho para mi escaparate, a buscar justo debajo de los blúmeres y a salir luego sin tropezar con nada ni con nadie. Todo eso en medio de una oscuridad que ni las manos se ven, y con tres personas mayores alrededor. Aun suponiendo que tuviese mi llavero, es imposible.

No seas boba. Los doscientos dólares están todavía aquí. De eso puedes vivir convencida.

Óyeme lo que te voy a decir. Si yo compruebo que Bárbara Bridas se cogió ese dinero, la voy a arrastrar por las escaleras. Y no va a llegar con los huesos sanos abajo, eh. La voy a patear bien pateada, hasta que suelte las tripas por la boca. Hasta que la reviente. Te lo advierto para que no te agarre de sorpresa cuando pase.

Eso era lo que yo tenía que haber hecho hace mucho tiempo. Desbaratarle la cara. Despendejarla cuando me robó. O antes incluso. Cuando trató de quitarme a mi marido, que ni al pobre Esteban, que en paz descanse, respetó la muy bollo loco.

No chives, Beiya. Ella ya no es mi madre. Una perra sería mejor madre que ella, chica. Una perra de la calle. Por eso yo la llamo por el nombre. Mi madre será la del vinagre, porque lo que es Bárbara Bridas, ni de juego. Para mí es una extraña. Te lo digo como si estuviera parada ante las propias barbas de Dios.

Tú no te puedes acordar del lío con Esteban porque fue hace un burujón de años. Ni Elsa había nacido entonces, si fue al principio de mi matrimonio. Resulta que una tarde regreso yo de la tienda temprano, pues una compañera que tenía carro me había dado botella. Y al entrar a mi cuarto, a quién te imaginas que veo sentada en mi cama, conversando con mi marido como si fuera el suyo, con las patas abiertas de par en par y enseñando muy puercamente la florimbamba peluda.

Exactamente. A tu querida bisabuela, en cuerpo y alma. En carne puta y hueso descarado. A esa vieja que parece tan apocada y tan mansita ahora. Había ido a meterse al cuarto con no sé qué pretexto, para ver si podía levantarme al macho aprovechándose de que yo no estaba allí. Acostarse con él en mi propia cama, sobre mis sábanas muy limpias, y luego irlo contando por ahí.

Ah, porque ésta es otra de sus malas mañas. La mayoría de las mujeres que pegan tarros, y los hombres lo mismo, al menos tienen la delicadeza de callárselo, de hacerse los decentes por el propio recato y por la dignidad de sus familias. Lo niegan hasta la muerte. En esos casos, se dice, más vale ser mártir que confesor.

Pero Bárbara Bridas no es así. El que quisiera oírla se enteraba en un dos por tres de que se había acostado con un carajonal de tipos. Poco le faltaba para publicar la lista de los tales en el *Diario de la Marina*, más lo que hacía con cada uno. Se ufanaba de sus conquistas, como le gustaba llamar a las puterías. Se llenaba la boca para contar que su papaya tiraba con más fuerza que la de nadie y que los hombres le corrían detrás engolosinados, como si tuviera un cofre de brillantes por allá abajo. Qué falta de escrúpulos, de pudores, de todo.

Pipo tenía también su parte de culpa, por no encarársele y darle una soberana tunda cada vez que la sorprendiera fuera de base. A palos por el lomo debió haberla tratado. A leñazo limpio en cuanto la agarrase mirando para una portañuela ajena. Bángana. A lo mejor con ese tratamiento se le hubiera quitado la picazón. Cualquier otro marido ya le hubiera dado un escarmiento o la hubiese botado pal demonio, ni que estuviera ella tan buena ni tuviese tan buen culón.

Es que Pipo era un comemierda. Y ella una artificiosa. Tanto hablar de sus queridos, de los fijos y los corridos, y a la hora del cuajo se volvía una masa boba, una plasta de vaca puesta al sol. Ni menearse sabía. Esto no lo estoy inventando, sino que me lo contó a mí Manolo Peña, uno que fue templante de ella y que se puso a enamorarme a mí después que se murió Esteban. Porque Bárbara Bridas se echaba a hombres más jóvenes, que si a mano vienen hasta le cogían dinero, pero ella con tal de tener quién la rascara aguantaba hasta a chulos indecentes.

Manolo Peña estuvo dándome vueltas varios meses. No, qué va, no llegamos a nada. En primer lugar, no me gustaba su figura: medio encorvado que era y orejón como un burro. Pero ni aunque me hubiese gustado. Conque se hubiera acostado con ella ya estaba borrado del mapa de la cama para mí. Qué asco. Fo.

Qué tú dices. Ah, no, entre Esteban y Bárbara Bridas no pasó nada. Porque llegué yo y no les di tiempo para armar el relajo, que si no, sabe Dios. Los hombres, por más buenos que sean, tienen que hacer su papel de machos para no quedar como pájaros ante ciertas mujeres. Figúrate, con la boca que se gasta esa vieja cochina, lo hubiera desprestigiado por toda La Habana si ella le daba un chance y él no se la dormía.

Aquella vez yo le armé el escándalo a Bárbara Bridas, que era la que estaba metida en el cuarto sonsacando al otro. A tu abuelo, que en paz descanse, no le dije ni pío. Por qué, si él no había hecho nada malo. Estaba muy tranquilo reposando, fumándose un cigarro, cuando llegó la otra a brincarle el mono delante como cualquier puta del barrio de Colón.

Esteban era un alma de Dios. Para él no existió nunca más mujer que yo. No miraba a las mulatas culonas cuando le pasaban por el lado ni a las muchachitas en shorts que andan por la calle sin ajustadores alebrestando al mundo. Cuando se iba de viaje a provincias me extrañaba tanto que no dejaba de llamarme ni un solo día. Un bendito era. Se fue directo al cielo, y todo por buscarme un cake el día de mi cumpleaños. Que Jesús lo tenga con él allá en la gloria, amén.

No te rías, niña. Voy a pensar que eres como tu bisabuela, una tarántula sin sentimientos.

Ay, cómo lloré cuando se murió mi marido. Cómo lloré ese día. Creí que iba a caerme redonda con un patatús cuando nos llamaron del hospital para decir que le había dado un infarto. Suerte que tu tía Catalina se ocupó de todos los trámites con los médicos y la funeraria. Yo me hubiera muerto con él si tengo que verlo tieso en una cama, sin moverse ni respirar.

A poco de quedar viuda, yo me puse muy enferma de los nervios. No podía dormir ni tomándome tres meprobamatos. Me daban unos escalofríos en cuanto empezaba a coger el sueño y de repente, prácata, me sentía caer a plomo desde lo alto de un precipicio. Me despertaba de un tirón, sudando, con los ojos de este tamaño, y no había manera humana de que me durmiera otra vez, por miedo a que se repitiera la pesadilla. Y si no me despertaba más. Y si me reventaba al chocar con la tierra. Figúrate.

Era para volverse loca. Todas las noches, sin faltar una sola, me pasaba lo mismo. Adelgacé muchísimo y me salieron unas ojeras que me llegaban hasta la barbilla. Entonces una amiga me aconsejó que no durmiera sola. Échate otro marido, me dijo, o búscate alguien que se acueste al lado tuyo, porque lo que tú tienes es miedo a la cama vacía.

Aquello me parecía un poco raro. Antes, cuando Esteban viajaba por su trabajo, que al pobre siempre estaban mandándolo de inspección a Pinar del Río o a Las Villas, yo me quedaba sola muchas noches y nunca tuve el menor problema. Pero al fin me decidí a dormir acompañada otra vez, a ver si resolvía la situación. Primero le pedí a Elsa que viniera para mi cama, pero no quiso. Mima, olvida el tango. A mí me gusta leer hasta tarde y a ti te molesta la luz. Catalina tampoco se prestó. La muy zoqueta hasta me amenazó con becarse en el campo si le seguía insistiendo. Y como no era cosa de meter a otro macho en mi cama, no me quedó más remedio que apencar con tu bisabuela.

Remedio santo. Enseguida que ella vino a dormir conmigo se me quitaron las pesadillas, o lo que fueran, y volví a la normalidad. Lo que yo tenía era una influencia oscura, un diablo escapado del infierno dándome vueltas alrededor. Pero hasta Lucifer le cogió miedo a la otra y se alejó corriendo. Imagínate las espuelas maléficas que se gasta la doña.

No me interrumpas, Beiya. Verdad que normalmente yo no creo en espíritus ni en demonios colorados, pero algunas veces no me queda más remedio que creer. Las monjas de mi colegio hablaban mucho del infierno y algo de cierto debe de haber en eso. Cómo tú explicas lo que me pasaba, eh. De esta tierra no provenía. Ahora, una cosa son las malas influencias que se atraviesan en el sueño de la gente, y otra los ladrones de carne y hueso que roban dólares. Para qué carajo va a querer un espíritu, por jodedor que sea, doscientos fulas. No fastidies.

Las ocurrencias raras son hijas de la oscuridad. Si tú supieras. A veces, por la noche, cuando Bárbara Bridas está a mi lado y siento su calor y su olor a cigarro, me parece que todavía la quiero. Me dan ganas de apretarme con ella, de pedirle que me dé un beso como cuando era chiquita y que me diga Dios te bendiga, niña. Me entran unas ganas muy tristes de llamarla mamita. En esos momentos me siento como la canción que dice te odio y sin embargo te quiero. Te odio y no puedo olvidarte. Pero llega la luz del día y empieza ella a hacer de las suyas y lo que se me antoja entonces es cortarle el pescuezo a la muy sangrona para que no fastidie más.

El asuntico del querido, ah sí. Lo que dijo, lo diría para conquistarme, porque los hombres son todos unos puercos. No piensan más que en asquerosidades y se equivocan creyendo que las mujeres somos iguales a ellos. A algunas, como tu bisabuela, no dudo que se les alebreste la chocha al oír esas cochinadas. Pero a mí no. Yo siempre he sido decente y muy de mi casa.

A lo que iba, él me juró que Bárbara Bridas no sabía dar cintura. Que no se calentaba cuando hacían sus porquerías, y trabajo costaba que se viniera. Que era una masa boba encuera en pelota. Así que todo lo de ella es vicio y agua sucia. Mucho hablar indecencias y pare usted de contar, porque ni hacerlas sabe. Uf.

Qué envidia me das, Beiya. Ojalá yo tuviera once añitos de nuevo. Porque es horroroso llegar a vieja, mi hija. Y no sólo llegar a vieja, aunque eso de por sí es jodido: encontrarte con los pellejos flojos, las tetas blandas y la boca sin dientes, sino además caer en la cuenta de que no has logrado nada al final. Pero nada. Que te vas a morir pelada, igual que naciste. O peor, porque te llevas los palos contigo. Es lo único que he recibido sin miseria en esta puta vida. Palos para llevar y para repartir.

Yo nunca tuve una oportunidad. Si hubiese podido tan siquiera vivir en mi propia casa. Aunque fuese otro apartamento o un cuarto de solar de tres metros cuadrados, que yo no pido mucho. Cuatro paredes y un techo, pero que me separasen de los demás, especialmente de quién tú sabes.

Hay gentes a las que les ofrecen un dedo y se cogen la mano entera, pero a mí no me han dado ni la uña de un pulgar. Ya tengo canas por arriba y por abajo y todavía sigo amarrada a Bárbara Bridas igual que cuando era una niña y me mandaba a jugar con los hijos del panadero. Estoy pegada a ella como la vista al ojo. Y ya no me quedan ni esperanzas de libertarme. Lo nuestro es hasta que la muerte nos separe. Cadena perpetua. Condenación eterna y sin final.

Si hubiésemos podido criar a los muchachos mi marido y yo solos, quizás no hubieran salido unos huevos cluecos como salieron. Elsa sería más despierta, no se hubiese dejado hacer una barriga por cualquier penco. Y tu tío habría salido macho y a lo mejor estaría hasta casado y viviendo aparte con su mujer.

No es que me guste hablar de eso, pero yo te voy a decir a ti una cosa: la mariconería que tiene Erny, a mí no hay quién me discuta que se la provocó tu bisabuela. Ella fue la culpable, por sus tolerancias fuera de lugar y sus amamanteos. En mi familia nunca ha habido pajarracos. Mi hijo no nació así.

A las dos niñas, Bárbara Bridas las trataba de fuera a fuera. Nunca les hizo demasiadas fiestas aunque les aguantase sus malacrianzas. Bueno, igual que hace contigo. Te malcría pero no te mima. Ella no sabe lo que es mimar a una hija o a una nieta o a una bisnieta porque es más desamorada que un puñetero bidet.

Pero con Erny era otra cosa. Una mermelada. Un bombón. Yo jamás tuve la menor autoridad sobre mi hijo porque cada vez que le llamaba la atención por algo, la salá vieja se metía por el medio y me quitaba la razón. Y como ella era la que se pasaba la mayor parte del día con él, porque yo estaba trabajando, pues se aprovechó de eso para moldearlo a su forma y manera. Ahora mismo, tú ves que Erny consigue cinco dólares y no me los da mí, que soy su madre. No, va y se los mete en la mano a la otra. Ni que lo hubiera parido ella.

Bárbara Bridas se ponía con unas exageraciones que tenían que terminar mal. Había subido a tu tío en un altar y poco le faltaba para adorarlo como a un niño Jesús. Lo seguía a sol y sombra. Le llevaba el desayuno a la cama, le abrochaba los zapatos, le cepillaba el pelo antes de dormir, le planchaba los uniformes y hasta se metía en la ducha con él, no sé para qué. Para nada bueno, supongo.

Le estuvo limpiando el culo hasta que cumplió once años. Al chiquito le habían salido sus pelitos, le habían crecido la picha y los huevitos y cuidado no se pajeara ya. A ver si no era para dejarlo que se desenvolviera solo. Ah, pero qué va. Iba el muchacho al baño y atrás corría Bárbara Bridas con un trapo mojado para pasárselo por el fondillo como si fuera un niño de teta. Qué cosa es eso, por tu madre. Qué cosa es eso. Un día me metí junto con ellos, les di cuatro gritos y les prohibí seguir con su depravación. Pero ya era muy tarde. De que me lo maleó, me lo maleó completo.

Todo eso se hubiera podido evitar de haber vivido aparte, ella por un lado y nosotros por otro. Hasta lo dice un refrán: el que se casa, casa quiere. Porque cada uno es como Dios, o como el diablo, lo ha hecho. No es fácil contemporizar caracteres con caracteres, y más si son atravesados y jodedores como el de tu bisabuela.

Te acuerdas de esa película, la que pusieron la semana pasada en Tanda del Domingo. Sí, niña. *Tiempos Modernos* se llamaba, aunque es más vieja que andar a pie y descalzo. Te acuerdas de esa parte en que Charlot y la Gamina están sentados en la acera de un reparto residencial, un barrio de gente rica parecido a Miramar, y se imaginan cómo sería tener su casa allí. Una casa con el carro a la puerta, con una vaca para darles leche directamente en la cocina y un bisté en el fogón.

Algo así soñé yo durante años. Cuando todavía pensaba que los sueños se podían convertir en realidad o la realidad moldearse con la pasta rosada de los sueños, como decían los locutores de la radio.

Soñé con una casa sin vaca, claro, pero sí con bisté. O tan siquiera con una pechuga de pollo esperándome en el refrigerador, no las croquetas que les dicen de oca, vaya usted a saber de qué desperdicios están hechas. Nunca me atreví a querer un carro porque yo no soy tan ambiciosa ni tan gandía, líbreme Dios, pero aspiraba al menos a vivir cerca de una parada de guaguas. Guaguas de verdad, guaguas limpias y que recogieran a la gente a una hora fija, no esos camellos indecentes que pasan cuando las gallinas mean.

Y nada. Nunca conseguí nada de lo que quise. Ni casa, ni bisté, ni pollo, ni título, ni hijo macho, ni hija con diploma de la universidad. Por eso ya yo no pienso en musarañas ni sueño con otra cosa que no sea el pan duro de cada día y los chícharos agusanados que dan en la bodega.

Yo sólo he tenido una época de felicidad completa en mi vida. Sabes cuándo fue, Beiya. Pues los años que pasé junto a tu abuelo, aunque tuviéramos que vivir ayuntados con Bárbara Bridas y aguantándole sus desmanes y puterías. Pero llegaba la noche y cerrábamos la puerta del cuarto, nos metíamos en la cama y todo se nos olvidaba. Hombre más bueno que Esteban no lo ha parido madre. Era un modelo. Yo lo adoraba, por eso, después que él se murió, nunca más me volví a echar marido. Porque ninguno como él, ni parecido siquiera.

En la primera postal del Día de los Enamorados que le escribí, yo le puse con la mejor caligrafía redonda que había aprendido de las monjas:

Del cielo cayó un pañuelo
bordado de mil colores
y en cada punta decía
Esteban de mis amores.

Debajo le marqué un corazón con los labios pintados de rojo Revlon. Todavía anda la postal por ahí, y de esto hace un montón de años. Yo la guardo como oro en paño. Entonces se usaba mucho el romanticismo en las parejas, no como ahora que se conocen hoy y mañana ya se están acostando juntos debajo de unas matas, sin ilusión ninguna, como los perros de la calle.

Te estás riendo otra vez, so guanaja. Riéndote de mí. Pero no vas a molestarme. Total, tú eres una boba en el fondo. Piensas que sabes mucho porque te han enseñado cuatro groserías en la escuela. No, hija, tú no entiendes nada de la vida todavía. Estás en el limbo de la inocencia, metida en el cascarón como los pollos antes de nacer. Mejor así. Aprovecha tu infancia. Aprovecha hasta que tengas que lidiar con los hijoeputas del mundo y chocar día a día con la maldad humana.

A tu edad se ríe y se llora con más facilidad. Ya cuando una es vieja se le curte el pellejo y nada le da frío ni calor. Hay cosas que me incomodan, sí, como las canalladas que me ha hecho tu bisabuela, pero emocionarme, muy pocas. Para decirte la verdad, lo único que me emociona a mí son los recuerdos.

Me acuerdo de la tarde en que conocí a Esteban como si hubiera sido ayer. Yo atendía entonces el mostrador de artículos de hombre en una tiendecita que quedaba por la Avenida Acosta. Las empleadas de aquella época ni pinchábamos ni cortábamos, nos pagaban el sueldo para que estuviéramos de adorno. Allí no se vendía nada porque en el año sesenta y cuatro había cogido la sartén por el mango el general No Hay. No hay ropa, no hay telas, no hay cigarros, no hay fósforos, no hay café, no hay azúcar, no hay leche, no hay carne, no hay. Punto.

En la vidriera no se exhibían más que cuchillas de afeitar, unos desodorantes apestosos y unas corbatas muy chillonas de colorines que estaban en el almacén desde las Navidades del sesenta. Ah, y un cartelito de muerte al invasor o de patria o muerte o de alguna de esas muertes de las que siempre están hablando aquí.

Pues llega Esteban buscando un pomo de brillantina. El alma de Dios no tenía mucho pelo y le gustaba engominarse las mechas que conservaba, para que no se le notara la ruleta en el güiro. Se acerca al mostrador y compañera me hace el favor, tiene brillantina Luz. Y yo ay no, ya se acabó. Era un decir, porque se había acabado hacía más de cuatro meses, pero ésa era la orientación del ministerio. Al que pregunte por algo, contéstenle que se acabó y no le especifiquen cuándo porque no se le puede dar información valiosa al enemigo. Y él usted no sabe dónde pueda comprarla. Y yo, más por darle conversación que por otra cosa, me ofrezco a llamar al Almacén Provincial para averiguar. Y él tan agradecido. Pero el teléfono de la tienda estaba roto y no me pude comunicar con la gente de la provincia.

Quién te dice a ti que se va Esteban pero para volver a la tarde siguiente, todavía con el pretexto de la brillantina. Luego regresó otro día, ya sin excusas. Y otro más. Se había enamorado de mí. Y, poco a poco, yo también me fui enamorando de él.

Esteban trabajaba a media cuadra de la tienda, en unas oficinas de la JUCEPLAN, y cada vez que tenía un chance me daba su vueltecita. Empezamos a conversar y así fuimos entrando en confianza, con calma. Nada de besuqueos ni de apretujones groseros. Qué tiempos aquellos, qué lindo todo. Es que no hay nada como el primer amor.

Un día lo traje por aquí. Yo no era tan zonza como tu madre que nunca obligó al querido ese que tuvo a dar la cara. Yo no. Le advertí a Esteban que si quería salir conmigo tenía que hablar primero con mis padres, y él vino muy correcto. Se apareció esa misma tarde con un paquete de galleticas de María para Bárbara Bridas, y mira que las galleticas estaban perdidas en esa época. Pero él era un hombre muy fino, de detalles.

Después me invitó a comer fuera un sábado. Qué nerviosismo cogí, hasta diarreas me dieron. La noche antes de la salida no dormí. No sabía qué me pasaba. Inclusive volví a rezar, al cabo de tantos años en que no había dicho ni un padrenuestro por casualidad. Le pedí a la Virgen que me protegiera, que todo me saliera bien.

Era el amor, sí, y también que estaba asustada. Tenía miedo de que Esteban se fuera a arrepentir y me dejara plantada en la cola del restaurante o en la mitad de la comida y con la cuenta sin pagar.

Llegó tu abuelo a buscarme y ya yo lo estaba esperando con mis mejores galas. Me puse un vestido de hilo blanco, finísimo, y unos zapatos italianos de tacón alto que había comprado en Fin de Siglo antes de que hasta los blúmeres se pusieran por la libreta. Él me dijo, fíjate si era delicado, que le parecía una princesa salida de las poesías de Rubén Darío.

Fuimos a Montecatini, esa pizzería que queda cerca de Línea. Ahora cobran en dólares y con los precios por las nubes. Siete fulas una lasaña, qué robo a mano armada. Entonces no existía esa división de peso y dólar, pero sí había que zumbarse unas colas imponentes para todo. Si querías ir a cualquier restaurante tenías que llegar por lo menos dos horas antes, y cuidado no cerraran o se acabara la comida antes de que te tocara el turno.

Aquella noche había cerca de cien personas esperando para entrar. Un gentío que ni en las concentraciones de la Plaza. Pero nos vino bien. Porque allí mismo, en medio de la cola y de los quién es el último, Esteban se me declaró. Barbarita, desde que la vi a usted, empezó muy serio. Y por ahí para allá, hasta el usted me acepta como novio. Yo le dije que sí al momento, aunque luego me arrepentí. No quería darle la impresión de que yo era una de esas mujeres fáciles, de las que caen en el jamo sin que el pescador tenga siquiera que menear el anzuelo. Como Bárbara Bridas, vaya.

Esteban me había llevado flores, un ramo de rosas rojas. Me erizo al recordar lo rico que olían. Él era tan cumplido. Después nos comimos una pizza de jamonada cada uno. Se habían terminado los espaguetis y no había servilletas. Yo limpiándome los labios con mi pañuelo blanco, azoradísima. Él pagó. Regresamos en máquina, un botero que Esteban paró al cruzar Línea. Y nosotros besándonos muy calladitos en el asiento de atrás y respirando un cierto olor a gasolina.

A partir de ese momento fue como en las películas. Igualito que en el cine y que en los cuentos de hadas donde se dice y vivieron felices y comieron perdices. Perdices no comimos, porque entonces la cuestión comida estaba malísima, aunque no tanto como ahora. Pero felices fuimos, por Dios que sí.

Si él no se hubiera muerto mi vida habría sido distinta. Y la de Elsa y la de sus hermanos. Siempre un padre impone respeto, aunque Esteban era un poco pasmao, como tu madre. Pero para qué hablar más de eso. Para qué.

Esa música se parece al tema de la telenovela mexicana, tarará tarará. A mí me gusta mirar los programas extranjeros donde sale gente bonita y bien vestida. Gente que viaja por el mundo en yate y en avión y anda en carros modernos por ciudades erizadas de rascacielos. Así me descansa la mente de los retorcijones diarios y de las pestes de La Habana, como si me diera un baño con jabón Palmolive.

Cuando yo era jovencita no teníamos televisión en casa, pero yo, a escondidas de Pipo, ponía el radio bajito por las noches para oír La Novela del Aire. Las radionovelas duraban años y siempre terminaban bien, nada de esos finales abiertos que se usan hoy en día y que no hay nadie que los entienda.

Pero qué raro está esto. Si la luz no ha vuelto en todo el barrio, cómo es que se oyen las voces de los artistas tan clarito, tan cerca. Ésa es la telenovela mexicana, tú. Sí, tienes razón. Seguro que el hijo de Candita, que se está robando electricidad del Emergencias, acaba de prender el televisor.

El televisor. Hasta la palabra me hace daño, me quema la garganta sólo de pronunciarla. El televisor en colores. Ésa fue mi última ilusión. Pero le cayó un rayo y la carbonizó. Por eso yo lo digo, para qué ilusionarse con nada, si todo se lo lleva el diablo al final.

Del televisor tú tienes que acordarte, Beiya, que ya tú habías nacido. Fue cuando todavía funcionaban en Miramar las casas del cambio, donde compraban joyas antiguas y pagaban con los chavitos. Dicen que las van a abrir otra vez. Pero a nosotros no nos queda qué vender, cómo no llevemos el culo. Y para lo que van a darnos por él mejor lo seguimos usando en ciertos menesteres.

Bueno, espérate. Todavía tenemos una sortija de oro, la que te dejó antes de irse tu tía Catalina. Y la llevamos también a la casa de cambio, pero como la piedrecita es falsa, no un zafiro de verdad, no nos daban por ella más que dos dólares. Me pareció una herejía venderla por semejante miseria. Ahora, eso sí, cuídala como a la niña de tus ojos. Si un día se te pierde, mejor te pierdes tú con ella antes de que te entre a pescozones.

Mi antojo de un televisor en colores viene de atrás. Los vi por primera vez en una de las exposiciones de cosas rusas que hacían en el Pabellón Cuba allá por los ochenta. Me quedé alucinada mirando para las pantallas, tu abuelo casi tuvo que sacarme a rastras de allí. Pero en aquellos tiempos a nadie se le ocurría ni soñar con tener un aparato de esos en la casa. Parecían artefactos de ciencia ficción.

Yo le había comprado un televisor viejo, en blanco y negro, a una vecina que se iba del país. Así los muchachos se entretenían por las tardes mirando muñequitos. Pero más era el tiempo que se pasaba roto aquel cacharro que el que funcionaba. Bastante bueno salió, si era una catana del cincuenta y ocho, un Admiral que pedía a gritos el retiro.

Por eso cuando empezaron las shoppings y me enteré de que

había televisores en colores vi el cielo abierto. Aquí me la puso Dios, pensé. Ya Pipo se había muerto, así que yo cogí unos aretes de platino que había heredado de él y los llevé a vender. Hice muy bien, aunque luego pasara lo que pasó.

Analiza esto. Aquellos aretes tenían cada uno un brillante del tamaño de un chícharo. Quién se los iba a poner. Si tú sales a la calle con una cadenita de oro diez y te arrancan el pescuezo para quitártela, quién se iba a atrever a andar por ahí con una prenda de esa categoría. Además, que no hay adónde ir. No me iba a exhibir con mis brillantes en la cola de la carnicería ni esperando porque llegara el pan a la bodega. Qué picuencia.

Luego estaban tu madre y Catalina. Si se los regalaba a una, la otra iba a saltar hasta el techo. No era cosa de hacer como Salomón y darle a cada muchacha un solo arete para que se lo colgara de la nariz. Erny tampoco se iba a quedar callado, con lo breteros que son los maricones. Dios lo perdone. Será mi hijo, pero tiene más plumas que un faisán de la India.

En fin, mejor era no seguir dividiendo a la familia, que ya sin eso nos pasamos la vida fajados como perros y gatos. Me pareció más indicado vender las prendas para comprar algo que todos pudiéramos disfrutar en santa paz.

Cualquiera que no fuera tu bisabuela, tan atravesá, habría estado de acuerdo conmigo. Pero ella no. Porque ella no mira la televisión, ni lee un libro, ni oye el radio. Lo único que le interesa son las suciedades. Luego dice que si yo soy una amargada. La amargada es ella, chica, y cincuenta veces más que yo. Y avariciosa, por remate. No sé cómo no le da vergüenza criticar a Pipo cuando ella es más tacaña y más miserable que él. Peor todavía, porque él era tacaño con el dinero suyo, con lo que él se ganaba trabajando muy duro, pero Bárbara Bridas es una fiera con la plata de los demás.

Se plantó como una mula cerrera en cuanto se enteró de mi proyecto. Ay, cómo se puso. Negra con pintas amarillas. Que esos aretes eran de ella y que se los había dejado su marido y que eran bienes gananciales. Mira con la paparrucha que vino a salir. Qué bienes gananciales ni qué niño muerto. Sus derechos, si alguno tenía, los perdió con los mil tarros que le pegó a mi padre, que en los últimos años ya ni dormían juntos, ni ella le cocinaba, ni siquiera se hablaban. Ah.

Como yo era la que tenía los aretes guardados, los llevé a tasar cuando me convino, sin decirle oste ni moste a nadie. Me ofrecieron cuatrocientos dólares, buena basura si te pones a ver, pero adónde iba a ir que dieran más. Solamente en la shopping se podían comprar televisores modernos y yo me moría por saber si eran verdes o azules los ojos de los artistas que salían en las películas del sábado, y el color de las minifaldas que sacaba Sonia Braga en la telenovela. Así que los vendí.

El nombre de shopping empezó con las primeras casas de cambio. Por las jabas plásticas donde ponían la mercancía, que decían afuera Easy Shopping. Qué bobería, ponerle un letrero en inglés a las bolsas cuando los únicos que íbamos allí a comprar éramos cubanos piojosos. Para los extranjeros estaban las diplotiendas de los hoteles y los diplomercados bien surtidos como el de la calle Tercera, en Miramar, donde los cubanitos no podíamos ni asomar la nariz.

Easy shopping ni un demonio. Tu madre me dijo que eso quería decir compra fácil. De fácil ñinga, que las colas que había que mandarse para entrar a una shopping eran de tres y cuatro cuadras, con policías cuidando el orden y todo. Yo no sé de dónde salieron tantas joyas aquí.

Para no hacerte el cuento muy largo, me levanté una madrugada, me espanté perra cola en la antigua Casa de los Tres Kilos, que ahora se llama Yumurí, entré con muchos sofocones y al fin compré el televisor. Un Panasonic era, nuevecito, brilloso, de catorce pulgadas. Me costó trescientos noventa fulas y cincuenta centavos. Todavía está el recibo por ahí.

Hubiera preferido un aparato más grande pero no me alcanzó la plata. Y mejor es algo que nada. Tú sabes que yo no soy gandía. Gracias a que siquiera uno chico pude comprar. Cogí un taxi que me cobró dos dólares y lo traje en triunfo para acá. Los muchachos en el séptimo cielo. Tu bisabuela rabiando pero qué me importaba. Ya tenía mi televisor. Cuando nadie podía verme, le daba besos a la pantalla. Y estuve de lo más contenta y agradecida a Dios durante un tiempo.

Pero al que nace para jinete, del cielo le cae el caballo y al que nace para mierda, lo paren en un tibor. La felicidad dura poco en casa del pobre. Cuando el pobre se casa, hasta la noche le queda corta. Esos dicharachos antiguos tienen más sabiduría que una enciclopedia ilustrada de las que leía Elsa cuando le gustaba leer.

Que qué pasó. Pues que entonces tu bisabuela me echó salación. Le molestaba que yo tuviera mi televisor y lo estuviera disfrutando, yo que he tenido tan poco que disfrutar en mi vida. Pero así es ella de perversa. Mi satisfacción le dolía, le raspaba las entretelas del alma. Envidiosa que es por naturaleza. Como no pudo salirse con la suya y quedarse con los aretes, me tiró un bilongo malo. Tan malo y fuerte que todavía no me lo he podido despegar.

Siacará.

Bárbara Bridas es una degenerada, Beiya. Y una egoísta. Yo no. Yo no metí el televisor en mi cuarto ni lo encerré bajo cuatro llaves, como ella probablemente hubiera hecho de haber sido suyo. No señor. Lo dejé ahí en la sala, para que todo el que quisiera lo mirara. Lo puse a disposición de la familia entera, o no te acuerdas tú, que bastantes cartones miraste en él mientras nos duró.

Ahora, no me gustaba que lo manosearan por gusto. A santo de qué, eh. Elsa se encabronó una vez porque le pedí que no lo cambiara de canal sin motivo. En el dos nunca ponen nada que valga la pena, así que más valía dejarlo fijo en el seis. Esos aparatos son muy delicados y mientras menos se les batuquee, mejor. Pero tu madre, como los muchachos chiquitos, se entretenía jugando con el control remoto. Seis, dos. Dos, seis. Patrás y palante. Por monear.

Si lo hubieras hecho tú, niña al fin, pasaba. Pero una tarajayúa como Elsa, no, chica, no. Y esa payasería. A este televisor le cambio los canales yo nada más, y si no me hacen caso lo desconecto y se jode todo el mundo, le advertí. Entonces ella se peleó a las malas conmigo y me insultó. Se me reviró como un escorpión. Y se alió con tu bisabuela, se volvió una influencia dañina más, otro par de ojos duros maliciándome el pobre Panasonic. No digo yo si tenía que chivarse. No digo yo.

Ay, cómo lo perdí. Fue una tarde de aguacero entreverado con rayos y centellas. Llovía como llueve en La Habana, que parece que va a licuarse la ciudad en agua y a achicharrarse el mundo a relámpagos, pero al ratico sale el sol y todo queda en santa paz. Aunque para mi televisor, aquélla fue la paz de los sepulcros. Desde entonces odio la lluvia. La lluvia y los truenos. Tú verás que un día de tormenta me parte un rayo a mí también.

Eran ya cerca de las seis. Yo estaba en la carnicería esperando por que llegaran los huevos, si es que iban a llegar, cuando sonó aquel zambombazo. Pracatapán. Como un rugido de Dios o un gemido del diablo. Estrepitosa dinamita que se nos desplomó sobre los tímpanos. Pracatapán.

Llegaron los americanos, dijo alguien, y los demás nos echamos a reír. Despacharon por fin los salaos huevos y regresé a la casa. Me encontré a Bárbara Bridas toda blanca, cagadita del miedo, temblando en su sillón, y a ti acurrucada debajo de la cama. Sí, buena ratona estabas hecha, y luego te las das de valentona. Y tu bisabuela que tenía aquel ruido del trueno metido dentro de la cabeza y que el susto que había pasado con el rayo. Un rayo que tenía que haber caído aquí mismo por lo cerquita que sonó.

Al principio yo pensé que eran exageraciones de ella porque esa mujer siempre ha sido una alarmista. Cuántas veces no suena un trueno gordo, que te revienta los oídos, y total no cae el rayo en ningún sitio. Se sentía un tufo a quemado, pero no le presté atención. Como en la escalera siempre hay tantas pestes distintas, a gas y a mierda y a podrido, quién iba a imaginar de dónde salía aquel olor. Me fui a bañar y Bárbara Bridas se puso a hacer la comida.

Por la noche fue que se descubrió el tamaño de la desgracia. Estaban retransmitiendo *El naranjo del patio*, la novela cubana esa que han puesto como cuatro veces desde el noventa y uno. De lo más dramática que había quedado en el capítulo anterior, en la escena donde el viejo se muere. Siempre me hace llorar esa parte, cuando bajan la caja a la sepultura y todos dicen algo bonito de él, pero igual quería verla de nuevo y en colores. Así que voy y prendo la tele. Y nada. Negra la pantalla, negra como mi suerte. Ni sonido ni color ni la madre que los parió.

Nadie entendía qué era lo que pasaba. Elsa habló de un fusible roto y del tubo de pantalla fundido. Catalina de un problema de voltaje. Calculamos lo que costaría el arreglo y si nos cobrarían en dólares la reparación. Pensamos en un montón de cosas. Ninguna buena pero tampoco tan jodida como resultó ser. Piensa mal y acertarás, dice el refrán. Mentiras. Piensa remal y todavía te quedas corta.

Primero maldije al televisor, tú sabes cómo yo me pongo cuando me encabrono. Le menté la madre y me cagué en la mía. Le entré a golpes. Lo sacudí. Me pasé una hora tratando de encenderlo y apagarlo, chiquitichá chiquitichá, con el remoto, a ver si reaccionaba. Lo estuve zarandeando de mala manera hasta que el puñetero remoto se fastidió también.

A las diez de la noche se apareció tu tío. Le dio la vuelta al aparato y ahí notó que el cable de la antena, ése que llegaba hasta la azotea, estaba carbonizado. Quemado por completo, y era lo que apestaba. Aquel cable era grueso como el dedo de un hombre y más fuerte que el odio, porque no se partió como le pasó al de los vecinos de al lado. No. El muy bandido resistió toda la carga de corriente y la vino a soltar entera dentro del televisor. El único de todo el edificio que se quemó fue el nuestro. Dime si eso no es ser una reventada. Dime tú.

Lo llevé a un taller de reparaciones como se lleva al médico a un hijo moribundo. Con las lágrimas afuera llegué. Pero no había nada que hacer. Cuando el mecánico zafó la pantalla y vi lo que había adentro empecé a vomitar. Qué espectáculo, Virgen María. Mi pobre Panasonic era un cadáver descompuesto. Jesús acoge su alma. Todas las piececitas estaban retorcidas, hechas un garabato. Padre celestial condúcelo a la gloria. Derretidos todos los metales. Madre amantísima, ten piedad de nosotros. Fundidos todos los cables. Virgen Madre de Dios.

Y el olor, que no se le llegó a quitar. Aquella peste a metal chamuscado la tuve en la nariz por un año. Qué horror, Beiya, qué tragedia. Por qué no me achicharró el rayo a mí junto con el televisor.

Me cago en Dios cabrón, carajo. Ojalá caiga un rayo en esta casa maldita y nos reviente a todos de una vez.

Ésa era una maldición gitana que yo soltaba cada vez que me incomodaba. No debí haberlo hecho, pero también es que lidiar con una vieja hijaeputa y con tres hijos y contrimás contigo, de pilón, es como para sacar a cualquiera de sus casillas. Sí, yo antes la decía a cada rato y cuando menos lo esperaba vino a suceder. Ahora la digo menos, por si acaso.

Pero de las cosas buenas que dije, no ha pasado ninguna. Ni una sola. Por qué será que nada más la maldición gitana se me vino a cumplir.

Cómo tú me vas a preguntar eso, niña. Claro que he dicho cosas buenas en mi vida. O tú también vas a creerte el cuento de que yo soy una amargá.

Cierto es que a veces una pierde el tino, se ofusca. Y yo me ofusco rápido, tengo que reconocerlo. Más con los nervios disparados como los traigo ahora, que me pinchan y suelto salfumán con azufre. Va y el dinero no se lo ha llevado nadie, sino que se ha caído al suelo o está metido entre las ropas. Déjame mirar otra vez.

Ven acá, Beiya, sóstenme el quinqué para buscar de nuevo. Ay, no lo acerques tanto que me vas a quemar la cara, carajo. Qué poca gracia para hacer las cosas tienes, chiquilla. Idéntica a tu madre, no puedes negar que eres hija suya.

Ponlo ahí y abre bien los ojos, ayúdame. Aquí escondí los dos billetes, ves, debajo de mis blúmeres. Medio podridos que están, pero menos mal que hay con qué cubrirse las vergüenzas. Qué es esto. Ah, unos pantimedias con más remiendos que las paredes de la Habana. No sé ni para qué los guardo. La última vez que los usé fue hace como tres años, para salir con Jesús.

De él sí te acuerdas, eh. Seguro. Todavía tienen que dolerte los correazos que te llevaste el día que se te fue la lengua hablando lo que no te importaba. Porque tú lo hiciste por joder, Beiya, no me lo niegues. Por echarme para alante y meterme en candela. Desde chiquita has sido rinquincalla y chismosa, y buscapleitos como tú sola. Eso lo sacaste de Bárbara Bridas o de tu padre, porque Elsa, aunque guanajota, no era así, ni yo tampoco, ni Esteban, que en paz descanse. Niña, te las has arreglado para ir recogiendo lo peor de cada antepasado. Tienes unos arrastres malos que hasta miedo me dan.

Aunque conmigo te salió el tiro por la culata. Apuntaste para el Morro y viniste a dar en La Cabaña, y a dar de culo. Yo no soy una comebolas como tu madre y a mí sí que no me vienes a trajinar. Agarré un cinto que había quedado de los que eran de mi marido y por poco te desuello viva. Jinján, jinján, cogiste golpes hasta por los ojos.

Déjate de inventos. No me digas que no fue culpa tuya. No me lo vengas a discutir, que tú eres una experta en hacerte la santica y la niña buena, cuando en realidad picas como el ají guaguao y se te desborda la malicia por entre los dientes. Fíjate si yo tenía razón, que ni Elsa se atrevió a defenderte. Ay, si lo hubiera hecho. Pobre de ella. Con el encabronamiento que cogí, la hubiera agarrado a palos también si se mete por el medio. Y lo mismo a tu bisabuela. Las descuajeringo completas. Dios las libre de parárseme alante cuando me da la furia. Dios las libre con Dios las ampare.

No sigas vendiéndote de inocente, Beiya. Mira que no eras tan chiquita entonces. Y tú siempre has sido súper espabilada para todo lo que te conviene. No chives.

Sí, Jesús vivía con una rubia teñida, una gordota que algunas veces venía a chacharear con Bárbara Bridas. Levantó el pie cuando se formó el chanchullo. No digo yo si lo iba a levantar. Él era un cincuentón zalamero, de bigote, un poquito barrigón. Le dio por enamorarme y salimos juntos unas cuantas veces.

Qué mente más sucia tienes, muchacha. No, yo no llegué a acostarme con él. Después de la muerte del pobre Esteban me puse un tapón de hierro entre las piernas. A Jesús le acepté unas cuantas invitaciones para ir juntos al cine o al Coppelia. Eso qué tenía de particular. Yo sabía que era casado, pero si no estábamos haciendo nada feo, por qué no pasarlo bien siquiera un par de horas a la semana. Una necesita desconectar, relajarse, como se dice ahora, y salir de este círculo vicioso que es la casa, los hijos, tu bisabuela, tú.

Lo que más me molesta es que al hombre ni se le paraba la picha. La tarde del problema habíamos ido juntos al cine y él llevó con mucho alarde mi mano hasta su portañuela. Nunca lo había hecho, porque era respetuoso. Y yo, por pura curiosidad, toco y busco y escarbo y nada. Allí no había ni hostia. Mucho aire y mucho pellejo lacio fue lo que encontré. Si cuando yo lo digo. Las desilusiones que me he llevado en esta vida no tienen para cuándo acabar.

Mientras estábamos nosotros mirando la película, un clavo ruso que se llamaba *Tigres en alta mar*, se le antoja llamar por teléfono a su mujer. Fue como si el diablo en persona le hubiera puesto la idea en la cabeza. Quería hablar con tu bisabuela y contestaste tú, de entrometida.

A estas alturas yo no sé, Beiya, yo todavía no he averiguado si de verdad tú confundiste la voz de la rubia con la mía, que no se parecen en nada, o si lo hiciste para chivatearme, de mala entraña.

Yo no sé. Porque a nadie más que a una comemierda incorregible o a una jodedora de nacimiento se le ocurre preguntar sin venir caso ni al pelo dónde tú estás, abuela. Adónde fuiste con el viejo Jesús. Así me contaron a mí que le dijiste. Vaya con el atrevimiento. Cuándo en la vida tú me has hecho semejantes preguntas, Beiya, ni yo te he dado confianza para que te pongas a escarbar en mis asuntos. Cuándo.

La gorda se dio cuenta al momento de que el marido se le corría conmigo. A lo mejor ya sospechaba algo y tú le acabaste de poner la tapa al pomo con tus imprudencias. Al otro día empezó a desprestigiarme con los vecinos. Habló mal de mí hasta por los codos. Me amenazó con agarrarme por el pelo y arrastrarme por todo Carlos Tercero. Una semana estuve sin atreverme ni a bajar la escalera, porque con lo grande y lo troncúa que estaba la rubia esa, si me agarra me desnuca allí mismo. Y yo sin comerla ni beberla. Ni templarla, que es lo peor del caso.

Jesús no se volvió a ocupar de mí. Me encontraba por la calle y miraba para otro lado el muy pendejo. Seguro que la mujer le formó un escándalo de altura, que se lo comió crudo. Al cabo de unos meses se mudaron del barrio o se fueron del país o se murieron. No los vi más. Así fue cómo se me desgració uno de los pocos entretenimientos que me alegraban la existencia. Por culpa tuya.

Ay, aquí hay un papel, si será el sobre del dinero. Santa Bárbara bendita, que lo sea, por favor. Te prometo que voy a controlarme, a no maldecir tanto, a tratar de aplacarme los humores.

Echa para acá el quinqué, niña. Corre.

Me cago en Dios cabrón, es una carta de Catalina. No hay más nada. Cojones. No hay más nada. Cómo no voy a maldecir si toda mi vida es una desgracia detrás de otra. Cómo no voy a maldecir, carajo.

No, ese dinero ya no va a aparecer. Échale un galgo. Y cualquiera sabe cuándo tu tía vuelva a mandar un quilo. Cuando ya nos esté creciendo la hierba encima, cuando no queden de nosotros más que los esqueletos pelados. Qué vamos a comer este fin de semana, Cristo de Limpias. Qué.

Cállate tú. Qué entiendes de estas cosas, culicagá.

Bueno, está bien. Voy a mirar de nuevo, no sea que yo misma haya metido los billetes dentro del sobre sin darme cuenta. Con lo trastornada que estoy, no lo dudo. Alúmbrame.

Miami, 2 de mayo de 2000.
Querida familia:
Espero que al recibo de la presente esté todo tranquilo por allá. Que no haya muchas broncas ni apagones y que tengan bastante de comer. Con lo que les mandé la semana pasada les alcanzará para un par de meses. Pero háganlo durar, no se pongan a gastar en porquerías que yo tengo que sudar mucho los fulas que les mando.

De mí les cuento que ya me dieron la green card permanente, que es la tarjeta de residencia americana. Ahora puedo entrar y salir del país sin problemas. Deja ver si para el año que viene les caigo por La Habana. Coño, tengo tremendas ganas de verlos. Y de pararme en el balcón a mirar los árboles de Carlos Tercero, el framboyán del Emergencias y hasta la cola de los camellos.

Sigo engordando. Como ven en la foto de la Ermita, estoy hecha una vaca. Ayer me pesé y vi que había llegado a ciento cuarenta libras. Hasta nalgas he sacado y eso que yo siempre fui un poco planchada, igual que Elsita. Pero es masa perdida, porque aquí los culos no son cool. Lo que se estila es la figurita de bailarina, el tipo muñequita Barbie. Me voy a tener que poner a dieta con los Weight Watchers. A dieta yo. Qué chiste malo si alguien me lo hubiera dicho en Cuba.

Empecé a trabajar en una peluquería nueva. Me pagan a diez dólares la hora. Dos fulas más que donde estaba antes, así que mejoré. Y es un local con un caché de altura. Tiene unos espejos enormes, con marcos dorados; unas alfombras rojas plush y unas lámparas cocuyeras que son un sueño.

La dueña se llama María Luisa Depestre y es dominicana. Muy buena gente y no me pidió referencias. Menos mal, porque a la dueña de la otra peluquería no le hizo gracia que me fuera. Bien cochina que se portó al final. Pero si quería conservarme que me hubiera subido el sueldo. Llevo dos años trabajándole por ocho dólares la hora y basta ya de explotación capitalista a los obreros.

La otra foto que les mando la saqué a la entrada de mi trabajo. Ese letrero con luces que dice La Primorosa es el anuncio de la peluquería. El carrito que está parqueado enfrente es mío, el Toyota azul claro. Es del año pasado, casi nuevo. Lo compré hace dos meses y boté pal carajo el yalopi Honda que tenía antes.

Me gusta este lugar. Las clientas son gente con plata, no balseras muertas de hambre como las de la otra peluquería, sagüeseras que no te tiraban un dólar de propina así las dejaras con cinco años de menos. Aquí vienen muchas viejas finas que viven en Coral Gables. Algunas son buenas gentes y otras bastante pedantes. Las hay que casi no tienen pelo y se antojan de que les hagamos la permanente. Salen para la calle que parecen unas gallinas cluecas, pero a mí qué me importa. Y también vienen mujeres jóvenes, businesswomen que se llaman, muy de trajes sastre y tacones altos. Ésas no se hacen permanentes sino faciales, highlights y cortes modernos. Pero las viejas son las que dan mejor propina, aunque se pongan con sus pujos.

A toda la clientela hay que tratarla con mucha educación, así pienses que no te van a dejar ni un puñetero quarter. Señora para aquí y señorita para allá. No se le puede poner a nadie las jetas de perro que se mandan las peluqueras de Cuba, ni contestarle feo. Ésa es la cartilla que María Luisa nos lee a todas las que llegamos nuevas. En La Primorosa se tienen que olvidar de las malas mañas de su país, me dijo el primer día. Si en La Habana tú le soltabas una grosería a una usuaria, como dicen ustedes, y a nadie le importaba, aquí lo haces y pierdes una clienta, porque no se vuelve a asomar por el negocio. Así que cuídate la lengua y sonríeles con ganas.

Menos mal que yo soy muy adaptable y no me cuesta nada hacerles la barba a las señoronas, como dicen los mexicanos. Hasta los bigotes les hago si hace falta, fíjense. Hacerles la barba significa olerles el culo, para que no se queden con la curiosidad.

Con las clases me va bien, aunque en Miami una no necesita el inglés para nada. En los supermarkets, en las tiendas, en los bancos y en todas partes se habla español. En la misma peluquería, casi todas las clientas son cubanas o hijas o nietas de cubanos. Hasta las empleadas americanas como mi amiga Laura chapurrean español. A la computación ya le voy cogiendo el ritmo porque eso sí, aquí si no sabes usar una computadora, o si no sabes manejar, mejor te das un tiro. Por eso yo sigo en la escuela, al pie del cañón. Ahora estoy tomando un curso de Microsoft Excel.

Por cierto, hablando de la escuela, ¿saben a quién me tropecé en el laboratorio de inglés hace quince días? Nada menos que a Maritza Campuzano, la achinadita que fue compañera mía en el Pre, la responsable del Comité de Base de la Juventud. Les juro que ella era la última persona que yo esperaba encontrarme en La Yuma. Si era de patria o muerte y venceremos. Bueno, ella dice que pensaba lo mismo de mí. Sorpresas te da la vida.

Maritza vino hace cinco años. Se casó en La Habana con un mexicano que iba a Cuba haciéndose el millonario y luego resultó que era un zarrapastroso en su país. Trabajaba de camarero y no tenía ni dónde caerse muerto. Es que este mundo está lleno de gente mentirosa y plantillera. Dice Maritza que en cuanto descubrió lo pelado que estaba el tipo, le dio una gran patada por el fondillo y se zumbó para acá con un espalda mojada. Cruzaron el Río Grande y enseguida ella pidió asilo político. Ahora trabaja para las Catholic Charities y está saliendo con un muchacho puertorriqueño que tiene un puesto buenísimo en el local government. Un banquete Maritza, la loquita jodedora de siempre, y les manda saludos a todos por allá.

Con ella empecé a ir a la iglesia. El domingo pasado nos zumbamos juntas a la Ermita de la Caridad, a oír a Monseñor Román. Se celebraba no sé qué fiesta importante. Aproveché para tomarme una foto delante de una estatua ahí, es ésta que les mando. Dice Maritza que por qué no me bautizo y hago la comunión, que esas cuestiones se ven muy bien aquí. A lo mejor la semana que viene me inscribo en las clases de catecismo, allí en la misma Ermita. Espero que no se me enreden los santos con el inglés porque entonces voy a tener que decir holy shit, que significa santa mierda.

Mima, tú me preguntabas cómo me iba en las clases. Me va de lo mejor, jerarca, okey. Todas mis notas son A y B, que es como 9 y 10. ¿Te acuerdas de lo barco que yo era allá? Pues de aquella Catalina vaga ni queda ni el recuerdo. No es que un hada madrina me haya tocado con la varita mágica en el culo, sino que si aspiro a progresar tengo que amarrarme los pantalones con los libros. En este país no se puede picar muy alto si no speak English. La Yuma es más que Miami y la Calle Ocho, para que me entiendas. Y yo no me voy a quedar toda la vida en la Florida. De eso nada.

Mi idea es seguir en la peluquería de María Luisa un año más o

menos, aprendiendo todo lo que haya que aprender, y luego moverme
a Los Ángeles o a New York. Porque en esas ciudades grandes hay
más oportunidades, más desenvolvimiento y sobre todo más plata.
Yo no pienso ser una peluquera de a tres por quilo hasta que me
retire, sino tener lo mío y hacerme de dinero. Y para ser sucessful
necesito hablar y relacionarme con todo el mundo, no solamente con
latinos.

Una no se puede estancar. Hay que estar arriba de la bola como
Isaac Delgado. Tengo una amiguita judía, Laura, que sabe mucho de
negocios. Trabaja conmigo y además es mi roommate. Si me muevo
a otro lado, probablemente nos vayamos juntas.

Este jobcito en el que estoy ahora me ha ayudado a levantar
cabeza, pero cuando trabajas para otro siempre es lo mismo al
terminar el mes. Lo comido por lo servido, que al fin es lo cagado. Y
el sueño que yo tengo es poner mi propio negocio. Una spa bien
moderna, con sauna y salón de masajes. Por eso quiero asociarme
con alguien como Laura para el meter el cuerpo entre las dos y levantar
un business fuerte.

Si tú vieras lo que le cae a María Luisa en esa contadora. Una
fortuna. Me he puesto a sacar cuentas y te digo que no se cuadra la
caja por menos de mil dólares diarios entre semana. Los sábados es
la locura en billetes verdes. No paramos desde las diez de la mañana
hasta las ocho de la noche. Con ese entra y sale de gente, pela por
aquí y da tintes por allá, se sacarán dos mil largos. De ahí ella nos
paga cien al día a cada una de las cinco empleadas. El resto todo le es
ganancia porque hasta el local es suyo, así que no gasta ni en alquiler.

Eso yo lo estudié en marxismo y se llama la plusvalía. Que es una
cosa buena si una está del lado donde cae el money. Ahora lo que me
hace falta es virar la tortilla. Poner mi negocio, emplear a otra gente y
sacar el provecho yo para que nadie venga a plusvaliarse a costillas
mías.

Cuéntenme de ustedes. Díganme si Elsita sigue dando clases en la
Secundaria, si Beiya sigue tan avispada como antes y de las correrías
de Erny. Coño, mi hermano, a ver cuándo pescas a un pepe rico que
te saque del hueco. Abuelonga, cuídate mucho, vieja, y tómate las
pastillas de Centrum que te mandé para que te fortalezcas. Mima, ahí
te va un paquete de Librium para los nervios, que tú siempre los

tienes nerviosos, y unos chocolaticos M&M para Beiya.

Voy a comprar unas phone cards para llamarlos en cuanto tenga un chance, porque así sale más barato que por AT&T.

Ya no les doy más lata. Escríbanme con alguien que venga porque el correos de Cuba está de madre y se pierden todas las cartas. Ya ustedes saben, en la guerra como en la paz, mal tendremos las comunicaciones.

Muchos besos de

Catalina.

Esa tía tuya. Esa tía tuya se le escapó a Lucifer por debajo del tridente. Tiene una viveza natural y una picardía que yo no sé de dónde le vienen, porque de esta familia no son. Que Dios se las conserve.

Mientras estuvo aquí le sacó todo lo que pudo a la militancia y al comunismo. Hasta un viaje a Checoslovaquia le dieron una vez, cuando todavía estaba en el Pre. Un premio de la ujotacé creo que fue. Se pasó dos semanas en Praga y volvió sonrosada, con ropa nueva, una cartera de piel y unos zapatos lindísimos. Y era una muchachita de quince años, así que figúrate lo que logrará ahora en el norte, con lo agallúa que está.

Parece que desde entonces le cogió el gusto a viajar. Cuando regresó de Praga me dijo que aquello de montar en avión era lo mejor del mundo y que ésa había sido su primera vez en el aire, pero que no sería la última. Tiene la boca santa porque se le dio todo lo que quería, y de mansa paloma. Ni el trabajo de escribirles la carta a los yumas le costó. Tú verás que el negocio que está planeando se le da también, que pone una cadena de peluquerías en Nueva York y hasta se hace millonaria. Aprovechó aquí y sigue aprovechando allá. Hace bien.

Si de algo yo le doy gracias a Dios, a pesar de lo mal que me tratado a mí, es de que al menos uno de mis hijos haya salido con buena estrella y no estrellado como los demás. Porque la salida de Catalina fue buena suerte, jamón caído del cielo. Después que tu pobre madre perdió tres tardes completas haciendo colas para conseguir los sobres, y luego otra escribiendo a la Oficina de Intereses, ahí sentada a la mesa, ella solita, para meternos a todos en el bombo de

las visas, que después de eso venga el cartero una mañana y grite
Catalina Velázquez, felicidades que te llegó el sobre amarillo. Óyeme.
Le ronca el merequetén.

Qué burla del destino. Elsa, la pobre, por poco se muere del
berrinche. No digo yo. La cosa era para morirse y hasta para matar.
Aunque, no. No hay que exagerar. A fin de cuentas, nadie mandó a tu
madre a escribir las dichosas cartas. Lo hizo por su propia voluntad,
sin que nadie se lo pidiera.

Catalina no esperó ni una semana para cambiar de palo pa rumba.
Mandó al carajo la ujotacé y el pececé y el trabajo de dirigente. Botó
el cuadro del Che a la basura, rompió el carnet de comunista y se
presentó con su cara durísima en la Oficina de Intereses. Vaya usted a
saber qué clase de paquetes les metió a los yumas, vaya usted a saber
cómo los cameló. El caso es que le dieron la visa en un dos por tres,
cuando a tanta gente que no ha ido ni a oír un discurso a la Plaza se la
niegan de plano.

Mentiras tiene que haberles echado por carretadas. Dicen que los
americanos preguntan en la entrevista si los que aspiran a irse han
sido del Partido para no darles visa. Y que hasta se ponen a averiguar
en los barrios. Deben ser unos comemierdas, porque mi hija estaba
metida hasta las amígdalas en esto. Si nada más que escarban un
poquito, le sale todo el comunismo apestando a la luz del sol. Pero ni
se enteraron, o no les importó. Así es la vida. Al que le tocó le tocó y
al que no le tocó, se jeringó.

A quienes nos toca jeringarnos ahora es a nosotros. Porque ese
dinero que no aparece y no aparece. Y no va a aparecer. Yo te juro
que lo puse en esta tabla, aquí mismo. Doscientos dólares que eran,
dos billetes de a cien.

Niña, se me acaba de ocurrir una idea. Vete a la sala de puntillas
y mira lo que está haciendo tu bisabuela. No, el quinqué me lo dejas
aquí. Lo que quiero es que vayas a escondidas, yo sé que tú ves en la
oscuridad como los gatos. Llégate calladita y entérate de en qué anda
la vieja. Fíjate si está contando dinero, si está guardando algo. Procura
que no te descubra.

Qué existencia más aperreada la mía. Mira que no poder confiar
ni en la familia, ni en la sangre de una. Eso no pasa en ninguna otra

parte que no sea esta casa maldita. Ojalá caiga un rayo y nos reviente a todos de una vez. Que nos haga cenizas, coño.

Mi propia madre me ha vuelto a robar. Se dice y no se cree. Y yo sí tengo pruebas, por lo menos de la primera vez, porque Beiya me lo contó todo y se notaba que sabía lo que estaba diciendo. Aunque la vieja infame lo haya negado hasta hoy, tan cínica que es, siempre le he visto la culpa retratada en los ojos como el cielo en el mar.

Bárbara Bridas nunca me ha querido. Me ha usado de palito timbalero nada más. Cuando yo era jovencita, en lugar de ponerme a estudiar, que era lo que necesitaba para salir adelante en la vida como bien dice mi hija Catalina, me obligaba a ir a fiestas. Todos los fines de semana apenas acabábamos de almorzar empezaba con su cantaleta. Niña, vístete rápido que nos vamos para la calle. No te demores. Corre, píntate los labios, ponte una almohadita debajo del blúmer para que se te vea fondillo, empina bien las tetas y camina meneando la cintura, así.

Se despepitaba por ir a bailes y verbenas. Y a la cañona me llevaba a mí. Prácticamente a rastras. Mentiras que lo hacía para que yo me distrajera y encontrase un buen partido. Paparruchas. Iba a buscar hombres, a encontrarse con sus queridos, cuando los tenía, o a machetear por la libre con el pretexto santo de acompañarme. Así Pipo tenía que dejarla salir y hasta le daba un par de pesos que sabe Dios en qué se los gastaba.

A mí no me gustaban las fiestas y me aburría muchísimo. No es que fuera una amargá, como ella dice cada vez que tiene un chance, sino que no me hallaba en aquel ambiente. Y cómo me iba a hallar. En mi casa no se ponía música en el radio por no gastar corriente, no había victrola ni televisión. Lo único que se oía, que yo me acuerde, era Radio Reloj, y para eso una vez al día, por las noticias. Y las radionovelas, que tenía que escucharlas cuando Pipo salía o con la oreja pegada al aparato, no me fuera él a descubrir y a ponerse a pelear. No se cantaba, no se bailaba, no había ninguna animación. Entonces ella me arrastraba a los bailes y me soltaba allí como un pescado en la sartén. Era un abuso.

Todavía si hubiera ido con alguna amiga a lo mejor me hubiera embullado a tirar unos pasillos. Pero con aquella mujer al lado mío azocándome niña, baila, mueve las caderas, no te quedes ahí sentada, me ponía más nerviosa. Terminaba sintiéndome peor, porque veía a las demás muchachas riéndose y haciendo chistes entre ellas mientras que yo no me atrevía ni a levantarme. Se me iban las horas arrinconada como una cama vieja. Qué vergüenza, qué malos ratos, qué ganas de desaparecerme del mapa, uf.

Una vez, esto no se me va a olvidar nunca, una vez se me acercó un muchacho de lo más interesante en una velada del Club Náutico. Tenía el pelo negro, ondulado, color ala de cuervo, como decían los locutores de La Novela del Aire, y unos ojos preciosos, verdemar. Si éste me saca a bailar, voy con él aunque me muera de la pena, pensé. Era un muñeco.

Yo no cabía en mi pellejo de la emoción, ni mi pellejo en la silla de mimbre donde estaba sentada, al ver que aquel tronco de trigueño venía caminando hacia mí, en cámara lenta, des-pa-ci-to. Se paró al lado mío, mirándome a lo hondo como los galanes del cine mudo, y me invitó a bailar. Qué voz profunda, qué dientes más parejos y qué forma de sonreír. En ese momento rompieron a tocar un mambo de Pérez Prado. Yo no tenía la menor idea de cómo se ponían los pies en el mambo, pero me fui con él de lo más embullada.

El muchacho me llevó del brazo hasta la pista de baile, en medio del salón. Mambo qué rico mambo sonaba la orquesta y él empezó a menearse y yo a seguirlo cómo Dios me daba a entender. Todo iba bien hasta que se me ocurrió mirar para Bárbara Bridas, que me observaba desde su asiento con sus ojitos de ratón. Tenía la vista fija en nosotros. Me quedé fría. Petrificada. Se me paralizó hasta el esqueleto, no sé por qué.

De pronto me pareció que todo el mundo estaba mirando para mí, que las demás parejas no paraban de cuchichear mira a la tipa esa, mambo, no sabe ni bailar. Qué poca gracia tiene, mambo, que se vuelva a sentar.

Te sientes mal me preguntó el muchacho y yo moví la cabeza para decir que sí, porque ni hablar podía. Tenía la garganta cerrada y los pies muertos. Qué rico mambo me acompañó a mi puesto. Que te mejores, nena. Me dejó en la silla de mimbre y se puso a bailar con otra. Era una tetoncita. Qué rico. Yo los veía moverse con buen ritmo. Mambo. Al compás de la música. Qué rico mambo. Ah.

Luego Bárbara Bridas se me posó al lado como el ave negra del infortunio. Y en lugar de decirme hija qué te pasó, por qué no seguiste bailando, no. Me soltó una lluvia de improperios ahí delante de todo el mundo. Como si yo hubiese cometido un crimen mayúsculo, escupido en la hostia o algo así.

Aún la oigo regañarme con su voz de gallina clueca. Estúpida, verraca, cómo se te ocurre desairar a ese joven tan fino. Con lo buen mozo que es, y además hijo de un hacendado matancero. Por qué hiciste ese papelazo, guanaja, eh. Te ponen el dulce en la mano y lo desprecias, desgraciada.

Era para romperle la cara. Pero yo no se la rompí. Seguí sentada, mambo, llorando para adentro, porque entonces era tan tímida y tan cohibida que ni a llorar me atrevía delante de los demás. Qué rico mambo. Ah.

Aquella noche sí que lloré, cuando llegamos a la casa. Me encerré en el baño y me fui en lágrimas y casi que me fui por la taza del inodoro, para acabar con todo de una vez. A la mañana siguiente fue cuando le dije a mi madre que ni un bailecito pero que ni un bailecito más, por favor.

Ahí le bajó el Changó de nuevo. Me formó un escándalo horrible poniéndome de tortillera para arriba. Es que no te interesan los hombres, so cochina, o cuál es tu problema. Que si era una pasmada. No tienes ni una puñetera onza de sexapí en el cuerpo. Que si iba derechito a quedarme solterona. No te pienses que te va a caer un hombre del cielo, con lo mala que estás, si tú no pones de tu parte. Que se me iba a podrir la florimbamba, a llenárseme de telarañas si no te buscas un marido pronto como hacen todas las mujeres de tu edad que quieren progresar.

Una escena de espanto la que armó. Peor que las villanas más villanas de las radionovelas se portó.

Suerte que Pipo intervino, una de las pocas veces que se acordó de que tenía pito y no pato y le puso carácter a Bárbara Bridas. Le prohibió que me siguiera cogiendo para ese trajín. Si la niña no tiene ganas de ir a más fiestas, pues que no vaya. Y si se queda solterona se quedó, que no será la primera ni la única. Más vale solterona que mal casada. Con esas palabras la silenció. Y yo sé que lo de mal casada lo decía por ella, que peor no pudo ser.

Quién sabe por qué Pipo no se divorció de Bárbara Bridas. Porque los tarros que le pegó la muy degenerada no eran tarros corrientes. Eran astas de venados como ésos que salen en la postal de Año Nuevo que Catalina nos mandó. Tarros olímpicos, colosales. Supertarros.

Yo no puedo creer que él no sospechara algo, por lo menos. Dicen que el marido cornudo es el último en enterarse, pero ésas son historias. Si hasta yo, que era una chiquilla, me olí que había algo raro. Y los vecinos murmuraban, y las mismas amistades hacían chistes sobre La Charca y El Cabrón. El barrio entero estaba informado de cuántos queridos tenía Bárbara Bridas, cómo no iba a saberlo él.

Le daría miedo quedarse solo. O estaría acostumbrado a sus mañas y marañas, y diría que más vale puta conocida que santa por conocer. O lo haría por mí, para no dejarme sin madre. Pipo era tradicional y entonces el divorcio no era lo que se dice muy bien visto. La gente tenía más decoro. Pero para los ejemplos que me daba Bárbara Bridas hubiera sido preferible tener una madrastra, aunque fuese más hijaeputa que la de Blanca Nieves.

Ay, si eso hubiera pasado conmigo. Ay, si Esteban se hubiera atrevido a pegarme un tarro, uno solito, le hubiera dado un puntapié por el fondillo que habría llegado a la luna sin necesidad de sputnik. Pero él era incapaz.

Cómo voy a estar hablando sola, Beiya. Qué te pasa a ti. A ver, dime qué averiguaste, qué se trae ahora la vieja conchusa esa.

Así que cantando y fumando, sentada en el sillón. Ja. Estará maquinando, decidiendo a quién le va a clavar el aguijón, como si yo no la conociera. No seas boba, no te dejes engañar por sus tretas gastadas.

Ah, sí, yo estaba pensando. Bueno, a lo mejor pensando en voz alta, fíjate, pero no hablando sola, que yo no chocheo. Todavía. Te decía que estaba acordándome de tu bisabuelo, que en paz descanse, y de los tarros que le pegó Bárbara Bridas. Pipo era medio sanaco, igual que la comebolas de tu madre.

Para hablar con la verdad en la mano, mi padre era más aguantón que sanaco. Yo no me trago la papa esa de que el marido o la mujer engañada son los últimos en enterarse. Pst. Se enteran, pero se hacen los bobos. No hay peor ciego que el que no quiere ver. Igualito que Elsa, que no se quiso dar cuenta de que el que le hizo la barriga iba a dejarla embarcada, de que no le interesaban ni ella ni tú.

Qué tú dices, Beiya. De dónde sacaste semejante atrocidad, niña. A quién se la oíste decir.

Qué. Cuándo. Cómo.

No. Mi marido, no. Esteban, no. Si él era un bendito de Dios. Engañarme, qué va. Jamás en su vida. Jamás.

No digas más imbecilidades, Beiya. Mira que te voy a dar una patada por la cabeza. Una patada por la cabeza que te voy a pulverizar el cerebro.

Mentiras. Disparates. Yo nunca oí hablar de ninguna querida, menos una mulata. Pero eso no lo inventaste tú. Dime de dónde salió esa calumnia despreciable. Dímelo o te reviento, coño.

No pasa nada, Elsa. Nada sino que tu hija es una falta de respeto y una mentirosa y le voy a sonar un tapabocas para enseñarla a no hablar tanta basura.

Que cuál es el problema. Anda, pregúntale a ella misma. Que te lo diga ella. Que te lo diga ella como se ha atrevido a decírmelo a mí con toda frescura. Chiquita cochina, asquerosa, intrigante, boquirrota. Conmigo no vengas a hablar más. No te me acerques. No quiero verte ni a diez metros, carajo.

Recoge a tu cachorra, Elsa. Recógela porque le voy a dar una entrada de golpes que no la va a reconocer ni la madre que la parió.

Mira que decirme que el pobre Esteban, que era un alma inocente, no se murió en una cola de Centro, buscándome un cake de cumpleaños, cuando a ustedes les consta que fue así. Mira que decirme que estiró la pata en casa de una mulata allá por Mariano. Mira que decirme que se pasó la vida pegándome los tarros y que la tarrúa y la sanaca número uno de esta casa soy yo. Mira que tirarme a la cara esas barbaridades, por Dios.

La mente sucia que tiene esta chiquilla que yo estoy hablando con ella de lo más tranquila, contándole unas boberías del tiempo de antes, y fíjate con lo que me sale. Por pura vileza, por ofender.

Y no se calla. Aguántala porque la voy a desgraciar toda. Aguántala, Elsa. Actúa como te corresponde o te vas a quedar sin hija. Bueno.

Tú no sabes nada, Beiya. Qué vas a saber, si tú no habías nacido. Tu tía Catalina no tiene nada que ver con esto. Enredadora. Le echas la culpa a ella porque no está aquí para desmentirte.

Cómo no quieres que llore, chica. Cómo no. Esteban fue el mejor marido del mundo, el hombre más decente que ha pisado la tierra. Y ahora esta mosca muerta, esta bastarda de no sé sabe quién, esta chiquilla tan perversa como su bisabuela, me viene a decir que se murió acostándose con una querida, con la picha pará. Me lo dice para joder. Para envenenarme la existencia, para quitarme el único recuerdo bonito que tengo en mi despeluzada vida.

Me cago en Dios cabrón, carajo. Me cago en Dios y bien. Ojalá caiga un rayo en esta casa maldita y nos reviente a todos de una vez. Y a Beiya la primera. Ojalá que se muera la cabrona chiquita, coño, ojalá.

10:30 p.m.

yo no soy bastarda ni hija de no se sabe quién/ yo soy hija de mi
papá que viene a verme cuando le da la gana y conversa conmigo/ él
no se ahogó ni se fue en lancha/ y soy hija de mami/ y soy hija del
período especial como ella misma dice/ así que la mentirosa es mima
barbarita/ me alegro que la hice gritar y llorar y ponerse bien colorá/

te tarrearon hasta por gusto vieja loca/ los cuernos te llegaban
desde aquí hasta el último piso del hotel nacional/ tenían que tarrearte
porque a ti no hay quién te aguante/ ni abuelo esteban ni jesús el de la
rubia ni el vendedor de periódicos medio mongo que se para en la
esquina/ y todavía haciéndote la guapa/ ah/

la cara de pujo que puso cuando se lo dije/ parecía que se le iban
a salir los ojos y a rodar por el piso como un par de bolas abolladas/
y la boca se le estiró igual que un culo que no puede cagar/ mira que
me gusta joder/ pero por qué no/ con alguien tengo que desquitarme
después de todo lo que me han jodido a mí/

y de mentiras nada/ el cuento se lo oí yo a mi tía catalina un día
que ella estaba chismeando con una amiga suya/ yo tenía la oreja de
guardia y oí/ figúrate qué escena decía tía/ llego al hospital cuando
papi ya había largado el piojo y al lado de la cama me encuentro a
una mujer deshecha en llanto/ una mulatona vistosa/ no le cabían las
nalgas dentro del pitusa y tenía un caderamen de campeona/

voy y le pregunto usted conocía a mi padre/ y me contesta ella toda asombrada cómo que a tu padre/ padre de qué/ yo no sabía que estebita tenía hijos/ tres hijos y mujer sí compañera/ y ella no me quería creer/ tuve que enseñarle mi carnet de identidad para convencerla/

papi llevaba años con la tipa metiéndole el cuento de que trabajaba en provincias/ y nosotros como si no existiéramos/ la familia invisible/ imagínate eso/ a mima la dormía con la misma canción/ que lo mandaban de viaje a pinar del río y a las villas y a casa del cará/ y era para pasarse unos días muy repochado con la otra allá por marianao/

aquella mañana se había ido a darle mantenimiento a la mulata con el pretexto de buscarle un cake a mima/ cuando estaban en lo mejor de la templeta quedó al campo me dijo ella con las lágrimas afuera/ y que todavía tenía el tareco parado cuando lo llevaron al hospital/ ay que dios me perdone la risa que me da/ yo sé que era mi padre pero vaya/ qué cacho de cabrón/

de casualidad nos llamaron a la casa/ parece que una enfermera vio el número de teléfono entre sus papeles y se le ocurrió avisarnos/ si no todavía lo estuviéramos esperando/ a él y a su cake de centro/ manda mierda el caso/ se la comió papi/ yo siempre pensé de él que era un infeliz y un aguantón/ la clase de doble vida que llevaba el muy descarado y mima tan inocente/ tía catalina diciendo más bajito por eso tuve que sacarle un cuento chino/ que el viejo se había muerto en la cola de centro/ porque si mi madre descubre la verdad se infarta/ va a hacerle compañía al cementerio del tiro/ es que no se puede confiar en nadie ya/ ni en el padre de una/ ni en el espíritu santo como dice abuelonga/ ni en la puta paloma de la paz/

así se lo oí decir a tía y se me quedó en la mente porque lo que los demás hablaban de mi abuelo era distinto por completo/ qué santo era esteban/ qué buen marido/ qué hombre más sacrificado y patatín y patatán/

nunca se lo hubiera dicho a mi abuela/ esto lo sé hace montón pila burujón puñao de años y me lo he callado/ si yo no soy chivata/ pero me llenó la cachimba de tierra con tanta bobería y tanto poner a mami de sanaca y al otro viejo de tarrúo/ cierto que mami es tremenda penca/ eso yo no lo voy a discutir pero a qué repetirlo por gusto/ ni que mima barbarita estuviera tan clara/

ella también es tremenda pendeja que le cogió miedo a la mujer de jesús y no se atrevía ni a bajar a buscar el pan/ nada más abusa con abuelonga y con mami y conmigo porque no nos podemos defender/ cómo no se atrevía a levantarle un dedo a tía catalina/ eh/

aquí en el balcón no me ven/ detrás de la puerta/ me escondo y espero a que se olviden de mí/ voy a meterme en mi rincón/ despacio/ así/

no sé por qué carajos yo no tengo una familia como todas las demás/ una familia normal/ que el padre y la madre están divorciados pero al menos una se puede ir a meter a casa de la madrastra o del padrastro y despejar un poco/ ah no/ yo estoy más chivada que nadie porque no tengo a dónde ir y las viejas estas me tienen la vida hecha un yogur de soya/

solamente me siento bien en el balcón/ el día menos pensado me echo a volar y no me ven el pelo más/

lo peor no es no tener papá aunque eso no es ninguna gracia/ lo peor es que no hay ni un salao macho en la familia/ el otro día me preguntó yuleixis que si aquí éramos todas tortilleras/ me encabroné y le metí una galleta que por poco le arranco los dientes y se los tiro para el piso/ akinkó/ porque yo sí que no/ a mí el que me pinte un farol chino sabe que se lo coloreo en el aire/ que se dejen de falta de respeto/ la mongólica esa de yuleixis/ debí de haberle dado más fuerte/ destimbalarla toda/ sí/

pero vaya/ si una se pone a ver las cosas como son está fu eso de que no haya picha a la vista aquí/ porque la de mi tío erny está de adorno o hasta se la ha cortado ya/ por eso es que estamos todas tan fuera de caldero/ los hombres son los que resuelven/ los machos se meten en la piña y traen fulas y buena jama para sus casas/ aunque no tanto como las jineteras/ ésas sí son jerarcas en la lucha/ jerarcas de verdad/

tener una mamá jinetera sería lo perfecto/ una que se abra en dos la cachemira y ofrezca la bata blanca/ si mami se fuera a buscar pepes al malecón a lo mejor veíamos la luz/ pero qué esperanza con ella/ pst/

mi socia yamilé vive como en la yuma porque su pura es una bárbara dando cintura con los extranjeros/ ahora tiene un viejo venezolano que le compra de todo y yamilé lleva siempre pan con jamón de merienda/ qué envidia/ a veces ella me da y a veces no/ está bien/ cada cual hace con lo suyo lo que le da la gana y yo no voy a estar rindiéndole por un mierdero cacho de jamonada tulip/ pero a ver para qué son las amigas sino es para ayudarse/

a yamilé le gusta que le lloren/ que le rindan y que le pidan dame un tincito por favor/ cuando estoy yo para el paso le sigo la corriente/ le digo regálame un pedazo de jamón anda mamita/ y ella nunca me ha dicho que no porque el día que lo haga la pateo/ pero nunca le sale de adentro ofrecérmelo sin que se lo pida/

ay deja que vea los chocolates que voy a llevar mañana al aula/ se va a quedar bizca del tiro/ y no le voy a dar a probar ninguno hasta que se me arrastre por el piso/ ni a ella ni a yuleixis ni a nadie/ me los voy a comer delante de todo el mundo y despacito/ pa que sufran/

el que tiene tiene y el que no se joroba/ así es la vida querida/ si mima barbarita ve el televisor en colores que hay en casa de yamilé se caga toda/ ese aparato tiene una pantalla del tamaño de la pizarra de mi aula/ claro la mamá de yamilé parece su hermana y camina como la mujer de antonio que dice abuelonga/ camina así/ y tiene un cuerpazo que ya quisiera yo/ y mami la pobre pero es que está matá/ parece un salao pestillo/

aunque no es verdad que yo no respete a mami como dice la atracá de mima barbarita/ bueno no la respeto mucho pero le tengo lástima porque ella es tan poquita cosa/ yo hago y deshago aquí porque en algún lugar tengo que hacer y deshacer y ella no me dice ni ji/

mami me tiene miedo/ una vez me cogió tomándome un vaso de cerelac que abuelonga tenía guardado en el refrigerador/ no me lo tomé por maldad sino porque me estaban sonando las tripas/ cuando a mí me suenan las tripas me ciego/ no creo en nadie y al que se me ponga por delante me lo llevo de a viaje/ en eso llega mami y me descubre con el vaso en la mano/ beiya cómo te atreves a tomarte el único poco de cerelac que le quedaba a tu bisabuela/ qué gandía eres/ te voy a dar una entrada de golpes carajo/ ahora tú vas a ver/

golpes carajo le iría a dar a la perra que la parió/ me quedé mirándola así con el vaso en la mano/ como me tocara nada más se lo iba a mandar por la cabeza bien mandado/ bángana/ ella tiene que habérmelo visto en los ojos porque se echó patrás y se metió en mi cuarto haciéndose la disimulada/ yo me acabé de tomar muy tranquila el puñetero cerelac/

caballeros que desde que me quitaron la leche no la he vuelto a ver pasar/ a no ser cuando alguien va a la chopi y compra una lata de condensada o un paquetico en polvo/ ojalá me hubiera quedado de siete años para siempre o pudiera ir a la chopi cada semana/ pero eso es otra cosa/ que aquí vemos los fulas cuando las moscas mean mientras la gente por ahí compra en la plaza de carlos tercero a cada rato/ como la madre de yamilé que se pasa la vida metida allí soltando el billetaje/

ayer me invitaron a acompañarlas/ me gusta ir a la plaza porque el aire está siempre friecito y azul con música de salsa/ la plaza es como una casa grande de la yuma pero en lugar de vivir gente en ella venden cosas de afuera/ hay una rampa que le da la vuelta a todo el edificio y se puede correr por ahí y mirar las vidrieras y las luces/ siempre huele a chicle y a perro caliente con mostaza y a pizza de jamón/

cuando voy con yamilé y su mamá ellas me dejan tocar las cosas que hay en los estantes aunque no las vaya a comprar/ pero cuando me lleva mima barbarita es un puñetero sigilio/ niña no te separes de mí/ no manosees la mercancía/ estate quieta/ no corras por los pasillos/ qué candanga/

yamilé y yo entramos a la tienda de ropa/ yo toqué todos los vestidos y me puse un chubasquero amarillo que tenía pintado al pato dona/ luego fuimos a la zapatería y me probé tres pares de tenis uno detrás de otro hasta que una empleada zoqueta me regañó/ entonces yo tiré un gargajo verde dentro de cada tenis/ ja/

antes de irnos me comí un helado de vainilla en la cafetería de abajo y una chambelona de fresa/ la chambelona la compramos con el vuelto porque la mamá de yamilé no se pone con la ridiculez de contar centavos como hace mima barbarita/ que sobró medio fula pues a ver qué más quieren niñas para no andar cargando quilos prietos/ eso es vida y lo demás es pan con nada/

ella tiene plata dura porque es jinetera/ mi tío erny es jinetera también pero de maricones/ seguro que se busca sus fulas bobos con los pepes/ lo malo es que no da ni agua fría/ o si le da a alguien es a abuelonga/ a mí ni un miserable chicle/ estoy fatal/ yo le caigo como una bomba desde el día que le dije mari contigo no quiero na como le cantan a camilo el pajarito de mi aula/

se lo dije por broma pero desde entonces tío erny me tiene una tirria tremenda/ esta bocaza mía/ debí haberme callado/ por lo menos me seguiría trayendo un paquete de bombones o unos chupachús de cuando en cuando pero yo hice como chacumbele que el mismito se mató/

los fulas de ahora son los que mandó mi tía catalina/ me acuerdo bien de tía/ con ella me llevaba mejor que con erny y hasta que con la misma mami porque no se ponía con pujos de haz esto así o haz lo otro asao/ nunca me regañaba ni me gritaba cabrona chiquita como hacen mami y mima barbarita y la abuelonga/ a ella todo le resbalaba/

pero se fue/ la chusma diligente la arrancó del nativo suelo/ aunque el avión en que ella se montó no tenía velas sino una hélice alante/ era grande y muy gris/ ni el dolor le cubría la frente el día que la acompañamos al aeropuerto/ iba riéndose todo el tiempo y contando chistes de pepito/ y mima oyéndola con la cara virá/

cualquier día voy a hacer igual que tía/ voy a partir/

una vez yo le pregunté que por qué le decían la comunista de la familia y que si era porque ella quería ser como el che/ tía catalina se echó a reír y me dijo que aquí todo el mundo se pone un letrerito como los que vienen en las etiquetas de afuera y que a ella le habían encajado el de comunista/ yo no me lo despego beiya porque lo que es molestar no me molesta para nada/ pero al fin y al cabo me limpio el culo con los letreros porque ellos no me visten ni me dan de comer/

eso me lo dijo después que le llegó el sobre amarillo y que a mami le dio aquel berrinche tan grande que por poco se muere/ todo porque mi tía se sacó la lotería y ella no/ mami es una envidiosa/ qué le importaba a ella/ no sé por qué se puso tan mal/ si porque tía catalina era comunista o porque se fue para la yuma o por las dos cosas a la vez/

ahora mami no la puede ver ni en pintura/ hasta rompió una foto en colores que tía mandó/ ella estaba en una iglesia de la yuma/ una iglesia es un lugar donde hay santos grandísimos y la gente se viste con ropa mortal para retratarse con ellos/ a ver por qué mami tenía que hacer mierda la foto/ si lo suyo no es envidia que venga alguien y me diga lo que es/

en mi aula también hay un montón de envidiosos/ los que no soportan a yamilé porque es la única que se pone zapatos de charolina y ropa de la chopi/ su misma mamá dice que ellas no usan ni un blúmer cubano/ y es así/ ayer yamilé se levantó la saya en medio del aula para enseñarle a todo el mundo su blúmer nuevo que era de hilo dental/ qué ganas tengo de que me compren una tanguita como la de ella/ toda plateada y más brillosa que un papel de bombones/ y que lazarito la vea/

pero como dice mima barbarita el que vive de ilusiones muere de desengaños/ en ganga salgo si mami me consigue un par de tenis churrupieros/ los míos están ya muertos de risa y al soltar la suela/ y lo jodido no es que suelten la suela sino que me aprietan como carajo/ cada vez que me los pongo acabo con las patas en candela y el dedo gordo más engurruñado que una lombriz/

ah qué tanto esperar por la vieja/ voy yo misma a la chopi y me compro un par de tenis caros/ adidas o nike que son los que tienen más onda/ o de esos que cuando una camina se les enciende una lucecita y hacen chachá/ los fulas no van a faltarme por un tiempo/

los fulas/ coño lo que me hicieron hoy con ellos fue un desmadre al uno por cien/ ese tío de lazarito/ ese viejo cabrón/ estafador/ si es para matarlo/ para arrastrarlo por los pelos/ para despendejarlo como dice mima barbarita que va a hacerle a abuelonga/ es peor que el que se llevó la sortija/ la sortija de oro que era de tía catalina/ si ella se entera/ si se entera mi abuela/ ay dios/

mejor me olvido de eso/ mejor me hago la idea de que nunca pasó/ cuando una se hace la idea de algo/ cuando lo piensa muchas veces/ entonces ese algo se convierte en verdad/

voy a pensar fuerte en las revistas que hay en casa de yamilé/ en las trusas fosforescentes/ las toallas grandes y esas sandalias plásticas que aquí no se ven ni en la chopi/ los vestiditos mini y los largos de cola/ y los pulóveres con miquimaus y las latas de jugo con etiquetas de colores/ los paquetes de carne/ los pollos congelados/ los galones de leche de verdad nada de cerelac ni en polvo/ las aceitunas/ las coca colas/ las bicicletas de montar/

pero todo eso no puede ser verdad/ no puede haber un sitio

donde existan tantas cosas y cualquiera pueda comprarlas por la libre/ donde tú tomes toda la leche que te dé la gana aunque ya hayas cumplido siete años/ donde comas bistés todos los días hasta que te salgan por las orejas/ qué va/ eso no puede ser aunque parezca que es así en los videos y en las revistas/ a mí no me engañan/

por si las moscas voy a preguntarle a mi tía catalina el día que ella regrese/ le voy a preguntar si en la yuma es así/ porque yo lo veo en las películas/ gente que vive en casas con piscina y con el refrigerador lleno de jamón y un carro que parece un cohete afuera/ pero como dice abuelonga vivir para ver y ver para creer/ yo para convencerme de que no hay invento tendría que verlo con mis propios ojos/

quién sabe si me pongo dichosa y convenzo a tía para que me lleve con ella a la yuma/ me meto bien encogida dentro de una maleta y que nadie la abra hasta que lleguemos a miami/ entonces me voy corriendo para su casa y me escondo allí y me como todo lo que haya de comer en su refrigerador/

ah y conmigo sí que no vale la gracia esa de elián gonzález/ al que me quiera reclamar le doy una mandada para el carajo que no se va a parecer a nadie/ hasta a la propia mima se la doy si empieza a chivar mucho/

elián cará/ todavía me estoy acordando de las marchas hasta el parque de los gritos y de los liberen a elián liberen a elián liberen a elián/ y los muchachos de mi aula que decían elián mi amiguito por tu culpa no me dejan ver los muñequitos/ ahí fue cuando se inventaron las mesas redondas de la televisión y el zumbarse a las tribunas abiertas por las tardes/ yo estaba en cuarto grado y la de marchas que me mandé entonces con una bandera en la mano y una pancarta que decía mafiosos de miami liberen a elián/

yamilé tiene el video del cumpleaños de elián y yo lo vi en su casa/ ese chamaco es un reventao de la suerte/ mira que ahogársele la pura ahí delante de los ojos/ pasarse un carajal de días con tiburón sangriento atrás/ llegar a la yuma y vivir la dulce vida unos meses con los tíos/ y que después de andar como los chiquitos yumas con su mochila y su telefonito lo vaya a recoger el puñetero padre y lo traiga a remolque para cuba qué linda es cuba que ya de linda no tiene na a pasar trabajos otra vez/ oye si la gracia es conmigo formo una clase de escándalo que se oye hasta en el comité central/

mami no me haría esa basura / me juego la cabeza a que me deja
en la yuma comiendo pan con jamón/ y cuidado no diga mima
barbarita que empiece la cabrona chiquita a mandar fulas para acá
desde ahora/ eh y yo sí que los mandaría porque tampoco soy una
degenerá/ de esto mismo que me queda ya les soltaré su fulita con
disimulo/ no quiero que pasen hambre ni que tengan que llenarse la
panza con tajadas de aire cuando yo tengo plata/

un pintalabios es lo primero que me voy a comprar en la chopi/
mañana le digo a la mamá de yamilé que me lleve con ella para que
no me vuelvan a coger de boba/ entonces aprovecho y compro el
creyón/ que sea rojo y que brille y que huela a fresa o a jamón/ y un
par de zapatos/ bueno para eso más vale esperar porque un creyón
se esconde en cualquier parte pero un par de popis no hay manera/

deja que lazarito me vea pintada/ se le va a caer la baba y a parar
la picha/ que ya se le para aunque yo no me pinte y la tiene larguísima/
por eso le dicen lazarito el pingúo/ él tiene el rabo largo y los ojos
bonitos/ negros y muy grandes también/ el martes se metió en el
baño de las hembras detrás de mí y me tocó la crica duro/ yo me
dejé un ratico pero después le di un empujón/ échate pa allá descarao
y a ti quién te dio tanta confianza/ sale por ahí/

fue por ponérsela difícil porque nosotros ya apretamos una vez/
nos metimos en la cocina de la escuela después que se fueron las tías
del comedor y acabamos con la quinta y con los mangos de la quinta/
nadie nos vio/

yo estoy metida hasta el fondo con lazarito/ me gustan sus ojos
negros más que su pinga/ bueno me gusta todo él aunque no quiero
que él se dé cuenta porque así son los machos de engreídos/ si se
huelen que una está puesta para ellos le dan una patada por el fondillo/
y a mí sí que no porque las patadas las doy yo/ pero tampoco quiero
quedarme solterona ni que me vaya a pasar como a mami/ solavaya/

mami debe de tener la crica tapiada/ yo como que quisiera
preguntarle chica ven acá tú no tiemplas nunca/ a ti no te pica eso
por allá abajo/ porque lo de ella es que ni sor juana inés la peor de
todas/ el queso le debe estar llegando hasta la punta del cerebro/ la
pobre/

mami no es monja como sor juana así que yo no entiendo por
qué no se busca un marido igual que hacen las otras mamás/ ya no le

vuelvo a decir más nada porque se encabronó conmigo la última vez que hablamos del asunto/ no sé qué bicho la picó/ yo le iba a explicar que a mí no me molesta que me ponga padrastro/ eso sí que el tipo no me venga a sopapear porque yo no soy trapo de culo de nadie/ akinkó/ pero no me voy a molestar si ella se echa a alguien que no sea mi papá/

mi papá es otra cosa/ mima barbarita es tan atracá que se piensa que me puede embutir con historias/ yo sé de papi más que ella/ más que mami y más que la abuelonga/ papi viene y habla conmigo sin que nadie se entere/ por eso cuando dicen que se ahogó no me da ninguna tristeza/ y hasta me río por dentro aunque me digan que si no tengo sentimientos/ él está más vivo que ellas y que yo/ ja/

pero si mami piensa que mi puro está muerto por qué no se espabila/ además que él nunca va a venir a conversar con ella/ él solamente me quiere a mí/ entonces ella que haga como dice el refrán/ el muerto al hoyo y el vivo al bollo/ que se empate con otro vivo y que se deje de tanta bobería/

lo mismo mima barbarita si al fin es que ella no está tan vieja/ a lo mejor no les gustan los hombres a ninguna de las dos/ yo no creo que sean tortis aunque eso de que mima barbarita duerma con abuelonga está extraño/ pero mima barbarita se casó con mi abuelo y luego tuvo un querido/ el tal jesús/ y abuelonga también se casó/ allá ellas/ ahora a mí sí que me vuelven loca los machos/ y el que más loca me vuelve es lazarito el pingúo/

qué calor hace/ ni por lástima la brisa acude de tu zona ardiente/ perla del mar/ estrella de occidente/

el balcón es igual que la tele de entretenido/ la gente se vuelve chiquitica cuando camina por la acera y una le puede tirar un gargajo a cualquiera que se ponga a tiro/ qué risa después/ pero en la oscuridad es difícil de ver quién pasa por allá abajo/ y requete difícil escupir con buena puntería/

otra ventaja es que desde aquí una se puede lanzar al aire y a volar se ha dicho/ con las nubes de velo/ oyendo la música que viene del cielo/ y comiéndome un caramelo/ con flores en el pelo/

coño/ me salió una poesía sin querer/

mi papá vuela/ así es como él viene a verme y un día me va a enseñar/ aunque si yo me pongo para las cosas lo hago sola/ me salen alas y akinkó/

mima barbarita sigue dando berridos en la sala/ me está echando con todos los hierros/ me está tirando con morteros y mami tratando de pasarle la mano/ que beiya no es más que una niña/ que todavía no sabe lo que dice/ oye no te aceleres así/ mira que te va a subir a trescientos la presión y te vas a joder completa/

niña ni un carajo/ yo sé más que todas ustedes/ y la vieja que se acelere y que se muera/ quién la manda a ser tan hocicona y tan criticona/ ah/

está cayendo candela/ si tan siquiera tuviéramos un ventilador/ pero para qué/ con este apagón no se podría encender/ en casa de yamilé tienen un ventilador de techo en el cuarto y un aire acondicionado en el comedor/ coño qué mala pata la mía que nací de mami la flacundenga y no de la mamá culona de yamilé/

si yo fuera yamilé o si ella fuera yo/ ella tampoco tiene papá pero es tan comefana que me dice hace tiempo que su papi era mexicano/ y yo ven acá niña mexicano de guanabacoa o mexicano de camagüey/ y ella jurándome que lo del mexicano era verdad/ un tipo que salía con su mamá/ a yamilé le decía mi hijita y quería llevársela con él para cancún/ arrancaban para la chopi y el mexicano le compraba todo lo que ella quería/ la misma tanguita de brillo se la regaló él y hasta un ajustador de encajes/ un papá así me hace falta a mí/ un papirriqui con mucho guaniquiqui como dice la canción/

pero tía catalina tenía razón/ una no se puede fiar de nadie/ el mexicano después le quería coger las nalgas a yamilé/ a ella no le importaba mucho pero su mamá se dio cuenta y mandó al tipo para el carajo/ hizo bien/ desde cuándo los papás les manosean el fondillo a las hijas eh/ vamos a estar aquí y no en la cola del pan/

hablando de fondillo se me olvidó decirle a mami que me cosiera la saya del uniforme/ esta mañana me hice un rajón con un clavo que tiene mi asiento/ está ahí desde que empezó el curso y no me he pinchado el ojete todavía de milagro pero a cada rato se me engancha en la saya/ hoy se puso fatal/ luego la comemierda de yuleixis salió con la gracia de que se me veía el blúmer y que lo tenía roto/

mentiras/ no se me veía nada/ aunque es verdad que mi blúmer estaba roto/ todo el mundo se reía y los varones me decían culo partido/ pero yo qué culpa tengo de que no me compren blúmeres nuevos/ debería recordárselo a mami aunque hablar con ella de compras en la chopi es como hablar de pelota con la ventana del aula/ o como hacerle una pregunta a la maestra que cuando no nos grita parece que estuviera pintada en la pared/

la maestra se llama gina/ lazarito le puso gina la cochina porque siempre va con las orejas y las manos sucias/ también tiene los dedos de los pies empercudidos de tierra colorada/ mejor le hubiera puesto gina la sorda/ nosotros le preguntamos maestra qué quiere decir esta palabra o maestra no entiendo lo que usted escribió en la pizarra y ella nos hace el caso del perro/

además parece que todavía no ha aprendido a conjugar los verbos/ las conjugaciones yo me las sé desde que estaba en tercer grado con la maestra moraima la buena pero gina la cochina sólo sabe usar infinitivos/ a pararse/ a sentarse/ a callarse/ la deberían mandar para tercer grado otra vez/

qué matraca carajo/ ahora está mami aquí descargándome/ por qué le faltaste el respeto a tu abuela/ mentirosa/ me tapo los oídos/ lleva y trae chismes/ con las dos manos/ no tienes consideración con nadie/ para qué inventas esas barbaridades/ igual la sigo oyendo/ es que te gusta ver a la gente sufrir/ le saco la lengua/ víbora/ entera/ mala entraña/

tremendo encarne el que me ha caído arriba/ mami está en babia/ como siempre/ yo no soy víbora ni tengo mala entraña/ podría explicarle que hice lo que hice por defenderla a ella/ para que no le siguieran diciendo sanaca y comebolas/ cómo se iba a quedar/ pero no/ mejor que me calle/ que no diga nada/ ésta no va a entenderlo/ y si lo entendiera se echaría a morir/

mami es suave aunque a veces me grite cabrona chiquita y me dé un empujón/ arma sus griterías más por miedo que por otra cosa/ porque el miedo es el rey del mundo/ ella es buena y no quiero que sepa que le tengo lástima/ entonces sí que se hunde hasta el fondo/ que se tira por el balcón pa abajo y se hace mierda porque ella no puede volar ni conoce la palabra de la fuerza/ akinkó/

te gusta pinchar donde más duele beiya/ qué manera de hablar cáscaras caballeros/ hincar bien el puñal y darle vueltas/ concho que cierre el pico un rato para que me descansen las orejas/ eres una canalla/ ni nota que no le hago caso/ como tu padre/ que desconecté el enetevé y puse radio martí/ como la arrastrada de catalina/

de pronto se da cuenta de que la estoy ignorando olímpicamente porque chilla que lo que yo te digo te entra por un oído y te sale por el otro/ y ya me empingó bien/ está bueno ya de aguantar callada sus encarnaciones/ y le contesto que por el culo es por donde me sale para que te enteres/ y cómo no me iba a salir por ahí si todo lo que tú dices es mierda/

se encabronó conmigo y me mandó para mi cuarto/ mejor/ me asomo al balcón de aquí que da a la esquina/ me salvé que cerró la puerta/ si le da la gana de estar berreando hasta que venga la luz yo ni la voy a oír/ que se desfleque la garganta igual que mima barbarita/ que le salga un cáncer en la boca y que se muera pal carajo/

me gusta empinarme en el muro y ver a la gente corriendo detrás de los camellos y los camellos corriendo delante de la gente/ un día les saqué una poesía a los camellos pero no me acuerdo de dónde la copié/ empezaba así/ los camellos no son bellos/ yo creo que son del carajo/ en ellos la peste a grajo/ hasta te quita el resuello/

yo sé escribir poesías y me he aprendido de memoria todas las que vienen en el libro de literatura/ al partir la bailarina española romance antiguo al che guevara los zapaticos de rosa/ dice mami que así mismo era ella/ que hasta que yo nací le encantaban los poemas y las novelas pero que ya no le llama la atención nada/ ni leer/ y que por mi culpa se quedó a media ruta y no llegó a graduarse/

qué mala y qué jodedora soy verdad/

tengo que hacerle una poesía a lazarito para que entienda y me hable claro pero no me atrevo/ y si alguien más la ve/ y si él se burla/ y si se lo dice a los otros para que se rían más/

quisiera que nos escapáramos juntos/ no en guagua ni en camello sino volando/ flotando por el aire hasta que aterricemos donde está la playa muy linda/ todo el mundo está en la playa/ y allí jugar los dos solos a hacer castillos en la arena/ y vernos sin que nadie nos vea lazarito/ mírame con tus ojos negros/ bien lejos de los jodedores de la vida para que me digas que estás enamorado de mí y que si quiero ser tu novia/ para que me des un beso sin levantarme la saya/

te pienso lazarito/ me rasco entre las piernas/ de la habana apagada me gustaría escapar/ y de aquí de mi casa/ sobre todo de casa/ escapar de alcatraz/

qué está pasando en la sala/ ah es mima barbarita echándole los caballos a abuelonga/ ya se olvidó de mí/ qué suerte/ te voy a tirar por la escalera para abajo vieja cabrona/ eso es un abuso/ te voy a meter un cuchillo/ aunque abuelonga levantara unos pesos/ por la gandinga/ no es para tanto/ mala madre/ y ya ella está toda cañenga/ bandida/ por qué no la dejará en paz/

esto sí es por mi culpa/ por meterme a chivata peste a pata como candita la del comité/ le fui con el chisme a mima barbarita para que no creyera que había sido yo la ladrona/ ese día estábamos abuelonga y yo solas en casa y mima barbarita lo sabía/ entonces llega ella del hospital llorando porque su papi se había muerto y se pone enseguida a contar el dinero que había guardado en el escaparate/ a contarlo y a recontarlo y a cagarse en el mundo porque descubre que le falta plata/

ahorita se cree que fui yo me apenqué/ entonces le dije bajito que abuelonga había subido a la barbacoa para manigüitear/ al fin era verdad/ a mí no me habría pasado por la cabeza agarrar un quilo de nadie/ yo era todavía una niña boba y no tenía ni idea de para qué servía el dinero/ pero me orinaba de miedo en cuanto oía gritar a mima barbarita/ ella es de las que coge el monte rápido y despendeja a cualquiera/ empezando por mí/

aquella vez que me entró a golpes por hablar de jesús casi me mata/ me dejó el culito ardiendo y la espalda en carne viva/ solté sangre hasta por la boca/ se salvó porque yo no me había aprendido la palabra de la fuerza/ si la hubiera sabido la descojono yo a ella y le rajo las agallas con akinkó/

también por eso le conté lo de abuelo esteban/ me chivó que me recordara la partía de cintazos que me había dado de gratis/ yo no lo hice por joder sino que fue una confusión/ esa tarde desde que mima barbarita salió con jesús aquí no hacían más que hablar de ellos dos/ mami diciendo que si se revolcaban juntos y abuelonga que no/ que mima barbarita era una pasmá y una bollo frío/ que no sabía cómo atraer a los machos y por ahí para allá/

entre el dime y el direte llama aquella mujer/ niña ponme a bárbara bridas/ y como mima barbarita siempre me dice niña y le dice su nombre a la abuelonga yo creí que era ella/ por mi madre que sí/ le pregunté que dónde estaba con jesús para salir de dudas de si habían ido al cine como amiguitos o a una posada a hacer porquerías/ eso fue todo lo que pasó/

va y no debí meterme en lo que no me importaba pero no lo hice por joder/ por joder le dije lo de abuelo esteban vaya/ para que se callara el hocicongongo de una vez y dejara de cacarear/

mima barbarita habla mucho del tiempo de antes y abuelonga lo mismo/ que si en la época de ellas los muchachos respetaban a los mayores y eran unos angelitos/ serán comemierdas o me querrán coger de comemierda a mí/ porque mima barbarita respeta menos a abuelonga de lo que yo respeto a mami/ hasta leña le ha dado/ y si abuelonga mandó a su madre para mazorra a mí no me vengan a hablar de respeto so desprestigiás/ yo le hago caso a mami de dientes para afuera pero ustedes ni eso saben hacer con sus puras/

otra majomía que se trae mima barbarita es con lo de tener su propia casa/ yo no conozco a nadie que tenga una casa suya nada más porque ni yamilé/ ni yamilé/ ella y su mamá viven con el abuelo/ a veces los tíos vienen del campo y se pasan semanas allí/ y en la de lazarito vive una tribu por eso les dicen los muchos/ así que toda la gente que yo conozco está apurruñada con los padres y los abuelos y los tíos/ eso de tener casa propia debe ser otro invento de la loca esta/

abuelonga sí tuvo su casa/ parece/ cuando se casó con mi bisabuelo el tarrúo se fueron a vivir ellos solitos/ de dónde sacarían antes las casas es un misterio/ sería porque entonces había menos gentes o más espacio/ como quien dice a menos bultos hay más claridad/

yo espero alguna vez tener un cuarto que sea mío/ mío nada más/ no casa porque tampoco voy a pedir imposibles ni a creer en los reyes magos/ ja/ pero un cuarto sí/ es fácil/ cuando abuelonga se muera seguro que mami se va a dormir con mima barbarita y yo me hago dueña de todo esto/ entonces voy a poder cerrar la puerta por las noches y mirarme con calma en el espejo para ver si ya me están creciendo las teticas y llenándoseme de pelo la crica/

si no hubiera apagón aprovechaba ahora y me miraba pero no

me veo ni las manos/ así quién va a chequear tetas/ a yamilé ya le salieron aunque no cumple los doce hasta diciembre/ yo los cumplo el mes que viene pero no tengo ni las punticas llenas todavía/ no se me marca nada debajo de la blusa/ con tal de que no salga planchada como mami/ coñó/

no/ eso no/ yo estaré flacundenga pero ya he sacado mi poco de fondillito/ desculada igual que ella no voy a ser/ se me notan las nalgas cuando me pongo pantalones ajustados y casi todos me quedan ajustados así que por ese lado estoy tranquila/ la batea no me la quita nadie/

las tetas de mami son chiquitas y flojingangas/ por eso no encuentra marido/ es que está de truco la pobre/ yo lo sé porque la vi encuera el día del pollo y pensé es una nadadora/ nada por delante y nada por detrás/ abuelonga me había mandado para allá arriba pero lo que ella no se imagina es que desde el piso de la barbacoa se ve todo lo que pasa abajo por un agujero de la madera/

ese día yo estaba embulladísima y con la panza esperanzada/ mami había traído un pollo gordo y yo creía que nos lo íbamos a comer frito o asado/ ay si me llego a imaginar la cochinada que iba a hacer con él lo pelo yo misma y me lo jamo escondida de todo el mundo/ me lo jamo hasta crudo/ ah/

pues llegó mami de la calle y amarró el bicho en el balcón/ y yo vieja me vas a hacer arroz con pollo/ mejor que lo prepare abuelonga que a ti siempre te queda el arroz duro y con peste a cucaracha/ y ella embarajando la bola/ que sí/ que para el almuerzo del sábado/ cuentista/ embarcadora/ luego protesta porque yo le digo mentiras/ luego protesta/

al poco rato se apareció la santera sabina/ venía muy vestida de blanco con su turbante en la cabeza/ con tantas cintas y lazos parecía una piñata con patas/ llevaba una jabita de la chopi en la mano y entró con mami al cuarto de nosotras/ trancaron la puerta y yo me pegué bien al hueco del piso para enterarme de lo que iban a hacer porque sabía que no era nada bueno/

primero sabina agarró un mocho de tabaco y empezó a echar humo por los rincones/ fi fa fi fa siacará/ bembeteando luz y progreso a esta familia dale mi changó oh oh/ a mí se me salía la risa como un chorrito de meao pero me aguanté/ y aguanté también la perra peste a mondongo que se mandaba la cachimba/

después mami se quitó toda la ropa/ hasta el blúmer/ se quedó encuera en pelota/ y yo esperando a ver si se ponían a hacer tortilla pero no/ sabina salió al balcón y volvió con el gallo cogido por las patas/ sacó un cuchillo grande de la jabita que traía y pácata/ le cortó la cabeza al bicho/ su alma trémula y sola salió volando de aquí/ y se llevó con ella mi arroz con pollo del sábado/

entonces sabina empezó a masajear a mami con el gallo muerto/ a restregárselo por las piernas y entre las tetas/ hasta por la crica peluda se lo pasó/ la llenó de sangre y de plumas y la muy puerca se dejaba hacer tan tranquila esa asquerosidad/ y todavía se pone brava cuando a mí se me ensucia el uniforme en la escuela/

era para matarlas a las dos/ con el hambre que yo tenía y que esta gente cogiera un pollo para pasárselo por el bollo/ le ronca malanga y su puesto de viandas/ lo que más me jodió fue que sabina se llevó el gallo muerto en la jaba de la chopi/ venía preparada la muy cabrona porque hasta unos periódicos había traído para envolverlo/ vieja aprovechadora/ descará/

eso es sinvergüencería aquí y donde sea/ seguro que sabina llegó a su casa y limpió bien el pollo para quitarle el sabor a crica de mami y enseguida se lo comió/ nosotros nos quedamos en blanco y trocadero/ cada vez que me acuerdo me da una roña del carajo porque ni que los pollos estuvieran tirados por el medio de la calle para desperdiciarlos así/

mami está mal de la cabeza/ todavía deja que la embutan con esas zonceras de la santería y las limpiezas/ yo no/ en la escuela dicen que dios y los santos son inventos de los curas y del imperialismo/ y debe ser verdad porque si existen dios y los santos dónde están/ que se aparezcan/ que se aparezcan para que yo los vea porque si no no me trago el cuento/

uno dos y tres/ el director nos aclaró en un matutino que la navidad era sólo para que la celebraran los viejos/ les vamos a dar qué papa más chévere/ vacaciones en diciembre pero no se malacostumbren/ esto es socialismo palante y palante y al que no le guste que tome purgante/

hay que tener cuidado el director diciendo en el estrado/ ese hombre viene a ver a los abuelos pero no a los pioneros por el comunismo seremos como el che/ el che guevara no creía en papa ni en yuca ni en boniato y ustedes tienen que ser igual que él/ ríanse de las navidades y de los papelitos de colores/

aunque a mí lo que haya dicho el che me importa un tarro/ como nunca lo he visto por qué voy a creer en él/ va y es tan inventado como dios y los santos/ a quienes creo es a yamilé y a su madre que van a la chopi y tienen televisor en colores y compran jamón tulip y coca cola para la merienda/ ésa es la vida y todo lo demás es blablablá/ que se vaya a la mierda el che y el que lo recomienda/

los mayores se atracan mucho de porquería/ el director mima barbarita mami y los maestros/ piensan que una es estúpida o qué/ cuando yo era chiquita abuelonga se puso una noche a contarme de los reyes magos/ que si se llamaban gaspar melchor y baltasar/ que si venían en camellos pero no como los que hay por la calle sino unos animales de cuatro patas parecidos a los caballos/ qué paquetes los de abuelonga/ que si cuando ella vivía en el campo los reyes siempre le traían muñecas/ y que las niñas deben de jugar con muñecas para aprender a ser buenas madres después/ y yo pensando que mima barbarita y la misma mami necesitaban por lo menos cuatro muñecas cada una/

abuelonga me convenció/ me senté y escribí una cartica para que los reyes me trajeran una barra de chocolate como las que venden en la plaza de carlos tercero/ entonces no existía la plaza de carlos tercero pero yo había visto a yamilé comiéndose unos peters sangandongos a la hora del receso/ le pedí a melchor por favor unos cuantos chocolates y si no le era molestia un litro de leche también porque me acababan de quitar la de la libreta/

qué reyes magos ni un carajo/ al otro día por la mañana sorprendí a abuelonga tratando de meter un cartucho debajo de mi cama/ se creería que iba a cogerme de boba/ a mí que me pasé la noche sin dormir pensando en los chocolates y en el litro de leche/ no hombre no/ que vaya a embutir a la que la parió/

rompí el cartucho y saqué una muñeca/ feísima que estaba/ pelona y con una cara redonda de retrasada mental que le metía miedo al susto/ si hubiera sido una barbie yuma se la aceptaba y me hacía la

que me tragaba el cuento de los camellos pero aquello era una mierda
rusa del año del caldo/ y más nada/ ni chocolates ni leche ni un salao
caramelo de menta/

cogí un encabronamiento que ni los de mima barbarita/ agarré la
muñeca con cartucho y todo y se la tiré a abuelonga por la cabeza/
anda y métetela por el culo vieja loca/ qué baltasar ni qué melchor ni
qué coño de tu madre/

qué gritería se traen ahí en la sala/ ahora berrean las tres a la vez/
el corito de la puñeta verde/ vieja ladrona te voy a sacar la gandinga/
mima barbarita tiene un galillo que se oye hasta en el capitolio/ me
robaste doscientos fulas/ la ladrona serás tú que te alzaste con los
aretes por eso dios te castigó y te quemó el televisor/ cállense que ya
los vecinos deben estar parando las orejas/ bandida no me recuerdes
más mis salaciones/ sió carajo/ mala hija/ perversa/ acaparadora/
ay/

dejen la fajatiña/ ésa es mami atajando pollos y metiéndose por
el medio/ voy y les digo que/ hablen de otra cosa/ pero sólo me
queda la mitad del dinero y la voy a perder también si abro el hocico/
abuelonga no le contestes a mima que se pone peor/ y si me castigan/
qué va/

te voy a romper/ qué miedo tengo/ esa alma maricona/ hasta el
pelo me tiembla/ rómpemela para que te metan en la cárcel
degenerada y te pudras allí/ si mima barbarita le rompe esa alma
maricona a abuelonga y se la llevan presa será por culpa mía/ es lo
que te mereces/ les dije que está bueno ya/

no/ yo no tengo que decir nada/ total/ ellas se pasan la vida
peleándose/ cuando no es por hache es por be o por i griega/ mejor
subo a la barbacoa para que se me pase el miedo/ con cuidado/ que
no me oigan para que no se vayan a poner para mi cartón otra vez/

en la barbacoa

hay una cama grande de acostarse patiabierta a tocarme la crica y
si me descubren digo que estaba dando brincos en el colchón/ hay
un escaparate de dos puertas de donde abuelonga se robó la plata de
mi abuelo y una mesa de noche con revistas de hombres encueros
apretándose y con las pichas parás/ huele a polvo húmedo y a perfume rojo y chillón/

qué rico es venir aquí cuando tío erny no está/ puedo oír cositas lindas de las que nadie tiene que enterarse como mi hijita un día de estos te voy a llevar a pasear/ vamos a ir tú y yo solos para que la gente conozca a tu papá y te respete/ para que la gritona de tu abuela no te diga más la beiya bastardilla ni tu madre te llame hija del período especial/ para que todos sepan/ sí/

que sepan que yo soy tu papá y que no me fui en una balsa/ que tampoco estoy muerto ni en la yuma ni soy un hijoeputa/ no hagas caso de las mentiras que te meten las locas de esta casa/ ignóralas/ yo siempre he estado contigo y jamás en la vida te voy a abandonar/

quieres salir a tomarte un sunday de chocolate en el coppelia/ quieres ir a comer pizza hawaiana allá enfrente en la plaza de carlos tercero/ quieres que te compre un par de tenis nike/ una barra de chocolate/ un creyón de labios con sabor a naranja/ un perfume mariposa/ un ajustador de encajes/ una tanguita de brillo/ quieres/ di/

no pipo/ no viejo/ quiero que nos quedemos aquí solitos/ ya no tengo hambre porque me llené la barriga con papas fritas/ a mí me encanta que conversemos pero con cuidado/ mami me dijo hace tiempo que si seguía hablando contigo me iba a llevar a la psicóloga del hospital otra vez/

la psicóloga del infantil es una flacundenga con cara de no haber desayunado nada caliente en tres semanas/ lo único que me mandó fue meprobamato porque hay que sedar a esa niña que está hiper alterada compañera/ voy a recetarle algo que la haga dormir bastante para que se le tranquilicen los nervios dijo/

mami me embutió de pastillas y me prohibió que volviera a hablarte porque ella es cómo es/ pero tú te crees que yo le hice caso/ no chico no/ te hablo cuántas veces me dé la gana y por eso me meto aquí/ para estar los dos solos/ y ya/

me gusta hablar contigo porque tú sí me oyes/ tú no eres como mami que siempre está en la luna/ o como mima barbarita que nada más se ocupa de bembetear ella/ tao tao tao y los demás que se callen y pongan las orejas a su disposición/ tú eres distinto/ por eso tengo tanto que contarte de la escuela/ de lo que pasó con yaibé y de algo que hice esta tarde pero no sé si estuvo bien o mal/

yo soy muy maldita/ figúrate que hasta me robé el llavero de mima barbarita/ fue hoy cuando volví de la escuela/ ella lo había dejado en la mesa y yo lo agarré y lo escondí debajo del colchón de mi cama/ lo guardé para dártelo a ti/ para que entraras y salieras de esta casa cuando te diera la reverenda gana porque es que tú eres mi papá/ pero ya no lo tengo/ es que hoy ha sido un día tremendo/ de huye que te coge el toro para decirte la verdad/

déjame empezar con lo que pasó por la mañana/ el director se apareció en el matutino con el pantalón manchado y la portañuela medio abierta/ cuando mandaron a decir el lema yamilé gritó se le salió la leche en lugar de seremos como el che y toda la fila se rió/ y yo también/ yamilé es mi socia fuerte/ siempre me lleva con ella a la plaza de carlos tercero y me invita a comer y a tomar helados/

después entramos al aula/ desde que pasó el ciclón nos mandaron a una que queda al fondo del pasillo porque a la otra se le derrumbó el techo/ el aula de ahora es tan chiquita que uno se tira un peo en la primera fila y lo huelen en la última/ para colmo está al lado del baño de los varones y el olorcito a mierda vieja que sale de allí desquicia a cualquiera/

como gina la cochina se quedó fumando en el pasillo los jodedores de la vida se dieron gusto machacando a yaibé hasta el rojo vivo/ yaibé es una sanaca/ nunca te he hablado de ella porque la pobre es un cero a la izquierda/ una chiquita más exprimida que frazada del piso/ la aguantagolpes número uno de la escuela josé joaquín palma/ el palito barquillero de mi aula/ una infeliz/

me da pena con ella porque la tienen seca/ le dicen niña bitonga porque es única hija/ comina porque es muy bajita/ anitalahuerfanita porque no tiene papá/ todos los días le halan el pelo/ le tiran tacos de moco/ le levantan la saya hasta el ombligo y le dan golpes para hacerla llorar/ la muy monga se derrite en lágrimas por eso le pusieron también la mocoybaba/

hasta hoy lo único bueno que tenía yaibé era una sortija/ lindísima que estaba/ con una piedra azul/ dicen que era de oro/ imagínate/ oro de verdad y no del que cagó el moro/ pero el flaco lópez hace tiempo que le había echado el ojo a la sortija y esta tarde se la tumbó cuando le dio el soponcio a la chiquita/ y qué soponcio/ de milagro no se reventó toda/ ay/

cuando veo las agitaciones que se traen con yaibé me acuerdo de

una película del sábado/ un chamaco bitongo al que le hacían la vida
un yogur de soya en la escuela igualito que a yaibé se encojona por fin
y busca una ametralladora/ se aparece en el aula/ dispara
pampampampán y acaba con todos los jodedores de la vida/ los
hace café molido con chícharos/ tremendo guapo/

dicen que eso pasó de verdad en la yuma/ allí cualquiera tiene
una pistola no solamente los malos de la película/ dónde habrá una
ametralladora papi/ dónde se podrá conseguir una bien grande/ o
un revólver al menos/ con un millón de balas/ eh/

tú sabes por qué me da más lástima yaibé/ porque yo me imagino
que cuando mami tenía mi edad se parecía a ella/ no/ a mí sí que
no/ a mí los jodedores nunca me han molestado/ y que se atrevan/
al que se me ponga con una imperfectá le rompo la cara/ lo mato y
no lo pago/ ah/ con decirte que le metí tremenda galleta el otro día
a yuleixis porque me preguntó si las mujeres de aquí éramos
tortilleras/

deja contarte en orden el show del aula/ primero yamilé y lazarito
abrieron el estante donde se guardan los materiales de artes plásticas/
sacaron unos trozos de plastilina vieja y los cogieron para amasar
bolitas con saliva/ les tiraban las bolitas a los demás tipo juego de
pelota/ lazarito gritaba yo soy liván hernández/ batea campeón pa
los países/

yamilé hizo una pinga grande de plastilina y el flaco lópez se la
pegaba a los varones en el fondillo y a las hembras en la crica/ ahí
lazarito y el flaco se fajaron a los piñazos porque el flaco le faltó el
respeto a lazarito/ le tocó las nalgas y eso no se les hace a los
hombres/ tú no te dejarías tocar las nalgas tampoco seguro/ lazarito
le entró a trompadas y el flaco lópez terminó llorando con la pinga
desbaratada/ la pinga de plastilina claro/

después que se cansaron de comer catibía con la plastilina empezó
el juego de levantarles la saya a las chiquitas para verles los blúmeres/
a las que se dejan pues al que me levante la saya a mí le doy una galleta
y le tiro los dientes directo pal latón de la basura/ así me enseñó
mima barbarita/ ella dice que tengo que saber defenderme/ me ha
advertido que si alguien se pone con frescuras conmigo y yo no le
parto la cara quien me va a entrar a golpes es ella luego/

yo me senté sola y empecé a entretenerme con un libro viejo que encontré en el estante/ se trataba de una chiquita a la que jodían mucho sus primos que eran malos/ hasta le tiran un libraco por la cabeza y se la parten en dos/ le sacan sangre/ la chamaca se llamaba jane y me recordó a yaibé la bitonga/ es para que tú veas que a cualquiera lo cogen de palito barquillero en este mundo/ aquí y en casa del carajo/

pero papi en esa aula no se puede ni leer en paz/ no había pasado de las primeras páginas cuando yamilé fue a darme conversación/ me dijo que a ella no le gustaba leer porque prefería ver películas de afuera/ todo para restregarme en la cara que ella tiene video y televisor en colores/ como si yo no lo supiera/ mira que le gusta lucirse/

yaibé se sentó cerca de nosotras y también se puso a leer/ yamilé de sonsacadora le dijo que fuera a jugar con el grupo/ le hice señas a la bitonga para que no fuese pero ella es monga y se dejó arrastrar como una carretilla/ a los cinco minutos yamilé le había levantado la saya y el flaco lópez le bajó el blúmer hasta los pies/ le vimos la crica completa/ rosadita y sin pelo/ y tenía el blúmer roto/ lazarito estaba allí pero él miró para otro lado/ se hizo el que no la vio/

por fin la soltaron gracias a los gritos que daba/ tú entiendes eso papi/ yaibé es boba/ anormal por completo/ si no sabe defenderse dime tú para qué se junta con gente como yamilé y el flaco lópez que nada más están en la maldad/

en eso llegó la guía natasha y se acabó el relajo con la chiquita/ menos mal/ la guía natasha es este curso la coordinadora ideológica y la maestra de una asignatura nueva que se llama cuba demanda/ qué demanda/ todo/ que cuba con fidel se manda y se desmanda y al que no le guste que se mande la manda/ así hay que decir en los matutinos/

natasha no es gritona como gina la cochina aunque le gusta soltar sus descargas y llenarnos de baba miliciana/ a mí no me cae mal pero a lazarito sí/ en vez de la ideológica él le dice la ideoloca/

hoy la ideoloca formó tremendo revuelo con la celebración del vespertino/ normalmente nosotros sólo tenemos el matutino por la mañana/ ahí es cuando se canta el himno y se saluda la bandera y se dice pioneros por el comunismo seremos como el che delante de martí/ pero a veces además del matutino nos empujan un vespertino y tenemos que meternos ración doble de blablablá/

el vespertino se hace después del almuerzo cuando vienen
inspectores del municipio o de la provincia o gente de las alturas/
por cierto que el almuerzo de hoy fue mejor que el de otros días/ lo
único bueno de que vengan visitas es que se progresa un poco con la
jama/ nos dieron un huevo duro y medio vaso de cerelac además del
arroz con frijoles/ escapamos en turistaxi vaya/

cada vez que se aparecen los inspectores hay que armar un show
de a correr con los villalobos/ a la ideoloca se le ocurrió que había
que recitar un verso del che/ luego leer un comunicado y una noticia
del periódico y cerrar con una poesía de martí porque compañeros
no podemos dejar a la escuela en mal lugar y ustedes son los mayores/
son la vanguardia del sexto grado así que demuestren su combatividad
socialista y hasta la victoria siempre/ ya saben que el lema de esta
semana es si avanzo sígueme/ si me detengo empújame/ si retrocedo
mátame/ y yo mato al primero que se me ponga con blandenguerías
fuera de lugar/

yamilé enseguida se ofreció para leer el periódico/ era por
destacarse porque a ella el figurao la vuelve loca/ el flaco lópez dijo
que él iba a decir el verso del che y la guía escogió a lazarito para que
leyera un comunicado/ aunque él no quería meterse en eso lo obligó
a carabina/ como no lo hagas te voy a poner una nota de mala
participación política en tu expediente y la vas a arrastrar toda tu
vida/ el chiquito se apendejó/ yo hubiera hecho lo mismo la verdad/

todavía faltaba alguien que recitara la poesía de martí y nadie
quería/ bueno nadie se la sabía/ nadie menos yaibé que es tremenda
memoriosa para los versos y hasta creo que ha inventado algunos/
yamilé se lo dijo a la ideoloca/ no sé si lo hizo porque pensaba que la
bitonga era buena recitando o para reírse si hacía un papelazo/

la guía mandó a yaibé a recitar la bailarina española y la chiquita
por poco se caga del susto/ corrió toda apencada a esconderse en el
baño de las hembras pero el baño no tiene puerta/ hasta allí fue a
buscarla la ideoloca y muchachita tú no ves que esto es un compromiso
con la revolución/ tú no eres pionera moncadista marxista leninista
socialista hija de cederistas nieta de federadas biznieta de las milicias
de tropas territoriales emeteté sobrina de la juventud comunista ujotacé
prima del partido comunista pececé/ entonces tienes que recitar para
que se sepa que aquí todos son pioneros por el comunismo y que van

a ser como el che/ o es que tú piensas que el che guevara no hubiera recitado/ él que siendo asmático subió las lomas de la sierra maestra y luchó junto al comandante en jefe/ dime tú/

al fin la convencieron y todos fuimos para el patio de la escuela cantando que arriba los pobres del mundo/ allí habían levantado un estrado de madera donde subieron los que iban a recitar de pie/ los esclavos sin pan se apretujaron entre la bandera y un cuadro grandísimo del che con su boina y su estrella que estaba apoyado en dos latas de basura vacías/ alcémonos todos al grito del director que nos mandó a formar/ el busto de martí se tuvo que quedar abajo porque pesa mucho y podía despachurrar el estrado que viva la internacional/

en una pared del patio la guía había pintado un letrero con letras rojas que decía el pueblo de cuba demanda al imperialismo norteamericano/ en la otra colgaron un cartel de socialismo o muerte/ agrupémonos todos en la lucha final cuando lazarito empezó a leer el comunicado que la guía natasha había escrito/ pero el chamaco no se fijó en dónde iban las comas y los signos de interrogación y se alzan los pueblos con valor/ o los confundió a propósito para joder y el comunicado salió rarísimo por la internacional/

todo nuestro colectivo estudiantil demanda a josé joaquín palma/ escuela modelo del municipio centro habana comunica lo siguiente/ a los imperialistas cree firmemente nuestro abnegado pueblo de trabajadores y estudiantes/

en la consolidación del socialismo en cuba bastarán la pacotilla norteamericana y el traidor lujo del imperio para hacernos volver al infame capitalismo/

jamás venceremos/

las inspectoras no se fijaron en las barbaridades que dijo el chiquillo porque estaban chachareando entre ellas/ eran dos tipas altas y fondillonas y muy pintadas/ los otros muchachos también estaban conversando bajito y tirándose bolitas de plastilina de una fila a otra así que tampoco notaron nada/ la ideoloca me figuro que sí se llevó la bola pero con el fenómeno que vino después se le olvidaría/ no digo yo/

en cuanto acabó lazarito el flaco lópez soltó su verso del che nació en argentina con una estrella en la frente alumbrando el continente de la américa latina/ se le fue un gallo en argentina y todo el mundo se rió y yo más alto que nadie/ me alegro por abusador que es/

le tocó el turno a yamilé que se plantó delante del flaco meneando la batea/ empinó las tetas para que se las vieran bien y leyó que la primera trinchera del trabajo político ideológico con los niños es la escuela y los primeros combatientes son los maestros y demás trabajadores de la enseñanza/

mira papi no se puede negar que esa chiquita tiene más tabla que un multimueble de la chopi/ el director se la comía con los ojos/ los maestros y las visitas y todos los muchachos la tenían enfocada y ella se explayaba en aquel estrado sacando culo y más fresca que una lechuga/ quién fuera ella siquiera por un día/

la aplaudieron a rabiar y la guía contenta dijo ahora la compañera yaibé que es una alumna excelente de este plantel nos va a recitar un poema de nuestro héroe y poeta nacional josé martí autor intelectual del ataque al cuartel moncada/ por poco se queda sin aire la mujer/

al oír que la anuncian con tanto bombo y platillos yaibé se separa del grupo y se apoya en el cuadro del che/ abre la boca/ no dice una palabra y la vuelve a cerrar/

qué te pasa tú la empuja la ideoloca con disimulo/ dale a recitar/

yaibé no le hace caso/ se queda quieta observando a los demás/ a los que están en fila con las pañoletas rojas muy amarraditas en el cuello y haciéndose los serios/ ellos también miran a la bitonga y nadie habla ni se ríe ni tira más bolitas/ hay un silencio imponente en ese momento/ un silencio total como cuando se va de pronto la luz en la mitad de la telenovela brasileña/

así pasa un ratico que parece una hora o un día entero o el año dos mil diez/ miradas que van y miradas que vienen/ hay como un peso gris en el aire del patio/ el sol que se mete caliente dentro de la cabeza y duele allí/ las visitas que se callan porque nosotros nos callamos/ yaibé muy colorada con los ojos botados y la garganta seca y la guía al lado suyo claramente con ganas de sonarle un pescozón/

niña que estamos esperando por ti/

yaibé/

risitas/

recita monga/

más risitas que se convierten en risas y risas que se convierten en carcajadas indecentes/ un par de comebolas chiflan y otros patean/ yamilé maúlla el flaco lópez berrea como una chiva un chiquito de cuarto grado eructa/ visitas fondillonas que se hacen las desentendidas y empiezan otra vez a hablar entre ellas/ el director suelta un carajo fuerte/ la guía natasha le enseña el puño a yaibé y se caga en su madre/

la bitonga como si con ella no fuera sigue parada frente al grupo/ entonces la ideoloca para salvar la situación manda a decir el lema/ pioneros por el comunismo pero antes de que los demás puedan responderle que serán como el che yaibé da un paso al frente/ levanta las manos hasta ponérselas delante de la cara y empieza a chillar/ no a recitar sino a gaguear con una voz afilada como cuchillo de cocina/ una voz herrumbrosa que nunca le habíamos oído en el aula/
el alma/
trémula y so/
sola/
sola/
padece al ano/
ano/
anochecer/
Hay bai/
baile/
vamos a ver/
la baila/
baila/
la bailarina/
española/
alabao viejo/ ese patio se llena hasta el tope de patadas y gritos y chiflidos/ los maestros se viran de espaldas o se tapan la boca para que no los veamos carcajearse a lo descarado/ las mismas inspectoras sueltan unas risitas de conejo/ hasta el che del cuadro papi/ hasta el che tiene una mueca chacotera debajo de la boina/ el único que se queda muy serio es el josé martí/

yaibé se ha trastornado por completo/ se da cuenta de que todos se están burlando de ella/ de que la están trajinando más que nunca/ cien veces más que cuando le levantan la saya en medio del aula y le bajan el blúmer hasta los pies/ se da cuenta de que aquello es el relajo elevado a la enésima potencia según dice el libro de matemáticas/ la cagazón mayúscula el final de la película sin ametralladora la descojonación total de la bitonga/ y ella no tiene con qué caerles a balazos a esos cabrones y hacerlos polvo allí mismo/ no tiene sables como el de bebé ni la pistola de los malos ni más cuchillo que su voz/

para ponerle la tapa al pomo lazarito le grita tartamuda agitá/ lazarito mi amor por qué hiciste esa hijaeputá/ por qué no te callaste no miraste para otro lado no te desapareciste de allí con tus ojos negros/ tú eres peor que los otros un jodedor más de la vida/ y yaibé da un salto desde el estrado/ abre los brazos como quien va a volar y aterriza en el piso/ el cuadro del che aterriza con ella y choca con el busto de martí y se desbarata/ la bandera y las dos latas de basura vacías se caen después detrás de la chiquita/

la gente se calla un momento/ pero un momento nada más porque enseguida se forma la algarabía de nuevo/ las patadas los gritos se mató jaujau se jodió toda bee bee se reventó prrr se hizo mierda/ y yo oigo los mecagoendios del director y a la maestra moraima la buena pidiendo por favor un carro una bicicleta lo que sea y lleven a esa criatura al hospital/ y a gina la cochina diciendo que ella siempre lo había sabido que la bitonga estaba arrebatada/ y a la guía natasha explicándoles a las dos fondillonas que aquello no era nada compañeras pasen a la dirección por aquí/

yaibé sigue tirada en el piso/ parece que está durmiendo/ parece que está desmayada/ parece que está muerta/ tiene los ojos cerrados y la cara tranquila/ cómo dicen que es bitonga/ cómo dicen que es comina/ pues dicen mal/ es divina/

alguien se le acerca en aquel tumulto y le roba la sortijita/ el flaco lópez fue/ yo no lo vi pero lo sentí/ al fin levantan a la chiquita y la llevan al comedor y allí le ponen un pedazo de hielo en la cara/ cuando sale va diciendo akinkó/ me entró la fuerza y volé por el aire con akinkó/ se pasa todo el tiempo hasta la hora de la salida repitiendo lo mismo y asustados los jodedores de la vida la dejan por primera vez en paz/

en paz/

en paz/

de madre las cosas que se ven en la escuela eh viejo/ a mí me da tremenda lástima con yaibé aunque me reí de ella con los demás y hasta le ladré y le tiré un taco de papel y saliva/ mala que soy también y jodedora de la vida/ como dice abuelonga dios me va a castigar por ser tan maldita/

pero eso no es lo único que tengo que contarte papi/ espérate que me parece que oigo un ruido por la escalera/ si es mami nos callamos porque esto es un secreto entre tú y yo y si se entera la psicóloga me entra a meprobamatos otra vez/

alguien viene o es idea mía/

coño qué susto me has dado mima barbarita/ no yo no estoy hablando sola/ eso lo harás tú que estás quemá de a viaje/ de falta de respeto y de enredadora nada que lo que yo te dije era verdad/ abuelo esteban te tarreaba y si no me crees pregúntale a mi tía catalina cuando llame/

ay no/ cuidado con yo/ no me jales el pelo que se lo voy a decir a mi papá/ mi papá está conmigo y te va a caer a pescozones por abusadora/ suéltame cabrona/ mi brazo carajo/ akinkó/

mami mira a mima barbarita/ mami ven para acá arriba/ abuelonga protégeme/ mima barbarita no me pegues más/ tu madre maricona que me duele/ akinkó/ no me toques la cara que me di un golpe ahí esta tarde/ no me/

yo no lo voy a hacer más/ te lo juro mima barbarita/ no lo voy a hacer más/ era mentira/ era jugando/ mami ven/ mami/ mami/ papi/ abuelonga/ defiéndeme papi/ defiéndeme mami/ papi/ papi/ akinkó/

al fin se fue y me dejó/ me dejó hecha leña y con este brazo que casi no lo puedo mover/ cuidado y no se me haya partido pal carajo porque fue arriba de él que me caí en el patio/ qué puntería tiene la muy degenerada/ y estoy toda arañada ves/ verdad que mejor me hubiera callado el chisme de abuelo esteban pero es que tengo que desahogarme papi tú me entiendes/ aunque sea con estas viejas locas/ aunque sea nada más aquí/

papi por qué no me defendiste/ tú viste cómo me batuqueaba mima barbarita y no moviste un dedo/ tú eres igual que la gente de la escuela que le gusta mirar como me agitan/ tú eres igual que ellos

igual que lazarito igual que yamilé igual que el flaco lópez tú también
eres un jodedor de la vida eh/

o estás bravo conmigo por los paquetes que te he metido uno
detrás de otro desde que empezamos a conversar/ porque tú lo ves
todo y sabes lo que es cierto y lo que no/ porque descubres las
mentiras antes de que termine de decírtelas/

bueno/ yo te voy a contar las cosas como son pero empiezas a
defenderme a partir de ahora por favor/ es un trato/ sí/

yo te dije una mentirita papi/ no le metí una galleta a yuleixis
aquel día que me dijo que las mujeres de mi casa eran tortilleras/ ahí
fallé/ una no puede dejar que le falten el respeto ni que la cojan para
el trajín/ pero me quedé callada como una silla y ella empezó a regar
por toda el aula que las posesas de esta casa se acostaban unas con
otras/ mami con mima barbarita mima barbarita con abuelonga y
así/ debí haberla matado porque ésos son inventos/

te dije otra mentira/ yamilé no es mi socia nada/ yo soy su
aguantapadas y le sirvo de trapo de culo porque me dé un pedacito
de jamón de merienda o me lleve alguna vez a la plaza de carlos
tercero con su mamá/ yo le guatequeo pero amiga suya no soy/ ella
me tiene lástima como yo se la tengo a mami y a cada rato me agita
para seguirles la corriente a los demás/

tampoco es verdad que ella y su madre me compraran un helado
de vainilla en la chopi/ el helado fue para yamilé que se lo comió
despacio restregándomelo en la cara/ no me dio ni una cucharada/
la chambelona se la compraron a ella y me la pasó a mí después de
lambetearla bastante cuando no quedaba más que el tronquito seco/

lazarito sí me gusta/ tiene los ojos negros y la picha pará/ pero
aunque no me gustara me cogería la crica y me obligaría a apretar
con él en el baño de las hembras/ esta mañana cuando el flaco lópez
me bajó el blúmer en medio del aula él no se rió de mí como los
otros/ miró hacia un lado/ eso sí era verdad/ yo lo quiero pero a él
no le importa/ o a lo mejor le importa un poco y por eso no se rió/

él se hace el bárbaro toqueteándome delante de sus socios pero
jamás en la vida me va a pedir que sea su novia/ tú no ves que
entonces al que agarrarían de palito barquillero sería a él/ no/ no le
di ningún empujón cuando me metió el dedo/ si yo en la escuela no
me atrevo ni a levantar la voz/

en la casa soy beiya/ me pongo las manos en la cintura como hace yamilé/ digo coño y carajo/ me las doy de tremenda guapa pero eso es postalita y más nada/ fuera de aquí soy una comemierda una sanaca una trajín/ soy la bitonga/ soy como mami pero no quiero que ella lo sepa ni que lo sepa nadie/ por eso le contesto en mala forma y me porto bien perra con mima barbarita y con abuelonga/ por eso me hago la gran papayúa y la van van/

en la escuela soy yaibé papi/ soy la agitada del aula/ es de mí de quien se ríen/ yo soy esa chiquita más exprimida que frazada del piso/ la aguantagolpes número uno de la escuela josé joaquín palma/ el palito barquillero de todos/ una infeliz/

fue a mí a quien se le trabó la lengua al tratar de recitar la bailarina española/ fui a mí a quien le ladraron/ fue a mí a quien le pusieron hielo en la cara/ fue a mí a quien le robaron la sortija de oro/ fue a mí/

pero no hay mal que por bien no venga como también dice abuelonga/ al saltar del estrado descubrí una palabra/ una palabra mágica que se llama akinkó/ y cuando la dije así bajito me entró una fuerza grande y no lloré/ no lloré aunque los jodedores de la vida estaban ahí y gozaban viéndome tirada en el piso del patio/ no lloré aunque lazarito se reía a carcajadas y yamilé y yuleixis se burlaban de mí en mi cara/ akinkó/

llegué a la casa y cuando mami me vio el morado tuve que decirle ay que me caí jugando/ suerte que no se fijó en que no llevaba puesta la sortija con la piedra azul/ suerte que nadie se ha fijado hasta ahora porque mima barbarita está cansada de decirme que como se me pierda esa sortija lo mejor que puedo hacer es perderme yo con ella antes de que me reviente a patadas/

se fue la luz y con la oscuridad se me alumbró el bombillo de la mente/ me robo el dinero que mandó mi tía catalina/ con lo que coja hay bastante para comprarme otra sortija igual en la chopi de carlos tercero/ y hasta sobra para llenarme la barriga con bombones y galletas y un vaso de leche y un bocadito de jamón y un helado de chocolate/

si total todo el mundo roba/ roba abuelonga haciéndose la majá muerta y se roba gina la cochina los cuadernos del aula para revenderlos después y me roba mi sortija de oro el flaco lópez y roba la gamina en esa película que a mima barbarita le gusta tanto/ así que dime por qué no voy a robar yo/ como que yo tampoco soy ladrona sino que me quitaron la sortija y tengo hambre porque en esta casa maldita nunca hay bastante de comer/

me hice la chiva con tontera/ esperé a que las viejas estuvieran distraídas y me escurrí hasta el cuarto de ellas/ abuelonga había dicho que mima barbarita tenía guardados los dos billetes de a cien fulas debajo de sus blúmeres y los encontré enseguida/ no te dije que soy una maldita/ ah/ eso también era verdad/

bajé para comprarle un paquete de bombones al tío de lazarito que los está vendiendo a fula cada uno y al ratico volví a subir/ seguro que éstas oyeron los ruidos que hice al abrir la puerta pero ni se imaginaron que era yo/ ja/ pa adivino dios y pa sabio salomón/

esto era lo que te iba contar cuando llegó la cabrona de mima barbarita a cascarme/ pero falta otra cosa papi/ lo peor/ y es que nada más me queda un solo billete/ el tío de lazarito no me quiso dar vuelto/ me dijo que el paquete de bombones costaba un fula y que yo le había dado un billete de a uno/ mentira/ yo le había dado uno de a cien/ y él que de dónde iba yo a sacar un billete de a cien/ que si estaba loca y que no lo chivara más/ me jodió bien jodida eh/

espérate pero lo peor de lo peor es que se me perdió el llavero de mima barbarita/ yo lo llevé conmigo porque ahí estaba la llave del edificio y si cerraban la puerta de abajo mientras yo andaba fuera podía abrirla otra vez y volver a subir/ imagínate si llegan a descubrir mi escapatoria/ mami y mima barbarita me comen viva/

cuando regresé aquí ya no tenía el llavero/ se me debe de haber caído en la escalera o en el portal o en la casa de lazarito/ con esta oscuridad y con la rabia que me dio cuando el viejo se quedó con mi guano me olvidé de las llaves/ mañana le voy a preguntar a lazarito/ ojalá que no sea tan hijoeputa como su tío y me las devuelva/

y ya tú sabes lo que pasó papi/ la historia completica/ ahora no te vayas a poner bravo conmigo ni a entrarme a golpes tú también/

tienes razón viejo/ estás claro como el agua y como la sopa del comedor de mi escuela/ a partir de hoy voy a empezar a defenderme/ a entrarle a patadas limpias al primero que se ponga con frescuras conmigo/ a hacerme una experta en dar trompones/ a volverme guapa de navaja/ a galletear a yuleixis y a obligar a yamilé a darme la mitad de su pan con jamón/ a romperle la pinga a lazarito como quiera volver a tocarme la crica/ a sacarle los ojos negros/ te lo prometo/ te lo juro por mima y por yaibé/

además que ya no estoy sola/ te tengo a ti y tengo mi palabra mágica/ akinkó/

oíste/ abrieron la puerta/ sí la puerta de la calle/ será tío erny que regresa/ voy a bajar que a él no le gusta verme aquí/

pero qué pasa ahora/

cucha a mami diciendo quién está ahí/ cucha a mima barbarita pidiendo una luz/ cucha a abuelonga cómo chilla/

coño ése no es tío/ ésa no es la voz de él/

es otra gente papi/

es el ladrón/

secuestradores bandidos liberen a elián/ mafiosos de miami abusadores liberen a elián/

déjenme abusadores/ suéltenme o llamo a mi papá/ akinkó/

yo no tengo ningún dinero/ yo no sé nada de billetes de a cien/ pregúntenle a mima barbarita/ pregúntenle a la abuelonga/ pregúntenle a mi mami/ yo no sé/ akinkó/

rómpele el alma/

zorrita de mierda/

aprieta más ahí/

está debajo/ debajo del colchón/ de mi cama akinkó/

anexionistas apátridas liberen a elián/ liberen a elián/ liberen a elián/

akinkó

/////////////////////////////

ya pasó beiya/ ya pasó/ cálmate/ ya pasó/ ven conmigo hija/ siéntate aquí/ deja que te tape con la frazada que te unte árnica que te cure ven/

llama a la policía Elsa/

busca hielo/ pónselo en la frente a la niña/

no/ no soy niña/ soy mujer/ soy pionera/ soy como el che/

cómo quién quieres ser cómo quién/

como el che/ como el che/ como el che/

déjenme estar en el balcón/
sí déjala para que se refresque/
llamaste a la estación/
no/ estoy llamando a candita otra vez/
pero y ese dinero cómo lo tenía beiya/ y los otros cien dónde están/
ay qué importa eso ahora/ gracias a dios que no nos cortaron la cabeza a todas/ gracias a dios/

antes yo lloraba por todo/ era una comemierda/ mamá las lágrimas se me salen/ cuando me mandaron a recitar en el matutino el alma trémula y sola saltó del estrado riéndose de mí/ mamá quiero llorar y no puedo/ ahí se me rompieron las alas y me robaron la sortija pero encontré a akinkó/
me robé el dinerito y nadie se enteró/
akinkó/
aunque yo se lo dije a mi papá/
él no me quiso regañar/
tienes que ser fuerte me advirtió papi/ si aguantas golpes una vez más tendrás que aguantar mil/ defiéndete mi hija/ soberbia y pálida tienes que ser/
al principio yo sentía mucho miedo y padecía al anochecer/ miedo de yamilé de yuleixis del flaco lópez del mismo lazarito de los jodedores de la vida de gina la cochina/ pero cuando hablé con papi decidí irme bien timbaluda para la escuela y llevar la ametralladora de mi akinkó/ meterle una galleta a yulexis y un empujón al flaco lópez y una velocidad a yamilé para arrebatarle su chocolate y su tanguita de brillo/
vamos pioneros a gritar uno dos y tres secuestradores apátridas liberen a elián/ mafiosos de miami abusadores liberen a elián/ arriba a gritarles duro adelante/ bandidos pioneros anexionistas liberen a elián mafiosos de miami abusadores liberen a elián/

hay baile vamos a ver
quién pasa por allá abajo/

pero que se vayan todos
al mismísimo carajo/
no me den golpes/ no/ déjenme tranquila/ se lo voy a decir a
mami a abuelonga a mima barbarita para que les coja el lomo/ se lo
voy a decir a mi papá/
yo no sé dónde está el fula/ no sé nada/ nunca tuve un billete de
a cien/ suéltenme secuestradores apátridas pioneros mafiosos liberen
a elián/
lo mismo que un alelí
que se pusiese un sombrero
la media oscura en la cara
llevaba el tipo más feo/
él empujó a mi mamá
y la tiró pa la tonga
también le dio el muy cabrón
 una patada a abuelonga/
mueve despacio el pie ardiente.
cómo arde el zapato ay
me dejó el culo caliente/
por favor dice abuelonga con la cabeza rota/ ay por favor/ que
yo soy una pobre vieja/ ay no me vayan a matar/
vamos juntos a marchar
y que me den a llevar
la pancarta una bandera/
el banderón de la acera/
porque si está la bandera/
entonces puedo volar/
eso es lo que ellos no saben/ que yo puedo volar/ por eso el
otro me metió un piñazo por la cara y mami gritó cójanse lo que
quieran pero no me estropeen más a mi hija por la virgen santísima/
por sus madres/ por lo que más quieran/ pero dónde está ese salao
dinero dónde está/ búsquenlo y llévenselo/ llévense todo lo que les
dé la gana pero dejen a la niña en paz/
ya no soy niña/ soy como el che/ akinkó/
yo les enseñé el billete
de un salto él me lo arrancó/
húrtase se quiebra gira

el quinqué que se apagó/

nos robaron/ nos pegaron/ nos baquetearon/ me sopapearon toda y yo no pude defenderme/ me apenqué como una ratona y ahora voy a tener que aguantar mil golpes más/

dicen que soy la bitonga

dicen que soy la comina

pues dicen mal

 soy divina/

miren yo puedo volar/ esta tarde me caí cuando quise saltar sobre las cabezas de la gente/ el tablado de corazones era muy bajo y no pude echar las alas al viento/ pero éste es alto/ sí/

que no me creen/ ahora lo van a ver/

vuela fosca a su rincón/ el alma trémula y sola/ trémula y sola se va/

se va que en el aire giro

se va cerrando los ojos

se va como en un suspiro/